ILJA ALBRECHT

Kalter Zorn

Buch

In der westfälischen Kleinstadt Xanten wird eine amerikanische Austauschschülerin tot aufgefunden. Kiran Mendelsohn und Bolko Blohm werden, in Koordination mit den US-Behörden, auf den Fall angesetzt und müssen fortan nicht nur ihrer Chefin, sondern auch dem FBI Bericht erstatten. Während die Wahl des Opfers eher zufällig erscheint, ist Kiran bald überzeugt, es mit einem hochgradig gestörten potenziellen Serientäter zu tun zu haben, denn vor dem Tod wurde das Mädchen über einen längeren Zeitraum hinweg auf grausame Weise gequält. Sein Verdacht bestätigt sich, als mit Hilfe der amerikanischen Kollegen Verbindungen zu zwei sehr ähnlichen Morden innerhalb des letzten halben Jahres in den US-Bundesstaaten Virginia und North Carolina hergestellt werden können. Das Horrorszenario eines nach Deutschland emigrierten Serienmörders und die lang gefürchtete Wiederbegegnung mit seinem Ausbildungsort Quantico vor Augen, reist Kiran in die USA, während Bolko und der Rest des Teams in Deutschland weiter ermitteln. Die Lage spitzt sich zu, als in Osnabrück ein weiterer Mord geschieht und der Täter mit den Ermittlern Kontakt aufnimmt. Für Kiran ist klar: Diese Mordserie ist noch längst nicht zu Ende. Er ahnt jedoch nicht, welche seelischen Abgründe sich hinter den beispiellosen Verbrechen verbergen.

Autor

Ilja Albrecht, 1967 in Frankfurt am Main geboren, zog 1988 für sein Studium nach Berlin und erlebte dort den Mauerfall. Als Diplom-Kommunikationswirt ist er seit 2000 im Bereich eMarketing für internationale Unternehmen tätig. Nach einer Station in den USA lebt Ilja Albrecht heute gemeinsam mit seiner Frau im südlichen Mittelmeer auf Malta. Nach *Sibirischer Wind* ist *Kalter Zorn* sein zweiter Roman.

ILJA ALBRECHT

KALTER ZORN

THRILLER

blanvalet

MIX
Papier aus verantwortungsvollen Quellen
FSC® C014496
www.fsc.org

Verlagsgruppe Random House FSC® N001967
Das FSC®-zertifizierte Papier *Holmen Book Cream*
für dieses Buch liefert Holmen Paper, Hallstavik, Schweden.

1. Auflage
Deutsche Originalausgabe Dezember 2015
bei Blanvalet, einem Unternehmen der
Verlagsgruppe Random House GmbH, München

Umschlaggestaltung: Johannes Frick, Neusäß
Umschlagmotiv: plainpicture/Bias; Shutterstock
Redaktion: Heiko Arntz
AF · Herstellung: sam
Satz: Buch-Werkstatt GmbH, Bad Aibling
Druck und Bindung: GGP Media GmbH, Pößneck
Printed in Germany
ISBN: 978-3-7341-0073-4

www.blanvalet.de

Prolog

Der Platz vor der Schule quoll über von Jugendlichen. Eben noch hatte er leer und still vor ihm gelegen, dann aber hatte die Flucht aus den Klassenzimmern eingesetzt, und die Schüler verloren keine Zeit, endlich ins Freie zu kommen und den eigentlichen Tag zu starten. Das hektische Stimmengewirr um ihn herum war wie ein ständiges Sausen in seinen Ohren, nur unterbrochen von schrillem Gelächter der Mädchen und den nassforschen Brunftschreien der Jungen.

Er blickte sich um, und plötzlich sah er sie. Sie war da. Endlich.

In seinem Magen fiel etwas in die Tiefe. Er hatte sie lange nicht mehr gesehen, obwohl er ihr Gesicht jederzeit vor sich aufsteigen lassen konnte. Trotzdem war er überrascht, wie sehr sie sich verändert hatte. Ihr Haar war länger, die Statur kräftiger. Aber die entscheidende Veränderung hatte im Gesicht stattgefunden. Sie war reifer geworden, schöner, aber auch anders. Von der Verletzlichkeit war nichts übrig geblieben. Dies hier war eine junge Frau, selbstsicher, auf eine seltsam entspannte Art kontrolliert, fast kalt.

Sie sprach mit einem anderen Mädchen, das er nicht kannte. Ihre Gesten waren knapp, ihre Worte schienen ihr Gegenüber direkt zu treffen. Dann sah sie plötzlich in seine Richtung. Er wandte sich sofort ab und herrschte ein paar Elfjährige an, die neben ihm standen und Späße machten. Als er zurückblickte, war sie verschwunden, so schnell wie sie nach all der Zeit wieder aufgetaucht war.

Ein feiner Schmerz durchzog ihn von der Brust bis in die Tiefen seines Körpers. Ein irrsinniges Gefühl. Nach Monaten der Einsamkeit musste sie nur wieder in seinem Blickfeld auftauchen, und sofort konnte er sie spüren.

So wie damals, als sie sich verabschiedet hatten.

1

Kiran blickte von seinem Schreibtisch auf, den er die letzten Minuten unverwandt angestarrt hatte. Die Uhr zeigte halb neun. Unglaublich. Es waren bereits gefühlte Stunden vergangen, und doch war er erst vor weniger als zwanzig Minuten ins Büro gekommen. Wenigstens begann das Dröhnen in seinem Kopf langsam zu verschwinden.

Erstaunlich, wie man in Trance aufstehen, duschen, sich anziehen und zur Arbeit fahren konnte, nur um dann festzustellen, dass man so gut wie keinen Alkohol abgebaut hatte. Kiran, der wegen seines Berufs als Fallanalytiker und Psychologe nur in Maßen Alkohol trank, erkannte aufs Neue, warum er solche Abstürze bislang erfolgreich gemieden hatte. Keine Kontrolle, keine Klarheit. Vor allem jetzt nicht, da sich dieser verdammte Nebel nur aufreizend langsam klärte. Dann schlug ein Hammer auf seinen Rücken.

»Morgen, Kiran! Alles im Lot?«

Bolko hatte ihm fröhlich auf die Schulter gehauen. Seine Kollegen grinsten ihn wissend an. Enzo sah aus, als käme er frisch aus der Sauna, Bolko konnte man ohnehin nie ansehen, was er nachts getrieben hatte, und in Alenkas Augen lag immer noch dieses Strahlen.

Sie hatten bis in den frühen Morgen im Lloyd's gefeiert. Kiran war sonst kein Mensch für spontane Trinkgelage, aber Alenkas Beförderung musste natürlich begossen werden. Kurz vor Dienstschluss war Birte Halbach, die Chefin der Abteilung, in den Raum getreten und hatte die frohe Nachricht verkündet.

Alenka Motte und Enzo Moretti waren als Ermittler dazugestoßen, als das Team mit der Aufklärung eines tödlichen Attentats auf einen Großindustriellen betraut worden war. Teamleiter Bolko Blohm und sein Co-Leiter Kiran Mendelsohn hatten schnell erkannt, dass nicht nur der gut vernetzte und hervorragend ausgebildete Moretti, sondern auch die junge Kommissarin Motte mit ihren unschlagbaren IT-Kenntnissen diese Gruppe perfekt ergänzten. In einem politisch brisanten Fall, in dem auch noch die russische Mafia mitgemischt hatte, waren ihre Fähigkeiten von großem Nutzen gewesen. Nach dem Ermittlungserfolg hatte das BKA Halbachs Empfehlung entsprochen und das gesamte Team fest im Bereich Internationale Koordination verankert.

Nachdem Kiran und Bolko in ihrem Abschlussbericht besonders Alenkas Arbeit hervorgehoben hatten, war sie nun zur Oberkommissarin ernannt worden. Ziemlich früh, aber völlig zu Recht, wie Bolko meinte.

Bisher hatte das Team nach Abschluss seines ersten großen Falls nur kleinere internationale Delikte bearbeitet, in erster Linie Wirtschaftsvergehen deutscher Staatsbürger im Ausland. Kiran war diese Routine sehr entgegengekommen. Es gab den Mitgliedern des Teams die Gelegenheit, sich besser kennenzulernen, Ermittlungsabläufe, Techniken und vor allem mögliche Krisensituationen zu besprechen.

Kiran öffnete gerade den Mund, um auf Bolkos Frage zu antworten, als eine weitere Detonation seinen Schädel erschütterte. Durch die Tür kam Birte Halbach, offenbar ebenso fit wie die anderen, und lud mit Fanfarenstimme zur sofortigen Besprechung.

Der umsichtige Enzo hatte für alle frischen Kaffee gebraut, den er im Besprechungsraum servierte. Kiran, der beim Eintreten in den von grellem Sonnenlicht durchfluteten Glaskasten beinahe erblindet wäre, hatte einen mehrfachen Espresso vorgesetzt bekommen.

»Guten Morgen, die Herren und die Dame. Ich hoffe, Sie sind erholt von unserer kleinen Feier gestern.« Sie blickte in die Runde und fuhr fort. »Ich habe eben einen Anruf aus Nordrhein-Westfalen bekommen. In einer Waldhütte bei Xanten hat gestern eine Art Ritualmord stattgefunden. Das Opfer ist eine amerikanische Austauschschülerin. Professionelle Tatausführung. Die Sache sieht ziemlich übel aus. Wie in solchen Situationen üblich, müssen sich unsere Behörden mit dem FBI koordinieren, daher sind jetzt wir für den Fall zuständig.«

»Warum ermittelt das LKA nicht selbst? Dort gibt es doch auch eine internationale Abteilung«, fragte Bolko.

»Eigentlich ja, aber die Polizei Wesel hat vom LKA Düsseldorf keine besonders schnelle Hilfe bekommen, die haben gerade mit dieser südeuropäischen Bande dort zu tun. Sie wurden dann an das Landesamt für Zentrale Polizeiliche Dienste verwiesen, und die haben sich direkt an uns gewandt. Absolut korrekt, wenn man die Nationalität des Opfers bedenkt. Ich habe vorhin das FBI kontaktiert und werde gleich um halb zehn mit dem zuständigen Kollegen sprechen, sobald die ihm Bescheid gegeben haben.«

Kiran wurde bei diesen letzten Worten etwas wacher.

Das FBI. Nach all den Jahren war es jetzt also so weit.

Obwohl er es hatte kommen sehen, versetzte ihm die Gewissheit einen Stich. Er atmete tief durch. Versuchte sich zu konzentrieren. Birte Halbach hatte inzwischen weitergesprochen.

»Wir haben bislang keine Hinweise auf den Täter. Kaum Spuren, keine DNS, keine Zeugen. Wir wissen noch nicht mal, wie er das Opfer dorthin bekommen hat. Immerhin haben die Kollegen aus Düsseldorf ein paar Leute aus der kriminaltechnischen Untersuchung vorbeigeschickt, die haben alles aufgenommen, was zu finden war, und das war nicht viel. Die Tat war offenbar geplant und in ihrer Ausführung mehr als nur sadistisch. So viel ist laut dem ersten Leichenbefund schon klar. Wie es aussieht, ist das Mädchen nackt auf einen Stuhl gefesselt und gefoltert worden. Danach wurde der Hals durchgeschnitten. Also – irgendwelche Ideen, bevor wir aufbrechen?«

Bolko nickte. »Bei einem derart brutalen und inszenierten Mord sind Hintergrund und Hinweise rund um das Opfer aufschlussreicher als bei üblichen Fällen. Aber da sie Amerikanerin ist, wird das wohl nicht ganz einfach werden.« Er blickte zu seinem Partner.

Kiran hob den Kopf. Ein bisschen zu schnell. Keine gute Idee.

»Ich weiß nicht, wir sollten das sehr behutsam angehen. Normalerweise sind solche ritualisierten Morde typisch für Serientäter. Bei einer Einzeltat ist eine solche Tat vielleicht auch individuell auf das Opfer abgestimmt.« Er wandte sich an Birte Halbach: »Was wissen wir über die Schülerin?«

Halbach sah in ihre Unterlagen. »Ihr Name ist Patricia Masterson, siebzehn Jahre alt, vor gerade mal drei Wochen aus den USA für einen einjährigen Aufenthalt angekommen. Alles, was ich bislang habe, ist die Adresse der deutschen Gastfamilie und die ihrer leiblichen Familie in Richmond, Virginia.«

Kiran sah aus dem Fenster. Richmond, gleich um die Ecke vom Hauptquartier des FBI. Man würde dort sicher leichter ermitteln können, da der Ort nur eine Autostunde entfernt von Quantico lag. Vielleicht würde es nun tatsächlich zu einem Wiedersehen kommen.

Halbach schaute in die Runde, aber niemand schien weitere Fragen zu haben.

»Gut, dann gehen wir's an. Enzo und Alenka, ich will alle bisherigen Erkenntnisse aus NRW auf unserem Server haben. Kontaktieren Sie die Polizeikräfte vor Ort. Der Tatort muss gesichert und komplett begehbar sein, wenn Sie nachher dort eintreffen. Bolko, Sie organisieren den Trip aufs Land. Kiran, Sie kommen mit mir in mein Büro. Ich möchte, dass Sie selber hören, was der FBI-Mensch zu sagen hat.«

In Halbachs Büro war der PC bereits auf Konferenz geschaltet, aber noch rührte sich nichts im Netz.

»Tja, das gibt dann wohl ein Wiedersehen mit Ihren amerikanischen Freunden. Ist das der erste Kontakt seit Ihrer Zeit dort?« Wie üblich verlor Birte Halbach keine Zeit, um die entscheidende Frage zu stellen.

»Nein, in den letzten Jahren kamen immer wieder ein paar Anfragen zu Ermittlungen. Ganz normal, nichts Besonderes.«

»Und jetzt das. Was meinen Sie, werden die uns helfen oder gleich die Ermittlung übernehmen wollen?«

Kiran schüttelte den Kopf. Weniger Schmerzen, herrlich. Enzo war ein Kaffeemagier.

»Glaube ich nicht. Man ist beim FBI etwas entspannter geworden, was solche Fälle angeht. Wenn das Opfer nicht mit jemandem aus Politik, Topwirtschaft, Militär oder den Geheimdiensten verwandt ist, werden die uns in Ruhe machen lassen. Sie werden aber verlangen, dass man ständig in Kontakt bleibt.«

Wie aufs Stichwort signalisierte der PC einen Videoanruf. Auf dem Schirm erschien der amerikanische Kontaktbeamte. Seine Krawatte saß perfekt, auch sonst sah der Mann aus, wie frisch aus dem Ei gepellt. Er stellte sich als Special Agent in Charge John Henderson vor.

»Guten Morgen, Miss Halbach. Vielen Dank für Ihre schnelle Kontaktaufnahme, wir wissen das sehr zu schätzen. Ich habe die Sache überprüft und kann Ihnen jetzt in der Nacht nicht viel mehr geben als die Daten der Familie und das, was von Seiten der Schule über das Mädchen bekannt ist. Die Familie ist mit keinem unserer Dienste liiert. Bislang ist das eine Tat gegen eine zivile Person, wenn auch kaum alltäglich. Keine schöne Angelegenheit, das alles.«

Kiran erkannte die Mischung aus Jargon und Höflichkeitsfloskeln, die den FBI-Beamten während der Ausbildung eingebläut wurde. Vor seiner Zeit in den USA hatte er das für einen Spleen amerikanischer Drehbuchschreiber gehalten, aber in den Büros dort sprachen tatsächlich alle so, vor allem in der Zentrale in Quantico.

»Kein Problem, Mr. Henderson«, antwortete Birte Halbach in fast akzentfreiem Englisch. »Wir sind gerade dabei, das Team an den Tatort zu schicken. Sie werden von dort mit Ihnen Kontakt aufnehmen und Ihnen sämtliche Details zukommen lassen. Ich nehme an, wir werden erst am Nachmittag erfahren, wer sich bei Ihnen um diese Sache kümmern wird?«

Der Special Agent wirkte etwas irritiert. »Ähm, ja. Mein Vorgesetzter wird sich mit Ihnen in etwa drei Stunden in Verbindung setzen.«

»Mr. Henderson, wie verfahren Sie in solchen Fällen? Wollen wir vorerst per Video kommunizieren, oder schicken Sie Beamte zu uns?«, fragte Halbach und sandte ihr strahlendstes Lächeln durch die Leitung.

»Früher wäre es so gelaufen. Aber inzwischen hat die Sparpolitik auch das FBI erfasst. Wenn wir keine sprachlichen oder technischen Probleme haben, wird man sich gerne auf Sie und Ihr Team verlassen, Miss Halbach.«

»Hervorragend, ich habe hier meinen Co-Ermittlungsleiter bei mir, Kiran Mendelsohn. Er hat die Ausbildung bei Ihnen in Quantico absolviert und wird Ihr Hauptansprechpartner sein.«

»Hi, Mr. Mendelsohn. Freut mich, dass wir einen Mann mit Ihrem Hintergrund im Team haben. Ich melde mich dann bei Ihnen und werde die Verbindung zu unserem Section Chief herstellen. Sagen wir um zwölf Uhr Ihrer Zeit?«

Kiran stimmte zu, Henderson verabschiedete sich, drückte einen Knopf am Terminal, und das Bild wurde schwarz.

»Kurz und knapp«, meinte Halbach. »Er hat nicht auffällig reagiert auf die Nachricht, dass Sie mit im Spiel sind. Was meinen Sie, könnten die Ärger machen wegen Ihrer Sache damals?«

Kiran zuckte mit den Schultern. »Das glaube ich nicht. Selbst wenn der Vorfall seinerzeit weite Kreise gezogen hat, juristisch ist die Sache geklärt worden. Das Ganze wurde als Ausbildungsunfall deklariert, was es auch war. Ich habe auch meinen dortigen Rang als Special Agent nicht verloren, sondern bin vollständig entlastet worden. Irgendwo wird man immer auf Zurückhaltung oder Ressentiments stoßen, aber niemand wird mich offen ablehnen, da bin ich mir sicher. Und ich habe ja auch noch viele Freunde dort.«

Zur Mittagsstunde saß Kiran allein im Büro am Medienterminal der Computerzentrale, eine Wand vollgestellt mit modernster Technik, in deren Mitte ein riesiger Bildschirm hing. Bolko war zusammen mit den anderen bereits nach Xanten aufgebrochen, um sich in der Polizeiwache vor Ort einzurichten und schnellstmöglich den Tatort zu untersuchen. Birte Halbach, die vorerst in Berlin bleiben würde, hatte einen Kollegen vom Flugdienst Tegel aktiviert, mit dessen Hilfe sie umgehend nach Düsseldorf geflogen waren. Kiran würde nachkommen und hatte dazu von Bolko, nicht ohne ernste Ermahnungen und diverse Anweisungen, die Schlüssel zu dessen fahrbarem Heiligtum, einem alten Jaguar XJS, überreicht bekommen.

Pünktlich um zwölf ertönte das Signal, und die Videokonferenz wurde aufgebaut. Kiran erkannte das Gesicht sofort. Bradley Greenberg, heute einer der führenden Köpfe und Section Chief in der Machtzentrale des FBI, zu Kirans Zeit Leiter der Ausbildungsabteilung. Greenberg war, wie Kirans Mentor beim BKA, Horst Roellinghoff, auch, ein Veteran der Zielfahndung auf internationalem Gebiet. Er kannte alle Tricks und Besonderheiten jeder Mentalität und war einer der gefürchtetsten Verhörspezialisten in Quantico. Greenberg war es gewesen, der Kiran nach der Katastrophe während der praktischen Abschlussprüfung drei Tage lang auseinandergenommen hatte. Dann hatte er ihn vollständig rehabilitiert, nur um sogleich seine Heimreise in die Wege zu leiten.

»Kiran. Lange nicht gesehen. Ich hab Interessantes über dein Comeback gehört. Und ich sehe, die Jahre sind gut zu dir gewesen. Du hast dich kein bisschen verändert. Meditation scheint wohl doch jung zu halten.«

Kiran betrachtete Greenberg, der mit seinem buschigen grauen Bart wie ein gutmütiger Weihnachtsmann aussah. Aber genau das war der Fehler, den jeder beging. Hinter dem wohlwollend verschmitzten Grinsen verbargen sich ein messerscharfer Verstand und eine kompromisslose Entschlossenheit. Kiran war sich bis heute nicht sicher, ob Greenberg ihn damals wirklich hatte schützen oder nur schnellstmöglich loswerden wollen. Auf einen Kommentar oder eine Reaktion hatte er seinerzeit vergebens gehofft. Händedruck und Augenkontakt beim Abschied waren kurz und unverbindlich gewesen.

»Hi, Mr. Greenberg. So sieht man sich wieder.«

»Früher oder später musste es wohl so kommen«, sagte Greenberg und deutete ein Lächeln an. »Konnte ja nicht ewig gehen mit deiner Askese. Wie ist dir der Zusammenstoß mit der russischen Seite bekommen?«

»Ganz gut. Unser Mann hat nur ein halbes Dutzend Leute umgelegt, bevor wir ihn schnappen konnten. Hätte schlimmer kommen können.«

»Der gleiche Sarkasmus wie damals«, sagte Greenberg schmunzelnd. »Aber kommen wir zur Sache. Ich will dir nicht verschweigen, dass ein paar Leute Bedenken angemeldet haben, als sie von deiner Mitwirkung hörten. Allerdings waren einige von denen damals noch nicht mal hier. Zwei aber sind aus der Gegenfraktion von damals. Also, Kiran, sag mir, dass du mit unseren Leuten hier klarkommst.«

»Ich bin kein Anfänger mehr, und ich kenne diese Sorte Karrieristen inzwischen in- und auswendig. Wir ziehen unser Ding durch, wenn nötig zusammen vor Ort, mit wem auch immer. Alles nach Vorschrift und mit allem technischen Reporting, exakt so, wie es die Obrigkeit sehen will. Ich verschwende nur wenig Gedanken an den Vorfall damals, schon gar nicht bei der Arbeit.«

Greenberg lächelte, auch wenn das Zwinkern in seinen Augen verriet, dass er Kiran die Sorglosigkeit auf keinen Fall abnahm.

»Dann wäre das ja klar. Ich habe den Bericht deiner Assistentin gesehen. Wirklich üble Sache. Hier wären bereits alle Verhaltensforscher mitsamt ihren Studenten am Tatort. Bislang sind die aber ruhig. Du kennst das ja, alles jenseits des Großen Teiches könnte genauso gut auf dem Mond passiert sein.«

Kiran nickte. Das war eines der wenigen Klischees, die wirklich stimmten. Einer seiner Ausbilder in Quantico hatte einmal gescherzt, dass die USA einen Ort außerhalb Nordamerikas frühestens dann kartographierten, wenn dort ein Amerikaner in die Luft flog.

»Ich habe bereits einen Kontaktbeamten für dich eingesetzt, er sitzt gerade am VICAP und wertet eure Indizien aus. Man kann nie wissen. Vielleicht gab's hier mal einen vergleichbaren Fall.«

»Sehr gut. Ein paar Ideen könnten uns sicher helfen. Wann meinen Sie ist der Kollege so weit?«

»Er wird noch ein bisschen brauchen. Du kannst inzwischen zu deinem Tatort fahren. Ist ja um die Ecke bei euch. Deine Nummer hat er schon. Ich habe Rollins mit der Sache betraut.«

Greenberg verzog keine Miene, als er den Namen nannte. Stephen Rollins. Kirans bester Freund während der Ausbildung und der stärkste Rückhalt, den man sich in einer Krise wünschen konnte. Sie hatten nach Kirans Abreise aus den USA noch eine Weile Kontakt gehalten, auch nach Kirans einjährigem Klosteraufenthalt in Japan. Aber dann waren die Telefonanrufe seltener geworden. Das Letzte, was er von Stephen gehört oder gesehen hatte, war eine belanglose Kurznachricht im Netz gewesen, und das mochte auch schon gut ein Jahr her sein.

Greenberg gab noch ein paar Namen und Daten durch, man sprach gegenseitige Einladungen aus, dann beendeten sie das Gespräch.

Kiran lehnte sich zurück und dachte nach. Ihm war klar, dass diese Zusammenarbeit mit dem FBI bei manchen Kollegen und vielleicht auch Freunden alte Wunden aufreißen würde. Das war nicht zu ändern. Es hatte Jahre gebraucht, bis seine eigenen Wunden verheilt waren. Trotzdem machte ihm die Situation keine Angst. Im Gegenteil. Er war gespannt, der Ursache allen Übels direkt wiederzubegegnen. Der Kreis schloss sich. Endlich.

Kiran stand auf, nahm seine gepackte Tasche und verließ den Raum.

2

Im Xantener Revier betrachtete Kiran die Fotos, die Enzo und Alenka vorbereitet hatten. Es waren gerade einmal vierundzwanzig Stunden vergangen, seit man die Leiche gefunden hatte, aber schon jetzt war die Hälfte der Wand des ihnen zugewiesenen Raums mit Aufnahmen, Notizen und Stichpunkten der kriminaltechnischen Untersuchung zugepflastert.

Die Polizei in Xanten war sehr zuvorkommend gewesen. Eine solche Tat im beschaulichen Landkreis Wesel stellte eine nie da gewesene Sensation dar, deshalb war man bei der hiesigen Polizei mehr als glücklich darüber, Experten bei sich zu haben, die die Ermittlungen leiteten. Dazu stammte Bolko vom Hamburger LKA und hatte daher einen guten Zugang zu den Kollegen der Landespolizei, der ihm schneller als üblich kollegiale Unterstützung und Respekt sicherte.

Das Polizeirevier war erst vor wenigen Jahren renoviert worden, zuvor hatten die Beamten während der Bauarbeiten in Containern arbeiten müssen. Jetzt war man mit modernen Büros ausgestattet, sodass Enzo und Alenka in kürzester Zeit eine Einsatzzentrale für das Team inklusive schnellem Internetzugang eingerichtet hatten.

Enzo trat in den Raum und legte ein Dokument auf den Tisch. »Der Vorabbericht der Gerichtsmedizin. Noch nicht allzu viele Details, aber zumindest das, was man äußerlich feststellen konnte.«

»Dann wollen wir mal«, sagte Bolko. »Gleichen wir das mit den Fotos hier ab. Hat Alenka ihr Video fertig?«

Enzo nickte. Kiran sah von den Fotos auf. »Wir müssen trotzdem noch mal zum Tatort. Ich muss mir das selbst ansehen. Gehen wir aber zuerst alles durch.«

Bolko stellte sich neben die Wand und fasste zusammen. Gestern um 14.38 Uhr war bei der Weseler Polizeiwache ein Notruf eingegangen. Ein Jäger hatte in seiner Waldhütte eine Leiche gefunden. Die Zentrale hatte es nicht leicht gehabt, ihn ausfindig zu machen. Der Mann war derart verstört gewesen, dass er sein Telefon fallen lassen und dabei die Verbindung gekappt hatte. Schließlich hatte man ihn über seine Mobilnummer identifiziert und war einfach zu der Hütte gefahren, die beim Grundbuchamt auf ihn eingetragen war. Am Tatort angekommen, hatten die Beamten den Mann wie versteinert auf der Veranda sitzend vorgefunden. Beim Eintreten in die Hütte begriffen sie sofort, was ihn so erschüttert hatte. Auf einer vor lauter Blut kaum auszumachenden Plane, umgeben von einem Quadrat aus abgebrannten schweren Kerzen, stand ein Stuhl, auf dem das Opfer festgebunden war. Sie trug keine Kleidung, der Körper war übersät mit Schnitt- und Brandwunden, die Kehle war durchschnitten. Das Opfer hatte während der Tat auf einen Standspiegel starren müssen, der direkt vor ihm aufgestellt worden war.

Erste Untersuchungen hatten kaum nennenswerte Spuren erbracht. Nirgends Fingerabdrücke, keinerlei Fußspuren. Auf der Plane fand sich nur das Blut des Opfers, sonst nichts. Die Kleidung des Mädchens war verschwunden. Vor dem Haus gab es ebenfalls keinerlei Hinweise auf den Täter oder ein Transportmittel. Das Ganze wirkte, als wären Mörder und Opfer in die Hütte teleportiert worden, wie Enzo anmerkte.

Kiran betrachtete die Fotos des auf dem Stuhl drapierten Opfers. Danach schaltete er das Video an. »Ich nehme an, der Jäger hat keine Ahnung, wer da seine Hütte derart zweckentfremden konnte?«, fragte er, während sie Alenkas Tatortbegehung nachvollzogen.

Bolko schüttelte den Kopf. »Die Jagdsaison hat gerade erst wieder begonnen, und er war zum ersten Mal seit einem halben Jahr dort. Ist auch nicht mehr der Jüngste. Niemand im Umkreis von zwei Kilometern. Der Täter war völlig ungestört.«

Sie blickten Kiran gespannt an, der sich das Video sehr genau ansah. Schließlich drehte er sich um.

»Es ist natürlich noch zu früh für ein Profil, dazu muss ich mehr über die Tote und ihre Lebensumstände hier in Xanten wissen. Was die Tat betrifft, kann ich kaum mehr sagen als das, was am Tatort fotografiert worden ist …«

»Soll mir fürs Erste reichen«, unterbrach ihn Bolko, »schieß los.«

»Gut. Was wir hier sehen, ist eine durchorganisierte Tat. Vorbereitung, Aufstellung des Szenarios und auch die wahrscheinliche Ausführung lassen klar darauf schließen. Ich würde jedoch noch nicht von Ritualmord sprechen. Ich denke, da haben die Kollegen wegen der Kerzen vorschnelle Schlüsse gezogen. Es steht außer Frage, dass die Kerzen einen Sinn haben, sonst hätte es jede andere Art von Beleuchtung auch getan. Dieser Mörder aber hat Dunkelheit und eine einfache Form des Lichts erzeugt. Auf die Verletzungen will ich zunächst noch nicht eingehen, dazu brauche ich die Ergebnisse der Obduktion. Aber es ist klar, dass hier gefoltert und gequält wurde. Wir wissen allerdings noch nicht, warum. Befragung oder Unterwerfung, sexuelle Komponenten …«

»Der Gerichtsmediziner hat in seiner ersten Untersuchung keinerlei Penetration feststellen können«, warf Enzo ein.

Kiran blickte ihn an. »Das ist allerdings aufschlussreich. Das bedeutet, dass ihre Nacktheit vielleicht einen anderen Sinn hatte. Aber wie gesagt, es gibt die absurdesten Formen gestörter Sexualität. Wir sollten gerade deshalb nicht zu früh versuchen, auf die Psyche des Täters zu schließen. Bislang ist nur klar: Das Opfer war wehrlos, komplett seiner Würde und jeglichen Schutzes beraubt. Sie wurde malträtiert, und der Täter wollte, dass sie sich dabei selbst im Spiegel sieht. Das setzt definitiv eine Antipathie oder zumindest eine Art Missbilligung voraus. Das Opfer sollte sich als das sehen, was ihr der Täter vorführte.«

»Aber lässt das nicht schon darauf schließen, dass er sie gekannt hat?«, fragte Bolko.

»Das kann sein, ist aber nicht zwingend notwendig. Es hängt davon ab, was der Tatauslöser war. Möglicherweise hat sie diese Reaktion allen durch ihr Verhalten, Aussehen oder auf sonst irgendeine Weise hervorgerufen.«

»Kiran, du redest, als ob wir es hier mit einem Serientäter zu tun hätten.«

»Der Meinung bin ich nicht. Aber wir können derzeit nichts ausschließen. Diese Tat war genau geplant, so viel ist klar. Ich will es nicht bestreiten, dass gerade Serienmorde so ihren Anfang nehmen. Deshalb müssen wir alles über das Umfeld des Mädchens herausfinden.«

Enzo war skeptisch. »Sie ist erst seit wenigen Wochen im Land. Wie kann jemand in so kurzer Zeit etwas Derartiges eigens für sie geplant haben?«, fragte Enzo.

»Guter Einwand, das ist eher unwahrscheinlich. Es kann aber auch sein, dass der Mörder dieses Szenario früher entworfen und nur nach dem passenden Opfer gesucht hat. Eine Austauschschülerin, fernab von ihrem familiären Umfeld, ihren üblichen Freunden und Bekannten, könnte da ein risikoloses Opfer gewesen sein. Wie auch immer, vorerst sollten wir uns alle Möglichkeiten offenhalten.«

Bolko holte tief Luft. »Ich weiß nicht, Kiran. Ich habe ein sauschlechtes Gefühl bei dieser Sache. Glaubst du tatsächlich, dass das hier eine Einzeltat ist?«

»Warten wir's ab. Ich will erst den Tatort sehen. Schauen wir uns an, was dieser Wahnsinnige da eigentlich getrieben hat.«

Die Hütte im Wald hätte eigentlich ein friedliches Bild abgeben können. Eingerahmt von Tannen und Laubbäumen, überblickte sie eine kleine grasbewachsene Lichtung nach Osten. Der Sonnenaufgang musste von der Veranda aus herrlich zu beobachten sein. Jetzt war das Areal mit rot-weißem Flatterband abgesperrt, und die Beamten des Sicherungsteams waren damit beschäftigt, die inzwischen angekommenen Pressefotografen zu ermahnen, die Absperrung auch zu respektieren.

Bolko bedeutete Kiran, ihm nach rechts in den Wald zu folgen.

»Lass uns die Meute umgehen. Dann können wir

auch gleich mal schauen, ob wir nicht doch etwas auf der Rückseite finden.«

Bolko rief einen Beamten des Sicherungsteams an und informierte ihn über ihren Plan. Sie umliefen die Hütte weitläufig und mühten sich durch das dichte Gestrüpp. Bald konnten sie die Hütte ausmachen, deren Umriss durch die Bäume zu sehen war. Kiran stutzte. Auf der Rückseite waren fein säuberlich Möbel übereinandergestapelt.

»Hat der vorher alles ausgeräumt?«

»Wir gehen davon aus«, sagte Bolko. »Wenn der Besitzer seit Herbst nicht mehr hier war, wird er wohl kaum seine Regale und diesen schönen alten Schaukelstuhl draußen gelassen haben.«

Sie gingen durch die Hintertür und betraten den einzigen Raum der Hütte. Draußen war es spätsommerlich warm, hier im Innern war es unangenehm stickig. Es roch nach getrocknetem Blut und Angst. Bolko machte das Licht an. Der Täter hatte die Fenster verklebt, nicht der kleinste Sonnenstrahl drang nach innen. Sie zogen sich ihre Plastiküberschuhe an und sahen sich um. Der Raum wirkte wie eine Theaterbühne, mit dem Stuhl, dem Spiegel und den Kerzen rund um das Viereck als den einzigen Requisiten. Kiran verbannte die aufkommende Übelkeit in die hinterste Ecke seines Bewusstseins und untersuchte zunächst den Boden, dann trat er an die Plane heran. Er holte sein Mobiltelefon hervor, sah sich auf dem Display einige der Fotos an, blickte wieder zur Plane.

»Die Spuren hier stammen wohl vom Abtransport der Leiche. Vorher nicht ein einziger Fußabdruck. Wie um alles in der Welt ist das möglich?«

»Keine Ahnung«, antwortete Bolko. »Mag ja sein,

dass man nach dem Schnitt durch die Kehle nach hinten springen kann, aber was ist mit dem Blut von den anderen Verletzungen?«

»Das ist das Problem, selbst kleinste Schnitte hinterlassen Blutspuren.«

Dann kam ihm eine Idee. Er betrat vorsichtig die Plane, beugte sich nach unten und kippte den Stuhl. Zunächst war nur getrocknetes Blut zu sehen, dann aber entdeckte er es: Ein minimaler Fetzen einer zweiten Plane klebte am hinteren rechten Stuhlbein. Er entfernte ihn mit einer Pinzette und hielt ihn gegen das Licht.

»Eine zweite Plane.« Er sah Bolko resigniert an. »Ich glaube nicht, dass wir viel finden werden.«

Bolko schaute ungläubig. »Wozu braucht der eine zweite Plane, wegen der Spuren?«

»Anzunehmen. Er hat zuerst die Hütte geleert und sie dann bis fast zur Sterilität gesäubert, wie du an den Resten von ätzendem Scheuermittel sehen kannst. Dann hat er zwei Planen ausgebreitet und den Stuhl aufgestellt. Das Opfer wurde zunächst gefoltert, dann muss er die erste Plane beseitigt haben. Da laut den Fotos auch keine Blutspuren an den anderen Wunden des Opfers waren, hat er wahrscheinlich sogar sie gereinigt. Dann war alles bereit für den finalen Akt.«

Bolko betrachtete das blutige Viereck. »Wie kann man das so präzise planen? Und das alles nur für den eigentlichen Todesstoß?«

»Nicht nur. Hauptsächlich hat er mit der ersten Plane alle Spuren beseitigt. Falls er jedoch für die endgültige Tötung ein gesäubertes Areal haben wollte, dann haben wir es mit einem weitaus gestörteren Menschen zu tun, als ich bislang angenommen hatte.«

Bolko atmete flach. »Was siehst du noch?«

»Der Raum ist perfekt abgedunkelt, als wäre er nicht mehr Teil der Umwelt, wie autark. Der eigentliche Tatort ist alles, was noch im Blickfeld ist.«

»Was hältst du von den Kerzen?«

Kiran dachte nach. Irgendetwas an diesem Tatort war widersprüchlich. Hier trafen Hinweise aufeinander, die einfach nicht zusammenpassten.

»Das Ganze ergibt irgendwie keinen Sinn. Der Raum ist praktisch steril. Man könnte meinen, der Täter wäre ein Arzt oder Chirurg, der kühl und professionell vorgeht. Dann aber die Aufstellung mit dem Spiegel und den Kerzen, die eher Emotionalität suggerieren. Auf den ersten Blick sieht es nach der Tat von jemandem aus, der einerseits kontrolliert ist, auf sich und seine Tat fokussiert ist. Zugleich scheint er mit dieser Tat etwas demonstrieren zu wollen. Aber dann fehlen die entsprechenden Symbole, Botschaften oder andere Hinweise, die solche Täter eigentlich immer zurücklassen. Hier ist die Botschaft allein das Opfer, der Stuhl und der Spiegel, nichts sonst.«

Sie sahen sich an.

»Das gefällt mir gar nicht, Kiran. Wir müssen uns organisieren, und das schnell. Ich glaube, das wird eine verdammt böse Sache werden.«

3

Auf dem Weg zum Polizeirevier erreichte Kiran eine SMS von Alenka. Stephen Rollins war mit seinen ersten Nachforschungen fertig und wartete auf Kirans Videoanruf. Bolko schlug vor, die Konferenz zusammen mit dem Team durchzuführen, damit man sich kennenlernen und danach gleich alle Neuigkeiten besprechen konnte.

Nachdem sich alle in der Einsatzzentrale versammelt und eine weitere Dosis Koffein aus Enzos transportabler Espressomaschine intus hatten, stellte Kiran die Verbindung zu Rollins her. Es klickte am anderen Ende, und sein alter Freund erschien auf dem Bildschirm.

»Kiran! Mann, gut, dich zu sehen. Du siehst klasse aus. Okay, blöd jetzt bei dieser Sache, aber wirklich, sehr gut.«

Kiran musste lächeln. Er fragte sich, warum in Quantico offensichtlich jeder zu glauben schien, dass er abgemagert und mit hohlen Augen durch die Gegend schleichen würde.

»Hi, Steve. Alles gut bei dir?«

»Bestens. Du hast dein Team dabei, wie ich sehe.«

Kiran stellte alle der Reihe nach vor, und Steve begrüßte jeden Einzelnen mit Hi und Vornamen. Seine freundliche, joviale Art hatte sich nicht verändert.

»Okay, Jungs. Und Mädels, sorry. Ich habe mir euren Bericht und das Bildmaterial angesehen. Sehr gute

Arbeit, Alenka. Nun, die gute Nachricht ist, der Tathergang kam mir irgendwie bekannt vor, daher habe ich etwas schneller in unseren Datenbanken forschen können und ein ziemliches Ding entdeckt. Die schlechte Nachricht ist: Ich weiß nicht, ob euch das wirklich freuen wird.«

Rollins legte eine Kunstpause ein, bevor er fortfuhr.

»Also, ihr kennt VICAP, das Violent Criminal Apprehension Program?« Alle nickten. Die FBI-Datenbank war in den achtziger Jahren in Quantico ins Leben gerufen worden und konnte inzwischen von allen Polizeidienststellen landesweit genutzt werden. »Gut. Über die tote junge Frau habe ich zunächst nichts außer ihre Schuldaten und die Lobhudelei über ihre tolle Familie herausgefunden. Die sind in Richmond ziemlich weit oben mit dabei. Der Vater sitzt im Stadtrat und leitet die Handelskammer. Dem schmierigen Bild nach zu urteilen, ist er auch bei der Tea Party aktiv. Angerufen und mit seinen Verbindungen gedroht hat er auch schon. Er will heute noch einen Bericht haben, aber das muss euch nicht kümmern. Also, ich habe alle Merkmale eingegeben, und heraus kam wie befürchtet nichts Gutes. Es hat innerhalb der letzten sechs Monate zwei Morde an jungen Mädchen gegeben, die exakt dasselbe Tatmuster aufweisen, und zwar hier in Virginia und in North Carolina. Dieselbe Inszenierung mit Stuhl, Spiegel und allem.«

Enzo und Bolko rückten unruhig auf ihren Stühlen herum. Kiran wollte etwas sagen, aber Alenka kam ihm zuvor.

»Mr. Rollins, ich …«

»Steve, Alenka, Steve.«

»Okay, Steve, ich frage mich, warum du erst VICAP

bemüht hast? Ich meine, einer der Morde ist gewissermaßen vor eurer Haustür geschehen. Entschuldigung, ich will ja nicht kritisieren, aber die Information hätte mir beim Auswerten heute Mittag vielleicht schon geholfen.«

Steve lächelte amüsiert. »Nur immer freiheraus. Mein geschätzter Kollege Henderson ist nicht der Allerhellste, wenn es um vernetztes Denken geht. Deshalb hat er auch die Nachtschicht. Ich war bereits vor der VICAP-Suche drauf und dran, euch anzurufen, aber Greenberg hat mich zurückgepfiffen. Ich sollte erst alles auswerten und die Ergebnisse mit euren Daten abgleichen. Nehmt das nicht persönlich, Greenberg ist da rigoros. Zuerst das Gesamtbild für ihn, dann für alle anderen. Du kennst das ja noch, Kiran.«

Kiran nickte. »Und hat er schon entschieden, ob ihr auch eine Ermittlungsgruppe zusammenstellt?«

»Offiziell habe ich wie immer keine Ahnung. Aber ich habe eine Vermutung. Hier in Quantico sind gerade alle dabei, dem neuen Director des FBI in den Hintern zu kriechen. Dann gibt es da noch diese Anschlagserie einer rechtsradikalen Gruppierung, deren Kopf wohl von D.C. aus operiert. Zurzeit bindet das fast unsere gesamten Kräfte. Greenberg hat mich gefragt, was ich gerade so zu tun habe, danach hat er eure Chefin angerufen. Wenn ihr mich fragt, sind die gerade dabei, einen Flug für Kiran zu buchen.«

Kiran nickte. Ihm war sofort klar geworden, dass Halbach ihn in die Staaten schicken würde.

Bolko meldete sich zu Wort. »Steve, was meinst du, ist das einer von euch, der sein Opfer hierherverfolgt hat?«

»Das ist wohl der im Moment einzig logische Schluss.

Vor allem wenn man die beiden ersten Morde näher betrachtet. Moment …« Er kramte in einigen Unterlagen auf seinem ziemlich chaotischen Schreibtisch und fand schließlich, was er suchte. »Ah, hier. Der erste Mord fand im Februar statt, das war der in Virginia, und zwar in Richmond, also der Heimatstadt der bei euch getöteten Patricia Masterson. Das Opfer hier ging auf dieselbe Schule wie Patricia und war ebenfalls siebzehn Jahre alt. Vielleicht kannten sich beide Opfer sogar näher, werde ich herausfinden. Das heißt, wer auch immer ermitteln soll, also höchstwahrscheinlich ich. Keine direkte Beziehung, jedenfalls bis auf das Tatmuster, besteht bisher zu dem Mord in North Carolina. Der wurde zwei Monate später in Raleigh verübt. Ist zwar ein anderer Bundesstaat, aber gerade mal zweieinhalb Autostunden von hier. Ist wohl kein gewagter Schluss anzunehmen, dass unser Täter einen kleinen Ausflug gemacht hat. Auch hier ist das Opfer eine Schülerin der örtlichen Highschool.«

»Steve, wir müssen alle Details aus dem Leben der drei Opfer haben. Es muss eine Verbindung geben«, sagte Kiran.

»Sicher. Ich bin schon dabei, alle Unterlagen vorzubereiten. Und wenn mich nicht alles täuscht, wirst du mir morgen bei der Auswertung helfen.«

»Wir werden sehen«, sagte Kiran. Er bedankte sich bei Steve für diese ersten Informationen und versprach, sich zu melden, sobald sich etwas Neues ergab. Dann beendeten sie das Gespräch.

Bolko sprach aus, was alle dachten. »Und? Wirst du fliegen? Ich denke, das würde Sinn ergeben. Vielleicht haben wir ja Glück, und der Mörder hat nur sein nächstes Opfer verfolgt. Dann ist er vielleicht schon längst wieder in der alten Heimat.«

Kiran sah nachdenklich vor sich hin. »Vielleicht hast du Recht. Aber wir sollten uns nicht zu früh freuen. Wenn unser Mörder kein typischer Serienkiller ist, könnte es durchaus sein, dass er Gefallen an Deutschland gefunden hat.«

Nachdem Enzo frischen Kaffee geholt hatte, sprachen sie über die Aussicht, einen Serienmörder in Deutschland verfolgen zu müssen, und darüber, inwieweit der amerikanische Aspekt eine Rolle spielen könnte. Das Problem war dabei nicht die Unerfahrenheit der deutschen Polizei in Sachen Serientäter. Seit dem Krieg waren in Deutschland weit über fünfzig Serientäter überführt worden. Dagegen aber stand eine beachtliche Anzahl ungeklärter Mordserien, weshalb man in Fachkreisen von einer weitaus höheren Zahl unentdeckter Serientäter ausging. In Europa rangierte Deutschland in diesem Bereich der Kriminalstatistik weit oben. Außerdem konnte man seit den achtziger Jahren eine massive Zunahme von Seriendelikten verzeichnen.

Kiran wunderte sich darüber kein bisschen. Er war seinerzeit mit der Gewissheit zur Ausbildung in die Vereinigten Staaten gereist, dort eine ganz andere Gesellschaft und dementsprechend ungewohnte Formen des Verbrechens vorzufinden. Zunächst traf dies auch zu. Ein zunehmend härter werdendes soziales Klima und der immer exzessivere Medienkonsum bereiteten den Nährboden für Gewalt in all ihren Spielformen. Das verbriefte Recht der Amerikaner auf das Tragen einer Waffe war dabei auch nicht besonders hilfreich. Kiran hatte sich in den Staaten ausführlich mit psychischen und sozialen Tatmotivationen befasst. Auch wenn dies beim FBI eine fast ausschließlich auf die USA zugeschnittene Wissenschaft war, so hatte er doch viele wichtige Erfahrungen sammeln können. Heute, da sich die europäische Gesellschaft der amerikanischen immer mehr angeglichen hatte, begriff er durch seine Zeit bei der Behavioral Unit des FBI in Quantico mehr als deutlich, dass keine Region und keine Kultur davor gefeit war, den Preis für das zu zahlen, was Politiker, Finanzjongleure und Medienzare der Weltgesellschaft antaten.

Serienmörder hatte es schon immer gegeben, auch in Deutschland. Was nun passierte, häufigere und grausamere Taten, war eine Angleichung der Verhältnisse. Eine logische Folge der Härten, die diese Zeiten mit sich brachten. Also nichts anderes als ein sich veränderndes Biotop, in dem auf einmal andere Lebewesen in größerer Zahl auftauchten, weil sie nun ideale Lebensbedingungen vorfanden oder erst durch diese entstanden.

Enzo, der konzentriert gelauscht hatte, meldete sich zu Wort. »Du glaubst also, dass wir hier das Gleiche erleben wie die Amerikaner? Dann müsste uns deren Erfahrung doch erst recht weiterhelfen. Vor allem wenn es sich um einen amerikanischen Täter handelt.«

»Ganz sicher. Obwohl ich in meiner ersten Lektion bei der Behavioral Unit erst mal darüber aufgeklärt wurde, dass man dort beileibe nicht so viel weiß, wie alle glauben. Sicher hat man viel Literatur gesammelt, Fälle ausgewertet und Psychologen in die Hochsicherheitszellen geschickt. Aber hierzulande denken viele immer noch, dass man einen Serienmörder relativ schnell in ein Schema einordnen und dann fassen kann.«

»Und, kann man nicht?«, fragte Alenka augenzwinkernd.

Kiran lächelte traurig. »Psychologie wird uns bei der Fallanalyse helfen, das steht außer Frage. Aber das Problem ist, dass jeder Täter ein Individuum ist. Das bedeutet psychologische und soziologische Einkreisung, damit man wenigstens den Hauch einer Chance hat, Hinweise richtig zu deuten und den Mörder vielleicht irgendwann aufhalten zu können. In der Realität werden aber nur die gefasst, die die Kontrolle verlieren und Fehler begehen.«

In diesem Moment ging die Tür der Einsatzzentrale auf, und Birte Halbach betrat den Raum.

»Ich nehme mal an, Sie alle haben durch den amerikanischen Kollegen bereits das Wichtigste erfahren. Dürfte ich noch mal um eine Zusammenfassung bitten, Bolko?«

Bolko nickte. Nahm seinen Notizblock zur Hand und begann: »Das Opfer ist die siebzehnjährige Austauschschülerin Patricia Masterson aus Richmond, Virginia, die hier am örtlichen Gymnasium ein Schuljahr absolvieren wollte. Die Befragungen der Gastfamilie, der Schüler und Beschäftigten am Gymnasium werden morgen vorgenommen. Daher wissen wir bis jetzt auch nicht, mit wem sie Kontakt hatte und wo sie sich vor der Tat aufhielt. Zu Tatort und Tathergang wissen wir nur, dass sich der Täter zu einer in letzter Zeit unbenutzten Jagdhütte Zugang verschafft und diese vollständig präpariert hat.« Er nahm einen Schluck Kaffee.

Halbach runzelte die Stirn. »Präpariert, wie meinen Sie das?«

»Er hat sämtliche Möbel nach draußen geräumt, den Raum dann komplett gereinigt und abgedunkelt. Auf den Boden hat er zwei Planen gelegt, um dieses Viereck dicke Kerzen Marke Gottesdienst aufgestellt, auf die Planen den Stuhl positioniert und davor, also auf das Opfer gerichtet, einen Standspiegel.«

»Kiran, was wissen wir zum genauen Tathergang?«

»Er hat das Opfer entkleidet und auf den Stuhl gefesselt. Auch wenn wir keinerlei Spuren gefunden haben, weil er den Tatort hinterher noch mal gereinigt hat, nehme ich an, dass sie betäubt war.«

»War sie«, warf Alenka ein, die ihren Tablet-Computer auf dem Schoß hielt. »Entschuldigung, aber ich habe gerade den Obduktionsbericht per Mail bekommen.«

»Was steht noch in dem Bericht?«, fragte Bolko.

Alenka ließ die Seiten des Dokuments auf ihrem Tablet vorbeigleiten und las gleichzeitig vor: »Todesursache Ausbluten durch Schnittwunde in der Kehle. Einundzwanzig identische Schnittwunden von einem kleinen scharfen Messer, dreizehn kreisförmige Brandwunden durch ein bisher nicht identifiziertes Werkzeug. Alle Verletzungen wurden vor der Tötung zugefügt und vornehmlich an sehr empfindlichen Körperstellen. Blutergüsse an Fuß- und Handgelenken durch Fesselung. Keinerlei sexuelle Übergriffe. Einstichwunde am Halsmuskel. Toxikologie besagt, dass sie durch Ketamin betäubt worden ist.«

Birte Halbach holte tief Luft. »Was ist da passiert, Kiran?

»Nun, die Tat zeichnet sich durch die perfekte Planung und Ausführung aus. Die zugefügten Verletzungen sind mit hoher Präzision vorgenommen worden. Das Ganze wirkt auf mich wie ein zelebrierter Akt, und zwar sowohl, was die Vorbereitung, als auch die Tat selbst betrifft. Es gibt so gut wie keine Spuren, da der Täter durch die Verwendung von zwei Planen und durch eine zweite Tatortreinigung alle Spuren entfernt hat. Es gibt darüber hinaus keinerlei Botschaften, also Zeichen, Symbole, Objekte – nichts. Allenfalls der Spiegel und die Kerzen zeigen uns, dass da eine Art Weihestimmung erzeugt werden sollte, und gleichzeitig, dass das Opfer und seine Bestrafung vollkommen im Mittelpunkt stehen sollten.«

»Inwiefern Bestrafung?«, wollte Enzo wissen.

»Das ist meine Arbeitsthese bislang. Nichts scheint auf Leidenschaft hinzudeuten. Keine Spuren, kein Fehler, keine emotional bedingte, ungesteuerte Misshandlung. Ich denke, dass hier einfach ein Mensch schutzlos in die Mitte eines pechschwarzen Raumes gesetzt und dann gequält und schließlich getötet wurde.«

»Erinnert irgendwie an die Inquisition im Mittelalter«, warf Alenka ein.

»Gutes Beispiel. Es kann sehr wohl sein, dass das eine Art Verhör samt Urteil und Vollstreckung war. Wir sollten uns nur nicht zu sehr auf den Ritualaspekt fixieren. Die Kerzen suggerieren das, aber sie können auch einfach nur Beiwerk sein. Wie ich schon sagte, es gibt sonst keinerlei erkennbare Symbolik, weshalb ich nicht glaube, dass hier ein religiöser, okkulter oder mittelalterlicher Geist eine Rolle spielt.«

»Aber was dann? Wer macht so was?«, fragte Bolko.

»Das ist das Problem. Wir sehen hier zwei eher gegensätzliche psychologische Hinweise. Da ist zuerst die durchgehend kontrollierte Tatausführung, die in einem vorher und nachher penibel gesäuberten Raum durchgeführt wurde. Das lässt auf einen sehr präzise planenden Menschen schließen. Die Folter ist geradezu gewissenhaft und in ihrer Grausamkeit ebenfalls sehr planvoll durchgeführt worden. Wir brauchen dazu mehr Details, Alenka, Technik, wahrscheinliche Abfolge, Körperregionen. Es kann sein, dass der Täter über eine medizinische Ausbildung verfügt oder sich diese angelesen hat. Dann ist da aber ein gegensätzlicher Punkt, die Emotion.« Kiran machte eine Pause, sah in die fragenden Gesichter.

Birte Halbach hob die Augenbrauen. »Emotion? Er ist eiskalt verfahren. Oder nicht?«

»Ja, so scheint es. Die gesamte Tat verlief praktisch ohne emotionale Regung. Dann aber, zum Schluss, schneidet der Mörder dem Opfer die Kehle durch, was zu einem immensen Blutaustritt und zur Todespanik beim Opfer führt. Angesichts der schon fast klinisch sauberen Ausführung vorher ist ein solches Ende unerwartet dramatisch.«

»Und was heißt das? Ist das so eine Art Schlussakkord?«, fragte Bolko.

»Durchaus. Dies ist vielleicht die eigentliche symbolische Handlung. Es hat etwas Archaisches. So wie man in der Frühgeschichte Tiere und Menschen geopfert oder Feinde ausgeblutet hat. Ich glaube, dass dieser finale Akt am ehesten auf die Psyche des Täters schließen lässt.«

»Und inwiefern?«

»Nun, bis zu diesem Moment sieht alles wie die Tat eines hochgradig gestörten und krankhaft fixierten Menschen aus. Macht und Kontrolle erzeugt er durch das Ausschalten aller Aspekte, die ihn an seiner Tat hindern oder davon ablenken könnten. Die Umwelt wird komplett ausgeblendet. Dann aber schließt er die Tat ab wie ein Jäger, der Stärke demonstriert. Und eine Demonstration zielt immer nur auf eines: die Aufmerksamkeit der Umwelt. Aber auch diese Botschaft wird wieder geradezu versteckt. Es gab vom Mörder keinen Hinweis auf die Tat. Keine Mitteilung, ein Tatort, der nur durch Zufall betreten wird. Die Hütte war für eine geraume Zeit unbenutzt und wäre es vielleicht noch lange geblieben. Das Opfer hätte also wochenlang dort verwesen können. Diese Gegensätze sind momentan ziemlich verwirrend.«

»Gut«, bemerkte Halbach. »Das bedeutet, wir haben kein eindeutiges Profil, um welche Sorte Psychopath es sich hier handelt. Wir suchen also nach weiteren Hinweisen und Zeichen.«

Kiran nickte.

Halbach fuhr fort. »Sie wissen sicher vom Kollegen Rollins, dass dies hier wahrscheinlich Mord Nummer drei ist?

»Jepp, wissen wir«, bestätigte Bolko.

»Gut, dann teilen wir uns jetzt auf. Kiran, Sie haben es sich vielleicht schon gedacht – Sie fliegen gleich zur US Airbase nach Ramstein und von da nach Washington D.C., geht schneller so. Rollins erwartet Sie. Ich will alles wissen, was ihr über die Morde in den USA herausfinden könnt. Bolko, Sie besorgen sich alle Informationen von der Kriminaltechnik und der Gerichtsmedizin, dann nehmen Sie sich die Gastfamilie und die Schule vor. Wenn der Täter aus den USA stammt, muss er eingereist und gerade in einer Gegend wie hier irgendwem aufgefallen sein. Ich will dazu über jeden Schritt des Opfers Bescheid wissen, jede Bewegung, seit sie in Frankfurt gelandet ist.«

Bolko nickte. »Wird gemacht, Chefin. Alenka, du kümmerst dich um die Standleitung zu Kiran. Danach kannst du Enzo helfen, der schon mal mit der Schule anfängt. Ich nehme mir die Gastfamilie vor. Wir treffen uns dann in der Schule und fügen danach alle Informationen zusammen. Dann sollten wir bis morgen Abend ein erstes Bild haben und können mit unserem Mann in D.C. konferieren.« Er sah Kiran an, der leicht abwesend aussah, und knuffte ihn an die Schulter.

»Kopf hoch, Kollege. Irgendwann müssen wir alle mal zu McDonald's.«

4

Der Übungsplatz liegt im Morgendunst. Der Wind zerrt an den Bäumen um sie herum, und doch ist kein Geräusch zu hören in der Sandmulde, in der sie liegen und auf ihren Einsatz warten. Die Stille ist allgegenwärtig. Vom feindlichen Team ist nichts zu sehen. Kiran beobachtet das Gelände vor sich und muss die Augen im grellen Morgenlicht zusammenkneifen, um überhaupt etwas sehen zu können. Ein Stoß von der Seite lässt ihn herumfahren. Er blickt in das Gesicht von Dave Morrison. Der schreit ihm etwas zu, er sieht den Mund Worte formen. Dave stößt ihn noch einmal an, dann springen sie auf und rennen los.

Kiran sieht die Zielattrappen vor sich und will schneller rennen, aber der Sand unter ihnen macht jede Bewegung zu einer Qual. Sie sind die ganze Nacht gelaufen. Seine Beine sind schwer, der weiche Boden scheint jeden Schritt aufzusaugen.

Die Pistole liegt unförmig in seiner Hand. Heute ist sie scharf geladen. Er mag nicht daran denken, dass seine Waffe kein Übungsgerät mehr ist. Jetzt kann sie töten. Ein sonderbares Gefühl, schwerelos und erdrückend zugleich.

Ein stechender Schmerz fährt durch seinen Oberschenkel. Im Laufen blickt er an sich hinunter und sieht rosa Flecken auf seinem Kampfanzug. Ein weiterer Stich am Arm. Sie sind umzingelt. Dave neben ihm schreit wieder etwas und sackt zusammen.

Kiran hält inne und beugt sich über Dave. Dessen Schutzbrille ist verrutscht, die Augen feuerrot. Er wälzt sich am Boden, streckt die Hände nach Kiran aus und scheint vor maßloser Wut zu brüllen. Rauschen, noch immer ist nichts zu hören. Kiran versucht, die Farbe aus Daves Augen zu bekommen, aber seine Hände und sein Anzug sind voller Sand. Dave schlägt wild um sich.

Aus den Augenwinkeln sieht Kiran eine Bewegung. Das andere Team greift an. Er fährt herum, will etwas rufen, aber es kommt kein Ton aus seiner Kehle. Er bekommt einen Schlag ans Kinn. Dave ist aufgesprungen und in die falsche Richtung losgelaufen, direkt auf das Team zu, das nur mit Farbmunition bewaffnet ist. Kiran rappelt sich hoch und will ihm folgen, aber sein Partner ist viel zu schnell. Er stolpert, taumelt durch den Sand.

Dave rennt mit gezogener Waffe auf das andere Team zu, Farbkugeln kommen von allen Seiten und zerplatzen auf seinem Körper. Im nächsten Moment speit sein Revolver Feuer. Alles verlangsamt sich vor Kiran. Der Kopf eines Gegners verwandelt sich in eine blutrote Masse, einen Sekundenbruchteil später wird ein weiterer zerfetzt. Die anderen versuchen davonzurennen. Dave bleibt stehen und legt auf den nächsten Gegner an.

Auf einmal geht alles sehr schnell. Kiran hat seine eigene Waffe gezogen. Er legt an, schießt und trifft seinen Partner ins Bein. Dave hält inne und dreht sich schmerzverkrümmt um. In seinen Augen mischen sich irrsinnige Wut und Fassungslosigkeit. Dann hebt er seine Waffe und zielt.

Kiran sieht die Mündung auf sich gerichtet. Er denkt nicht. Er reagiert, wie er es tausende Male geübt hat.

Die Schüsse fallen aus einer einzigen fließenden Bewegung. Sein Arm scheint sich zu verlängern und seinen Partner direkt zu berühren. Kiran sieht die Kugeln einschlagen, mitten in die Stirn. Vor seinen Augen verwandelt sich Dave in einen Toten. Er fällt mit dem Gesicht voraus in den Sand …

Kiran erwachte schweißgebadet. In ihm tobte das Adrenalin des Albtraums. Die Orientierungslosigkeit dauerte an. Nach einer Ewigkeit begann sich die Realität wieder einzustellen, quälend langsam. Er erkannte die Konturen des Frachtraums, in dem er saß. Die Motoren dröhnten in seinen Ohren, während seine Gedanken rasten. Er versuchte, ruhig zu atmen.

Schließlich stand er auf und tapste blind um die Ecke, um sich zu erleichtern. Toiletten gab es in Militärflugzeugen keine. Vielleicht würde ein Schluck Tee helfen. Schlafen würde er nicht mehr. Wie immer, wenn er diesen Traum gehabt hatte.

5

Jedes Mal, wenn Kiran in die USA reiste, war er aufs Neue überwältigt von diesem Land. Er liebte die Urwüchsigkeit der Natur, die endlose Weite der Landschaft, die in seltsamem Kontrast stand zu der klaren rechtwinkligen Struktur der Vororte mit ihren einfachen Einfamilienhäusern und den flachen Bürgersteigen. Kiran legte den Kopf zurück und sog die warme Luft ein. Er roch dieses unverwechselbare Gemisch aus frischem Gras, Erde, Pinien und der für September typischen schweren Feuchte überall. Über alldem lag der Geruch von etwas unbestimmt Süßlichem. Jedes Mal, wenn er in die USA kam, fiel ihm als Erstes dieser Geruch auf. Mehr als in jedem anderen Land, das er besucht hatte. Sie fuhren über den Potomac, und Kiran genoss den Blick auf das in der Ferne schimmernde Washington.

Steve hatte vor der Andrews Airbase auf ihn gewartet und lässig an seinem Oldsmobile Convertible gelehnt. Als Kiran schließlich vor ihm stand, war es, als ob kaum eine Woche vergangen wäre, seit sie sich zum letzten Mal getroffen hatten. Steve sah aus wie immer. Kiran hatte die große Gestalt mit den hochgezogenen Schultern schon von weitem ausgemacht. Ein verschmitzter Ausdruck lag auf Steves markantem Gesicht, das von einem ewig widerspenstigen schwarzen Haarschopf gekrönt war. Sie hatten sich herzlich umarmt, waren in den

Sportwagen gestiegen, um erst einmal zum Frühstücken in einen Diner zu fahren.

Das Mr. Crowley's befand sich auf halbem Wege zwischen Washington und Quantico, das südlich lag. Abseits des Highways gelegen, konnte man von hier Belmont Bay überblicken, wo der Potomac in ein breiteres Flussbett überging. Sie nahmen auf der Terrasse Platz und genossen den warmen Morgen. Washington erfreute sich seit zwei Wochen an einer für diesen Monat untypischen Temperatur von über dreißig Grad. In den vergangenen Jahren hatte Kiran oft gegrübelt, wie sein Wiedersehen mit diesem Ort wohl verlaufen würde. Seltsamerweise fühlte er sich befreit und glücklich, als ob er aus dem Exil heimgekehrt wäre. Selbst Winston Crowley, der Besitzer des Diners, hatte ihn nach kurzem Zögern wiedererkannt und in die Arme geschlossen.

Jetzt saßen sie in der Sonne, tranken frisch gebrühten Kaffee und warteten auf die Spezialität des Hauses, Double Steak & Eggs, begleitet von einer Portion Blaubeerpfannkuchen davor und einem Ananas-Bananen-Kompott zum Schluss, dazu eine Karaffe mit frisch gepresstem Orangensaft. Nach einem solchen Frühstück benötigte man für den Rest des Tages keine weitere Nahrung mehr. Kiran seufzte entspannt und ließ den Blick schweifen.

»Well, well«, sagte Steve. »Zurück im Zentrum des Wahnsinns und mit einem fehlgeleiteten Torpedo im Gepäck. Kein schlechter Auftritt. In Quantico ist das ziemlich schnell rumgegangen.«

»Und, was spricht man so?«, fragte Kiran.

»Nichts Besonderes. Die Leute von der alten Mannschaft fragen sich, wie du jetzt wohl so drauf bist.«

»Und der Rest? Keine alten Rachegefühle?«

»Ach was. Wir werden uns in erster Linie bei deinen Freunden von der Verhaltensforschung aufhalten, dort liebt man dich noch genauso wie damals, vor allem Margie.«

»Sie ist immer noch dort?«,

»O ja«, antwortete Steve glücklich grinsend. Margaret Elena Trczebiatowski war ebenso kompliziert wie ihr Name. Auf ihre eigene Art attraktiv, hektisch und hochintelligent, aber ohne jegliche Begabung, ihre Gefühle für andere auf normale Weise zu kommunizieren. Ihre Schwärmerei für Kiran hatte seinerzeit zu einigen absurden Szenen geführt, an denen sich Steve bis zur Ekstase ergötzt hatte.

»Sie hat bereits die Ermittlungsergebnisse beider Morde an die Wand gepinnt und wahrscheinlich für ein erstes Profil eine Nachtschicht eingelegt. Das wird ein Fest, mein Lieber.«

Kiran warf ihm einen sarkastischen Blick zu.

»Also«, sagte er, um einen etwas sachlicheren Ton bemüht, »ich nehme an, wir gehen mit Margie erst mal alles durch und überlegen dann, wie wir weiter vorgehen. Was ist mit Greenberg?«

»Der ist in Seattle. Um den brauchen wir uns nicht zu kümmern. Ich habe mit der Familie von Patricia Masterson einen Termin für morgen früh vereinbart, danach einen mit dem Vater des ersten Opfers. Heute treffen wir uns mit Margie und Special Agent Johnson, der die Sache seinerzeit bearbeitet hat und uns über die Ermittlungen hier und in Raleigh aufklären wird. Trotzdem sollten wir da auch noch mal hinfahren, mein Wagen braucht Auslauf und ich auch.«

Sie unterhielten sich noch eine Weile über die Veränderungen in Quantico und Kirans Unterkunft dort, dann näherte sich ihnen eine schlanke Bedienung, die lässig ein Tablett mit dampfenden Pfannkuchen und zwei unter riesigen Steaks verschwindenden Tellern balancierte.

Eine Stunde später, um zehn Uhr Ortszeit, kamen sie in der FBI-Zentrale an. Kiran befand sich trotz des Nachtflugs körperlich noch in der mitteleuropäischen Zeitzone und fühlte sich, als wäre es bereits Nachmittag. Steve brachte ihn zunächst zu einer der Gästeunterkünfte auf dem Gelände und empfahl sich in sein Büro, damit Kiran sich frisch machen konnte.

Quantico schien sich kaum verändert zu haben, wenn man von einigen zusätzlichen Sicherheitsmaßnahmen rund um das Gelände absah, die Kiran so noch nicht kannte. Er war sich nicht sicher, ob ihn das beruhigte. Mit den vertrauten Gebäuden waren auch die ersten Erinnerungen zurückgekommen. Ganz plötzlich, als ob sie in den Bäumen gelauert und auf ihn gewartet hätten. Obwohl er nur kurz duschen und seinen Koffer ausräumen wollte, konnte er die aufsteigenden Bilder nicht abwehren.

Er trat ans Fenster. Dort unten auf dem Parkplatz hatte er gestanden und Greenberg die Hand geschüttelt. Ein lauer Wind hatte durch die Bäume gestrichen und flirrende Sonnenstrahlen durch die Blätter dringen lassen. Trotz der frühen Stunde war überall auf der Anlage bereits eine hektische und erwartungsfrohe Betriebsamkeit spürbar gewesen. Eine weitere Ausbildungszeit war zu Ende gegangen. Schüler der Abschlussklassen versammelten sich in ihren eleganten Anzügen. Familienangehörige trafen ein, letzte Arbeiten an Podien und an der Bestuhlung wurden für die Abschlusszeremonie verrichtet.

Auch Kiran hätte teilnehmen sollen, war jedoch von den Festivitäten ausgeschlossen worden. Vorausgegangen waren die schlimmsten Tage seines Lebens. Die Katastrophe, die nur zweiundsiebzig Stunden zuvor eingetreten war.

Kiran hatte an drei Prüfungen teilgenommen. Die ersten beiden, Operationsplanung und Verhaltensanalyse, jeweils in einer inszenierten Stresssituation, hatte er mit Bravour bestanden. Schließlich war es an die letzte Hürde gegangen. Ein willkürlich zusammengestelltes Einsatzteam sollte unter Verfolgung eines gegnerischen Teams schnelle und bewegliche Zielattrappen ausschalten. Im Prinzip unterschied sich diese Prüfung nicht von den unzähligen anderen Übungen, die sie in den Monaten zuvor Tag und Nacht durchgeführt hatten. Doch neu war, dass die Prüflinge mit scharfer Munition hantierten, die sie auf die Zielattrappen verschossen. Die Angriffsteams waren dagegen mit Farbmunition ausgerüstet, da sie den Auftrag hatten, ihre menschlichen Gegner erbarmungslos unter Feuer zu nehmen. Die umständlichen Sicherheitsbelehrungen rund um diese Prüfung belasteten die Nerven der Auszubildenden über jedes gewohnte Maß hinaus. Der Druck in den Prüfungssituationen wurde von Mal zu Mal intensiviert. Unbarmherzig wurden so all jene aussortiert, die der Herausforderung nicht gewachsen waren. Immer mehr Prüflinge verloren die Nerven, brachen vor oder auch während der Prüfung zusammen. Trotzdem hatte sich niemand ausgemalt, dass es in jenem Jahr zu einem tödlichen Unfall kommen sollte.

Eine Sirene erklang und riss Kiran kurz aus seinen Gedanken. Das Signal erinnerte ihn schmerzlich an den Alarm, den die Schießerei auf dem Prüfungsplatz ausgelöst hatte. Die Bilder in seinem Kopf begannen zu verschwimmen. Dave lag in seinen Armen und hustete Blut. Umstehende brachen in Panik aus. Kiran vom Rettungsteam in eine Decke gehüllt, dann in einem kahlen Raum Greenberg gegenübersitzend.

Kiran legte die Finger kurz an die Schläfen und leerte seinen Kopf. Dann ging er duschen.

6

Die Gänge waren ein einziges Labyrinth. Orientierung war wie in so vielen älteren öffentlichen Gebäuden Amerikas ein Ding der Unmöglichkeit. Die Wege folgten keiner Logik. Es schien vielmehr, als hätte sich ein Maulwurf beim Graben ständig neu entschieden.

Kiran irrte durch Korridore, suchte Steve und fand ihn schließlich in der Kaffeeküche beim Plausch mit einer Kollegin. Als Steve ihn sah, machte er ihm Zeichen. Zusammen besorgten sie drei Kaffee und begaben sich ins Gebäude der Behavioral Unit. Hier, so hoffte Kiran, würden sie ihren Täter aufspüren können: zwischen Profilen, Soziogrammen und Persönlichkeitsanalysen, unterstützt von einem allumfassenden Informationsnetzwerk. Auch wenn Kiran die endgültige Aushebelung der elektronischen Privatsphäre seit den Ereignissen des 11. September mit Widerwillen verfolgt hatte, so musste er eingestehen, dass für die Polizeiarbeit ein gewisser Vorteil aus dieser komplett verfügbaren Information erwuchs. Zugegeben, eine teuer erkaufte Sicherheit, die von Notstandsgesetzen herrührte, mit denen sich die amerikanischen Dienste erfolgreich der Regierungskontrolle entzogen hatten. Daher hatten ihn die jüngsten Umtriebe der National Security Agency selbst ein Jahrzehnt nach dem Einsturz der Twin Towers nicht besonders überrascht. Das Problem war nach Kirans Ansicht nicht der mangelnde Datenschutz. Der hatte ohnehin nie existiert. Das entscheidende Problem war, dass Regierungen den Privatbürger von professionellen Diensten digital observieren ließen, anstatt, wie auch bei Durchsuchungsbeschlüssen, erst dann tätig zu werden, wenn Gefahr im Verzug war.

Es war eine traurige Tatsache, dass die deutschen Politiker des 21. Jahrhunderts nicht den leisesten Schimmer von digitaler Technik hatten und der paranoiden Überwachungspolitik ihrer amerikanischen Partner wie die Schafe folgten. Dort war der Bürger nicht nur gläsern, er war vollständiger erfasst als ein potenzieller Straftäter. Das Recht auf Privatsphäre existierte nicht mehr, ganz zu schweigen von der Unschuldsvermutung.

Mit dieser Meinung stand Kiran in Diskussionen über dieses Thema in den Fachkreisen der deutschen Dienste relativ allein. Selbst als die Verfechter umfassender Überwachung zähneknirschend zugeben mussten, dass all ihre Quellen zur Informationsbeschaffung nicht geholfen hatten, ein paar durchgeknallte rechtsradikale Terroristen im Osten Deutschlands zu fassen, bevor diese mordend durch die ausländische Gemeinde gezogen waren.

Momentan also stellten die Naivität und Unfähigkeit deutscher Behörden den besten Datenschutz für den Bürger dar. Kein besonders beruhigender Gedanke …

Als sie den Arbeitsraum erreichten, stand an einer übergroßen Pinnwand Margie. Pferdeschwanz, Brille.

»Kiran.« Keine Begrüßung, eher eine Feststellung.

»Hi, Margie«, erwiderte Kiran.

Ihr Make-up war etwas in Mitleidenschaft geraten und die Bluse zerknittert, was zeigte, dass sie die Nacht über kaum geschlafen hatte.

»Gut siehst du aus«, sagte er und biss sich innerlich auf die Zunge.

Sie betrachtete ihn über die Brille hinweg. »Sicher. Vor allem nach der zweiten Nachtschicht diese Woche.«

Sie gab ihm die Hand, aber Kiran umarmte sie herzlich. Sie tat es ihm unbeholfen nach, lächelte aber dabei, und es schien natürlicher als vor all den Jahren. Dann runzelte sie die Stirn. »Wie war dein Flug? Diese Containerbomber der Army sind die reine Folter …«

»Alles wunderbar, Margie«, unterbrach Steve das Geplänkel. »Schau mal, wir haben Kaffee.« Er schwenkte die riesigen Becher.

»Oh.« Ihre Miene hellte sich auf. »Sehr gut. Setzt euch. Ich habe die Wand hinter euch vorbereitet.« Sie drehten sich um, und Kiran blickte auf ein Panorama des Grauens.

In zwei Hälften geteilt, waren beide Fälle auf amerikanischem Boden durch Fotografien, Notizzettel und Computerausdrucke an der Wand vollständig dokumentiert. Davor hatte Margie eine zusätzliche rollbare Plexiglaswand aufgestellt und darauf verschiedene Stichwortlisten und Fakten aufgeschrieben, von denen sie Verbindungslinien zu einzelnen Fotografien oder Dokumenten gezogen hatte. Auf einer weiteren Stellwand rechter Hand hatte sie das bisher existierende Material des Mordes auf deutschem Boden angeheftet.

»Sieht gut aus, Margie«, sagte Steve in einschmeichelndem Ton.

»Natürlich sieht das gut aus. Andererseits auch wieder nicht. Ihr habt da eine ziemliche Nuss zu knacken, fürchte ich.«

Ein weiterer Special Agent betrat den Raum. Er grüßte

seine Kollegen mit einer Handbewegung und schüttelte Kiran die Hand.

»Hi, Kiran. Special Agent Erwyn Jones. Gut, dich hier zu haben. Ich bin wirklich froh, dass wir in dieser Sache weitermachen können. Ich hasse Sackgassen. Außerdem entkomme ich so diesem Radikalensumpf in Anacostia. Rechte Fanatiker. Nichts für mich.«

»Freut mich für dich, Erv«, sagte Steve. »Aber ich hätte gedacht, du würdest mit Freuden unter dem neuen Klan aufräumen.«

Jones zog sich in einer geschmeidigen Bewegung einen Stuhl herbei, legte sein Jackett ab und setzte sich. »Nein, lass mal. Euren Müll könnt ihr weißen Brüder selbst wegräumen. Ich bin hier bei den Psychos bestens aufgehoben.«

Kiran stellte fest, wie sehr er die ungezwungene Art der Amerikaner vermisst hatte, und reichte Jones einen Kaffee. Der grunzte zufrieden. Er wandte sich an Margie. »Okay, ihr habt ja schon alles vorbereitet, wollen wir die Fakten durchgehen?«

Margie nickte. Sie sah in die kleine Runde.

»Ich schlage vor, wir schauen uns erst mal die beiden Morde hier in den Staaten an, dann machen wir eine erste kurze Analyse. Kiran kann dabei jeweils anfügen, was in Deutschland vorgefallen ist, bevor wir uns an ein grobes Profil wagen.«

Sie bat Jones, den Anfang zu machen, der inzwischen seine Notizen auf dem Laptop aufgerufen hatte.

»Okay, zum ersten Mord hier in Richmond, Tatzeit 10. Februar. Tatort war ein altes Lagergebäude in Mudbrook, das ist das Ufer gegenüber vom neuen Verladehafen. Der liegt am Rande des Industriegebiets. Gegenüber ist mehr als eine Meile Wald, und dort gibt es noch ein paar alte Lagergebäude aus den Zeiten des Zuckerhandels. Nur auf einem Feldweg zu erreichen, daher kaum Verkehr. Ein perfekter Tatort, völlig ungestört. Das Opfer war die siebzehnjährige Sharon Collins, Schülerin der Jefferson Highschool in Richmond, wie auch eure Tote in Deutschland. Über sie gab es nicht viel herauszufinden, spielte als Center im Basketballteam, Most Valuable Player, allseits beliebt und respektiert. Sie war wohl die Wortführerin in ihrer Clique. Auf jeden Fall keine Einzelgängerin. Deshalb konnte sich niemand erklären, wie Sharon an einem Freitagabend allein einem Mörder in die Arme laufen konnte. Sie war sonst ständig mit irgendwelchen Freunden unterwegs oder auf Sportveranstaltungen. Niemand weiß, wo sie sich an diesem Abend aufgehalten hat. Ein einziger Moment ohne ihre Entourage, und exakt in diesem Moment hat es jemand geschafft, sie abzupassen.«

Er erhob sich, trat an die Pinnwand und deutete auf die Luftaufnahmen des Waldstücks.

»Man fand sie erst am Mittwochmorgen in dieser alten Lagerhalle und das auch nur zufällig, weil der Besitzer die Halle verkaufen wollte. Die war seit der Kubakrise außer Betrieb und mit Stahlplatten vernagelt. Daher war sie, wie ihr hier sehen könnt, leer und alles komplett blickdicht. Das Vorhängeschloss wurde entfernt und durch ein anderes ersetzt, wahrscheinlich zur Vorbereitung. Tatzeit war laut Autopsie etwa vier bis fünf Tage vorher, also höchstwahrscheinlich Freitagnacht.«

Kiran betrachtete die Fotos und sah eine exakte Kopie des Tatorts von Xanten vor sich. Die gleiche Aufstellung mit Kerzen, Plane, Stuhl und Spiegel. Unterdessen ging Margie die Details der Spurensicherung durch. Auch hier war nichts gefunden worden, was darauf hinwies, wie das Opfer und die Gerätschaften zum Tatort geschafft worden waren, zumal es zur Tatzeit auch noch die ganze Nacht geregnet hatte. Die Misshandlung des Opfers war exakt so abgelaufen wie in Xanten. Zuerst Betäubung durch Ketamin, und zwar durch Injektion in den Hals, dann Fesselung und Folter und zum Schluss der Schnitt durch die Kehle. Das Gesicht des toten Mädchens war zu einer grotesken Fratze verzerrt und blickte mit leeren Augen in die Kamera. In diesem Moment sah Kiran den Unterschied.

»Sie hat zwei Verletzungen am Gesicht, sieht aus wie ein Schlag auf den Kehlkopf und an die Schläfe.«

»Korrekt«, antwortete Jones. »Das ist die einzige Abweichung von eurem Autopsiebericht aus Deutschland und auch vom zweiten Opfer. Der Pathologe führt es auf einen Kampf zurück. Das Opfer hat sich zu wehren versucht. Am Tatort selbst gab es allerdings keinerlei Spuren, die auf einen Kampf hingedeutet hätten. Wir gehen daher davon aus, dass das Opfer woanders unschädlich gemacht wurde.«

»Das ergibt Sinn«, sagte Kiran. »Trotzdem sollten wir das vermerken, denn der Täter hat das Opfer nicht überrascht. Es muss also eine Konfrontation stattgefunden haben. Er kann sie zufällig ausgesucht oder sie gekannt haben, es kann zu einer geplanten Begegnung und einem Konflikt gekommen sein. Es ist sicher eine abruptere und gewalttätigere Form des Überwältigens als eine Spritze von hinten in den Hals.«

Margie machte eine Notiz auf ihrer Plexiglaswand, während Jones weitersprach.

»Was wir bislang nicht klären konnten, war, wie der Mörder all das Blut verschwinden lassen konnte.« Er sah Kiran an. »Eure Theorie mit der doppelten Plane klingt einleuchtend. Wir sind gerade dabei, das Beweismaterial daraufhin noch mal zu überprüfen. Es bleibt aber dabei, dass wir keinerlei Spuren vom Täter haben, absolut nichts.« Jones setzte sich wieder, sah auf seinen Laptop, bevor er fortfuhr. »Befragungen der Familie und Freunde wiesen auf keinerlei Unregelmäßigkeiten im Leben des Opfers hin. Keine Feinde, keine Probleme in der Familie, keine neuen, sonderbaren Bekanntschaften. Ich habe mir allerdings einen Vermerk zu ihrer Clique gemacht. Sharon war die Anführerin irgend so eines Mädchenbunds an der Schule. Wir haben alle überprüft und nichts Auffälliges entdecken können. Bei einer erneuten Befragung würde ich da aber gerne noch mal etwas intensiver nachforschen. Ansonsten gibt es zu dieser Tat bislang keine weiteren Erkenntnisse.«

Jones rief ein weiteres Dokument in seinem Computer auf.

»Zum zweiten Mord, in Raleigh, North Carolina. Tatzeit war der 15. April, ein Sonntag. Hier wird es spannend, denn das Opfer Lynn Farnsworth war ebenfalls Sportlerin, anders als Sharon Collins aber Leichtathletin. Auch sie war siebzehn und in der Senior Class der Highschool. Der Modus Operandi ist bis auf das kleinste Detail identisch: gleiche Art der Betäubung, Verletzungen und Todesart, hier aber wie gesagt keine Verletzungen durch einen Kampf. Ansonsten auch hier keine Spuren. Tatort war diesmal ein leerstehender Rohbau in einer gerade entstehenden Siedlung außerhalb der Stadt. Zur Tatzeit war das gesamte Areal menschenleer. Rund um das Haus gab es ebenfalls keinerlei Spuren, und selbst wenn, hätten wir bei all dem Baumaschinenverkehr am Montagmorgen wahrscheinlich auch keine mehr gefunden. Der Rohbau war von außen verschlossen, die Fensteröffnungen mit Brettern vernagelt. Gefunden wurde die Leiche, weil an dem Morgen die ersten Verlegearbeiten im Haus beginnen sollten.« Jones scrollte durch den Text. »Lynn hatte als aktive Sportlerin einen großen Freundeskreis und Konkurenten, aber keine wirklichen Feinde. Sie war eine ganz normale Schülerin. Es gibt auch keinerlei Hinweise von Bekannten, Verwandten oder vom Schulpersonal, die irgendwas Verdächtiges bemerkt hätten. Ich will der Analyse nicht vorgreifen, aber unser Täter muss jemand sein, der entweder ganz plötzlich auftaucht und dabei völlig lautlos und unsichtbar agiert, oder aber er lebt mitten unter ihnen und fällt daher niemandem auf. Dann stellt sich aber sofort die Frage, wie und warum kommt er von Richmond nach Raleigh?« Wieder scrollte Jones durch seinen Text. »Was das betrifft, haben wir nur eine einzige Verbindung herstellen können: Etwa einen Monat vorher gab es einen Interstate-Leichtathletik-Wettkampf, an dem auch Teams aus Richmond teilgenommen haben, mit dabei war auch Lynn Farnsworth. Danach gab es eine größere Party, die zum Schluss alkohol- und drogentechnisch wohl ein bisschen aus dem Ruder gelaufen ist. Es ist zu Randaliererereien gekommen. Wir konnten aber nicht feststellen, ob Lynn irgendetwas damit zu tun hatte.«

Jones blickte von seinem Laptop auf und sah zweifelnd in die Runde. »Also wenn ihr mich fragt, irgendwen oder irgendwas haben wir oder unsere Zeugen übersehen. Kann natürlich auch sein, dass uns etwas verschwiegen wird. Aber ich habe noch nie erlebt, dass wir derart im Dunkeln tappen. Irgendeine Spur gab es immer. Aber hier – Fehlanzeige.«

»Und seither nichts Neues?«, fragte Steve.

Jones schüttelte frustriert den Kopf. »Die Ermittlungen wurden eingestellt. Für eine datentechnische Analyse hätten wir zumindest einen Verdächtigen haben müssen. Laptops gab es auch keine, beide Mordopfer haben ihre Computer und Telefone wahrscheinlich bei sich gehabt. Für weitere Ermittlungen gab es vorerst kein grünes Licht, denn dann kamen diese rechtsradikalen Anschläge hier in D.C.. Wir wurden vom Fall abgezogen. Der Mord in Deutschland könnte uns jetzt aber endlich neue Hinweise liefern.«

Kiran wiegte zweifelnd den Kopf. »Wir stehen erst ganz am Anfang der Untersuchung. Aber ich wäre nicht zu optimistisch. Patricia Masterson ist schließlich erst vor drei Wochen in Deutschland eingetroffen …«

»Das könnte aber auch ein Vorteil sein«, fiel ihm Steve ins Wort. »Gerade in dieser kurzen Zeit werden deine Leute die Bewegungen des Opfers viel besser nachzeichnen können. Und wir können sie von hier aus briefen, worauf sie achten müssen.«

»Klingt vernünftig. Wir werden später eine Videokonferenz mit meinem Team abhalten, um uns abzustimmen.«

»Gut«, sagte Margie. »Dann wollen wir mal an die Kurzanalyse gehen, wenn ihr nichts dagegen habt.« Sie rollte die Plexiglaswand in die Mitte des Raums und nahm ihre bevorzugte Lehrposition ein.

»Beginnen wir mit Tat- und Tatortanalyse. Ich führe euch durch meine Stichpunkte, ihr ergänzt das mit euren

Ideen. Die erste Frage lautet: Hat der Mörder einen speziellen Opfertyp ausgewählt? Die Antwort ist eindeutig. Ja, Schülerinnen aus dem Abschlussjahr der Highschool, voll integriert und mit höherem Status in der Schülerhierarchie. Typische Mädchen mit normalem Freizeitverhalten. Wie wir jetzt feststellen können, war die Wahl derart bindend, dass er einem Opfer sogar hinterhergereist ist – immer vorausgesetzt, es handelt sich in allen drei Fällen um ein und denselben Täter, versteht sich.«

Steve machte sich eine Notiz und wandte sich an Kiran. »Wir müssen auch nachprüfen, ob sich die Opfer aus Richmond, also Sharon und Patricia, kannten. Da es sonst keine gemeinsamen Freunde oder andere Verbindungen zwischen den Opfern gibt, könnte das unsere erste richtige Spur werden.«

Kiran nickte, und Margie fuhr fort. »Okay, das führt uns zu den begleitenden Tatumständen. Da gibt es, wie Erv bereits geschildert hat, leider nicht viel zu vermelden. Wir wissen nicht, wo der Täter seine Opfer getroffen hat, ob er vorher bereits in Beziehung zu ihnen stand. Bislang haben wir nur die Tat an sich, daher können wir vorerst allein diesen Punkt analysieren. Welche Tatorte und warum? Das gemeinsame Merkmal ist klar: Alle Tatorte sind leerstehende und abgeschiedene Räume, ideal zu präparieren und auch, um Spuren zu beseitigen. Wir können also mit Sicherheit sagen, dass sie gezielt ausgewählt wurden. Das trifft ganz offensichtlich auch auf eure Jagdhütte in Deutschland zu.« Sie sah Kiran an.

»Ja, die Hütte wurde vom Pächter nur selten benutzt. Sie stand allerdings nicht leer, deswegen hat der Täter die Möbel vollständig entfernt. Auch das bestätigt die These gut organisierter Vorbereitung.«

»Gut. Dazu kommen die weiteren Tatortmerkmale: Der Raum wurde komplett abgedunkelt, vorher und nachher akribisch gesäubert. Dazu die Aufstellung. Kiran, du hast in eurem Bericht eine These formuliert, die ich sehr wichtig fand.«

Kiran nickte. »Ich denke, dass diese totale Verdunkelung und die Reduktion auf Stuhl und Spiegel ohne jegliches Beiwerk oder hinterlassene Symbole bedeuten, dass der Täter nichts anderes kommunizieren will als die Tat an sich. Das Warum erschließt sich nur aus dem, was er tut, und vor allem, wem er es antut. Das sollten wir nachher beim ersten Profil bedenken. Dazu passt auch dein nächster Punkt, Margie, Fundort gleich Tatort.«

Steve schnippte mit den Fingern, er sah in die Runde. »Also ist das unser erstes individuelles Merkmal des Täters: keine Zurschaustellung anderswo, ob drapiert oder einfach entsorgt. Der Tatort wurde nach getaner Arbeit inklusive Opfer hinterlassen, und zwar mit Absicht.«

»Das ist ein entscheidender Aspekt«, bestätigte Kiran. »Er will, dass wir sehen, was er wo, weshalb und auf welche Weise getan hat, und zwar nur das, kein Beiwerk. Und dazu kommt ein ganz wichtiger Aspekt: Er legt keinen Wert darauf, dass die Leiche schnell oder auf dramatische Art und Weise gefunden wird. In Richmond, in Raleigh und in der deutschen Jagdhütte hätte es lange dauern können, bis das Opfer gefunden werden würde.«

»Interessant«, bemerkte Jones. »Du meinst, die Tat an sich ist die Botschaft an die Umwelt? Und er ist nicht in erster Linie auf sofortige Aufmerksamkeit aus? Das bedeutet, wir müssen den Tathergang noch genauer analysieren, jede einzelne Verwundung bis hin zum Exitus.«

»Genau«, antwortete Kiran. »Die akribische Vorbereitung basiert rein auf seinem persönlichen Qualitätsempfinden und ist natürlich ganz klar Absicherung. Aber von zentraler Bedeutung ist für ihn die Durchführung und das, was er uns hinterlässt.«

»Dann gehen wir gleich zu diesem Punkt«, sagte Margie. »Ich habe gestern alle drei Autopsieberichte an einen unserer psychologisch geschulten Gerichtsmediziner gegeben. Den Bericht habt ihr auf unserem Server, also fasse ich nur kurz die wesentlichen Punkte zusammen. Die prämortalen Verletzungen erscheinen nur auf den ersten Blick wie eine Folter. Das sind sie natürlich, aber das war seiner Meinung nach nicht der Grund für dieses Martyrium. Der Effekt auf das Opfer ist natürlich der gleiche, aber die Art der Verletzungen ist recht deutlich: Verbrennungen und Schnittwunden an ausnahmslos empfindlichen Stellen, interessanterweise in gleichem Maße an Geschlechtsteilen wie auch an anderen nervlich sensitiven Körperstellen. Unser Psychologe glaubt, dass die Ausführung daher keineswegs eine Art Verhör oder sadistische Unterwerfung war. Jeder Mensch würde bereits nach wenigen Minuten alles tun, damit das aufhört. In der Folge kommt es fast immer zu sexuellen Akten, hier jedoch nicht. Für gewöhnlich geraten sadistische Täter dabei in einen Rausch, der zu einer exzessiven Steigerung der Brutalität führt. Dies aber war eine perfide Quälerei, die bis zum Ende gleichmäßig präzise durchgeführt wurde. Scheinbar ohne jede Reaktion auf das Opfer und seinen sich verschlechternden Zustand. Wenn wir uns die Anzahl der Wunden ansehen, gibt es da noch nicht einmal eine Steigerung vom ersten bis zum dritten Opfer, wo es sogar drei Wunden weniger waren.«

»Seltsam. Das wirkt wie überkontrolliert. Solche Typen sind doch eher wissenschaftlich veranlagt und haben normalerweise ein Labor oder einen Folterkeller im Haus oder einem anderen Domizil. Wer begeht so eine Tat außerhalb seiner eigenen Komfortzone?«

»Guter Einwand, Erv. Notier dir das. Wir kommen später darauf zurück«, sagte Margie und blickte streng über ihre Brille. Jones nickte ergeben und tippte etwas in die Tastatur.

»Nächster Aspekt. Sexualität. Ideen?«

Es herrschte allgemeines Schweigen. Schließlich regte sich Steve. »Ich habe das Gefühl, auch hier gibt es diesen Widerspruch. Das Opfer ist nackt. Schutzlos. Und kein Verkehr, keinerlei Penetration. Dann aber ist die ganze Folter ein einziger unfassbar grausamer Akt an allen empfindsamen Stellen, vor allem in Bezug auf die Geschlechtsteile. Das heißt, Sexualität spielt hier doch eine Rolle. Aber es erscheint nicht wie ein sexueller Drang, eher das Gegenteil. Eine Art Ausbrennen der Sexualität. Könnte fast so was sein wie ein inquisitorischer Akt.«

Jones legte den Kopf schief. »Ich hatte einen ähnlichen Gedanken. Es muss ja kein mittelalterliches Szenario sein, aber die Assoziation zur Kirche ist wohl unvermeidlich. Aber dann habe ich mich gefragt, wo ist der klerikale Hintergrund, wo die Botschaft?«

»Eben«, erwiderte Margie. »Es fehlen die Symbole. Bibelfanatiker hinterlassen mindestens ein Kreuz oder gleich mehrere, eine Art Reliquie oder irgendeinen prophetischen Spruch. Und dann kommunizieren sie oft mit den Ermittlern oder der Öffentlichkeit. Hier ist das anders, da ist nichts dieser Art zu finden. Wie auch immer, lassen wir uns die Möglichkeit offen. Letzter Punkt. Da wir keine postmortalen Verletzungen haben, bleibt nur der Exitus. Kiran, in deinem Bericht stand, der Schnitt durch den Hals hätte etwas von einem finalen Ritual. Wie bei Jägern oder Kriegern?«

»Richtig. Ich will mich noch nicht zu sehr festlegen, aber mein Eindruck ist, hier wurde jemand als wertlos oder einfach für nicht mehr lebensberechtigt befunden. Der Schnitt durch die Kehle ist eine sehr archaische Handlung, wie ein Jäger, der das Wild nach erfolgreicher Jagd tötet, oder ein Krieger, der den besiegten und am Boden liegenden Feind ausblutet.«

Margie betrachtete die vollgeschriebene Plexiglaswand, dann wandte sie sich um. »Okay. Kurze Pause. Alles sacken lassen, dann gehen wir ans Basisprofil.«

Die Unterbrechung nutzte jeder auf seine Weise. Steve ging auf eine Zigarette vor die Tür, Margie verschwand im Bad, um sich frisch zu machen, Jones telefonierte. Kiran saß immer noch vor der Plexiglaswand und versuchte, den Täter vor sich zu sehen.

Einiges war ihm deutlicher geworden, aber es fehlte jegliche geistige Kontur. Dieser Täter war nicht nur ermittlungstechnisch körperlos, er schien als Person nicht zu existieren. In diesem Moment ging in Kirans Kopf ein Licht an. Vielleicht war da ein Mensch auf irgendeine Art und Weise komplett seiner Menschlichkeit und Eigenheit beraubt worden. Da war nichts, nur eine Botschaft. Fragte sich nur, welche und an wen.

Die anderen kehrten zurück, und Margie eröffnete das Brainstorming.

»Bereit für einen ersten Versuch?«

Sie nahm das Schweigen als Zustimmung und begann.

»Wir stehen vor der Tat eines sehr strukturierten Menschen. Planung, Durchführung und vor allem die Fehlerlosigkeit lassen darauf schließen, dass dieser Täter sehr intelligent, selbständig und selbstsicher ist. Die Perfektion zieht sich wie ein roter Faden durch die gesamte Tat. Es liegt also eine extreme Fixierung auf die Art und Weise des Mordes vor, und zwar unter Ausschluss jeglicher Emotion. Der Täter besitzt einen genau planenden und eiskalten Intellekt. Wir reden daher von einem gefühlskalten und unnahbaren Menschen im täglichen Umgang mit anderen. Das kann von Introvertiertheit bis zu extremer Kontaktscheue gehen, da die Tat mit Sicherheit auch Ausdruck eines psychischen Defekts bezüglich jeglicher Form der Nähe, Intimität und Sexualität ist. So weit in Ordnung?«

Alle stimmten nickend und brummend zu.

»Gut, weiter. Die Wahl des Tatorts lässt darauf schließen, dass der Täter über keine eigenen passenden Räumlichkeiten verfügt oder aber sein Privatleben nicht durch diese Angelegenheit kompromittieren will oder kann. Er lebt daher entweder zur Miete oder in Verhältnissen, die ihm flexibles und vor allem ungestörtes Handeln unmöglich machen. Wegen seiner Intelligenz schließen wir nicht sofort auf geringes Einkommen, der Grund der Tatortwahl scheint ein sozialer zu sein, kein monetärer.«

»Nennen wir es ungeklärte Form der Abhängigkeit in seiner Lebenssituation«, schlug Jones vor.

Margie schrieb es an die Wand und fuhr fort. »Die Tatzeit liegt immer zwischen Freitag und Sonntag. Das ist nicht auf ein Charakteristikum der Opfer zurückzuführen, die sich am Wochenende nicht wesentlich anders verhielten als unter der Woche. Das bedeutet, der Täter selbst hat nur am Wochenende freie Bahn. Auch dies ein Hinweis darauf, dass seine Lebensumstände ein selbstbestimmtes Handeln während der Woche zumindest schwierig machen. Mögliche Ursachen dafür gibt es leider viel zu viele, aber der nächste Punkt klärt das vielleicht etwas näher.« Margie wies auf die Porträtfotos der Mädchen. »Die Opfer sind alle Schülerinnen, sexuell voll entwickelt, starke Persönlichkeiten, sozial abgesichert. Das waren keine schwachen Mädchen, sondern Ikonen der Schulgemeinschaft. Das lässt darauf hindeuten, dass der Täter eine intensive Abneigung gegen diese Sorte Mädchen hat. Aber er hat die Aktion zu jeder Zeit absolut unter Kontrolle, zeigt keinerlei Unsicherheit. Wir haben es daher wahrscheinlich nicht mit einem Außenseiter im klassischen Sinne zu tun. Dafür spricht auch Kirans These, dass ihm die Aufmerksamkeit der Öffentlichkeit zunächst einmal gleichgültig ist. Diesen Taten liegt also wahrscheinlich keine plötzliche Anwandlung, sondern ein langsamer Reiz zugrunde, der zu Entscheidung, Planung und dann zur Tat führt. Danach ist er mit sich und der Welt im Reinen. Kiran, willst du mit der Personenbestimmung weitermachen?«

Kiran stand auf und begann umherzugehen. Jetzt kam der eigentliche geistige Kraftakt.

»Gut, wir wissen: selbstständig, körperlich und geistig stark, gefühlskalt, organisiert, gleichzeitig aber auf irgendeine Art und Weise abhängig. Was heißt das bezogen auf sein soziales Umfeld? Kann das irgendein Mensch aus dem lokalen Gesellschaftskreis sein, oder ist er Teil der direkten schulischen Umgebung?«

»Ich glaube Letzteres«, warf Jones ein. »Mädchen dieses Alters gibt es überall in der Stadt. Der hier pickt sich die Mädchen direkt aus der Schulhierarchie. Entweder gehört er zum sozialen Kreis der Familien, zu einem im Erziehungsbereich aktiven Gremium, oder er ist sogar Angestellter der Schule. Außerdem wählt er Sportlerinnen. Er muss daher selbst in diesem Bereich aktiv sein oder zumindest einen Kontakt dazu haben. Und dann schafft er es, durchtrainierte Mädchen zu überwältigen. Er kennt sich also im körperlichen Kampf aus.«

»Das heißt, wir reden von einem Erwachsenen, weil jüngere Twens wohl kaum in einer Highschool herumlaufen«, stellte Steve fest.

»Ich würde die untere Altersgrenze auf Mitte zwanzig ansetzen«, antwortete Kiran. »Kein gewöhnlicher Berufstätiger Anfang zwanzig und schon gar kein Teenager zieht eine derart durchgeplante Tat durch. Junge Erwachsene mit abgeschlossener Ausbildung kann man dagegen schon mit einbeziehen. Der Grad der Tatorganisation setzt eine gewisse Reife und Intelligenz voraus. Und wir sollten nicht vergessen, dass er dem dritten Opfer nach Deutschland gefolgt ist. Das bedeutet, er hat die Mittel dazu und kann sich eine kurze Abwesenheit finanziell und beruflich leisten, auch wenn das der Abhängigkeitsthese von vorhin zu widersprechen scheint.«

»Okay«, sagte Margie. »Amerikanischer Staatsbürger, Alter Mitte zwanzig bis vorerst Ende vierzig, Angestellter auf unterer bis mittlerer Karrierestufe, zielstrebig und organisiert, ruhige äußere Haltung, dabei aber kontaktarm bis stark introvertiert, physisch gut beieinander, sportlich und bedingt kampferfahren. Männlich?«

»Auf jeden Fall«, sagte Steve, während die anderen zustimmende Geräusche machten. »Die für Frauen typische Stimulanz der Selbstverteidigung ist hier für mich nicht sichtbar. Dieser Tat liegt vielmehr eine massive Abneigung gegen Frauen oder Mädchen zugrunde. Dazu kommen die Grausamkeit und Konsequenz der Ausführung, die durch und durch maskulin sind, bis hin zum finalen Schnitt durch den Hals.«

Margie komplettierte diese erste Täterbeschreibung, fotografierte alle Plexiglaswände und verschickte die Bilder an die Mobiltelefone des Teams.

Jones betrachtete das Profil. »Irgendwas fehlt mir. Etwas, das wir noch nicht sehen können, obwohl es da sein muss. Aber wir werden ja morgen und in Raleigh hoffentlich noch so einiges erfahren.« Er sah Kiran an. »Was meinst du, wo er jetzt ist? Noch bei euch in Europa oder auf dem Rückweg?«

Kiran wusste keine Antwort. Er hoffte, dass die Kollegen daheim verschont würden und sie dem Täter hier auf die Spur kommen konnten, bevor er noch einmal zuschlug.

7

Bolko stieg die kleine Treppe zu der Veranda des Einfamilienhauses hinauf, in dem Patricia Masterson drei Wochen lang gewohnt hatte. Auf dem Weg hierher hatte er laut Claude Debussy gehört, »La Mer«. Anders als sein geliebter Blues hatte diese Musik , die er durch Kiran entdeckt hatte, eine beruhigendere Wirkung auf ihn. Angehörige eines Mordopfers zu befragen gehörte wahrlich nicht zu seinen Lieblingsbeschäftigungen. Auch wenn es sich in diesem Fall nicht um direkte Angehörige handelte.

Er klingelte. Die Eheleute Monfeldt waren gestern Abend von der örtlichen Polizei von dem Verbrechen in Kenntnis gesetzt worden. Als sie Bolko jetzt die Tür öffneten, stand ihnen der Schock noch deutlich ins Gesicht geschrieben. Sie baten ihn ins Wohnzimmer, das zu dieser frühen Morgenstunde bereits lichtdurchflutet war. Sie setzten sich, und Bolko betrachtete die beiden, unschlüssig, wie er anfangen sollte.

»Ich möchte Ihnen mein aufrichtiges Mitgefühl aussprechen«, sagte er schließlich.

Die Eheleute nickten unglücklich.

»Was ist mit Patricia passiert?«, fragte Frau Monfeldt, der die Tränen über das Gesicht zu laufen begannen. Ihr Mann nahm ihre Hand und blickte Bolko an.

»Darüber kann ich Ihnen zum jetzigen Zeitpunkt noch

nichts Genaueres sagen. Die Ermittlungen haben gerade erst begonnen.«

»Bitte, Sie müssen uns etwas sagen, irgendetwas. Die Meldung kam schon in den Nachrichten. Die Nachbarn sprechen darüber. Man hört entsetzliche Dinge …«

»Wie gesagt, die Ermittlungen haben gerade erst begonnen«, fiel Bolko dem Mann ins Wort. »Ich kann nur wiederholen, was Sie bereits wissen. Patricia wurde das Opfer eines Gewaltverbrechers, der sein Opfer schwer misshandelt hat …« Verdammt, dachte er, was mache ich hier eigentlich?

»Was meinen Sie damit?« Die Frau sah Bolko direkt an. »Läuft hier ein Triebtäter durch die Gegend?«

»Nein.« Bolko zögerte. »Nein … Wie es aussieht, hat der Täter sein Opfer gezielt ausgesucht.«

»Meine Frau und ich machen uns solche Vorwürfe, dass wir Patricia nicht besser beschützt haben. Und ihre Eltern, was sollen wir denen bloß sagen …«

Bolko hob abwehrend die Hand. »Wie gesagt, nach allem, was wir wissen, ist Patricia kein Zufallsopfer. Was auch bedeutet, dass Sie diesen Mord schwerlich hätten verhindern können.« Bolko wusste, dass das nur ein schwacher Trost war, aber es gab nichts anderes zu sagen. »Aber Sie können uns jetzt helfen, indem Sie mir alles erzählen, was Sie über Patricias Aufenthalt hier wissen«, fuhr er fort. »Jeder noch so kleine Hinweis kann nützlich sein. Hat Patricia von jemandem gesprochen, den sie kennengelernt oder getroffen hat?«

Herr Monfeldt schüttelte den Kopf. »Sie war ja noch nicht mal einen Monat hier. Die Schule hat gerade erst angefangen. Sie kannte niemanden, und die Mädchen in der Nachbarschaft haben auch nicht gerade Schlange gestanden.«

»Hm. Liegt wohl nicht so im norddeutschen Gen, das Willkommenheißen. Wie war sie denn so hier bei Ihnen zu Hause?«

»Ganz normal eigentlich. Sehr ruhig, aber das lag wohl auch an der Sprachbarriere. Sie sprach schon recht gut Deutsch, aber nicht gerade flüssig. Aber sie schien auch nicht besonders mitteilsam zu sein. Auch nicht mir gegenüber«, sagte Frau Monfeldt.

Ihr Ehemann nickte zustimmend. »Sie war für eine Amerikanerin eigentlich eher introvertiert. Aber da war noch was anderes …«

Er zögerte. Bolko blickte ihn aufmunternd an.

»Sie wirkte auf mich ein wenig frustriert. Ich hatte das Gefühl, sie wollte gar nicht hier sein. Bei uns oder in Deutschland. Erst dachte ich, das wäre ganz normal. Zumindest hat man uns gesagt, dass amerikanische Schüler größere Schwierigkeiten haben, ihr Land zu verlassen und ein Jahr in der Fremde zu leben, als zum Beispiel deutsche. Aber sie war nicht scheu, eher verschlossen. Sie wirkte fast … ungehalten.«

»Wie meinen Sie das, ungehalten?«

»Man konnte sehen, dass ihr der deutsche Lebensstil nicht zusagte. Man konnte es an Kleinigkeiten erkennen, wenn sie auf das gesunde Essen meiner Frau starrte, wenn wir einen Film angeschaut haben, der Deutsch synchronisiert war. Oder ihr Zimmer, das schien ihr zu klein zu sein, sie war dauernd hier im Wohnzimmer. Aber nicht etwa zusammen mit uns, immer nur an ihrem Laptop. Sie war ständig im Netz und hat mit ihren Freunden daheim gechattet.«

Bolko nickte. Das war an sich nichts Ungewöhnliches. Trotzdem interessierte ihn diese Beobachtung.

»Ihren Laptop haben Sie nicht zufällig?«

»Nein, den hatte sie immer bei sich. Und natürlich ihr Telefon. Sie hat den ganzen Tag in eins dieser Dinger getippt. Das machen ja alle Jugendlichen heutzutage, aber Patricia war extrem. Ich denke, sie war überfordert. Sie fühlte sich fremd hier. Und sie hatte Heimweh nach ihrer vertrauten Umgebung.«

»Also Sie denken, Patricia wollte den Austausch gar nicht?«

»Ja. Sie hat auch so etwas angedeutet, als wir über ihre Familie sprachen. Sie meinte, in ihrer Familie werden Befehle erteilt. Und man würde einfach irgendwo hingeschickt werden. Egal, wo auf der Welt.«

Bolko nickte nachdenklich. Er stellte den beiden noch einige Fragen zu Patricias Tagesablauf, aber es wurde schnell deutlich, dass die Gasteltern nicht viel von der Schülerin erfahren hatten. Bolko machte sich pflichtschuldigst ein paar Notizen, dann verließ er das Ehepaar.

Vom Haus der Monfeldts fuhr er zum Xantener Gymnasium, wo Enzo und Alenka mit der Befragung der Schüler und Lehrer begonnen hatten.

Es war gerade Pause, als er den Schulhof betrat. Er ging durch das Gedränge aufgekratzter junger Menschen, die sich in einer Lautstärke unterhielten, als müssten sie den Lärm von Presslufthämmern übertönen. Im Hintergrund sah er Alenka mit einer Lehrerin aus dem Gebäude treten und ging zu ihnen. Auf dem Weg kam er an Enzo vorbei, umringt von einer Horde Mädchen, die ihn mit demonstrativer Coolness musterten oder ganz unverhohlen anflirteten, während er ohne jegliche Scheu und mit einem äußerst italienischen Lächeln seine Fragen stellte.

Er erreichte die Gruppe, und Alenka stellte ihn vor. »Frau Hoffmann, das ist Kriminalhauptkommissar Blohm. Er leitet die Ermittlungen. Frau Hoffmann ist die Direktorin der Schule.«

»Guten Tag«, sagte sie und gab Bolko die Hand. »Ich weiß gar nicht, wie ich auf das hier reagieren soll. Es ist furchtbar. Wir sind alle erschüttert.«

Bolko nickte, man sah ihr die Verstörung an. Der Rest des Schulhofs hingegen schienen eher fasziniert zu sein. Neugierige Blicke trafen Bolko und seine Kollegen von allen Seiten. Faszination, aber auch Unsicherheit. Kein Wunder. Ein derartiger Mord war natürlich eine Sensation. Aber er war auch eine Bedrohung. Das war vielleicht nicht allen Schülern klar, aber man konnte spüren, dass die heile Welt ins Wanken gekommen war.

»Frau Hoffmann nimmt uns jetzt mit in die Klasse von Patricia«, sagte Alenka und machte Enzo im Hintergrund Zeichen, dass er zu ihnen stoßen solle.

»Ich habe es Ihrer Kollegin bereits erzählt«, sagte die Direktorin. »Wir haben natürlich versucht, Patricia den Aufenthalt an unserer Schule so angenehm wie möglich zu machen.«

»Und wie lief es mit ihr?«

»Nicht anders als bei den meisten. Sie hat sich erst mal still umgeschaut und versucht, ihre Enttäuschung nicht allzu deutlich zu zeigen. Aber das ist ihr nicht besonders gut gelungen.«

»Sie war also nicht besonders glücklich?«

»Ich habe in der Klasse nur wenige Stunden unterrichtet, aber nach dem, was ich von den Kollegen mitbekommen habe, würde ich sagen, eher nicht. Das ist allerdings nichts Ungewöhnliches. Amerikanische Schüler sind etwas ganz anderes gewohnt. In den USA sind Schulen das soziale Zentrum im Leben der Schüler. In Deutschland ist das nicht so, hier findet das Privatleben außerhalb der Schule statt. Und dann gibt es hier nicht so ein innerschulisches Klassen- und Gruppendenken. Das ist für Austauschschüler sehr gewöhnungsbedürftig. Sie war erst drei Wochen hier, da konnte man nicht erwarten, dass sie gleich freudestrahlend auf alle zugeht.«

»Hatte sie Probleme mit ihren Mitschülern?«

»Auch das habe ich Ihrer Kollegin bereits gesagt. Nicht dass ich wüsste. Sie hat sich eher am Rande aufgehalten. Aber sie hat sich auch nicht isoliert.« Sie holte ein Taschentuch hervor, schnäuzte sich und blickte Bolko dann entschuldigend an.

In diesem Moment läutete es.

»Gehen wir ins Klassenzimmer. Ich denke, heute wird die Klasse vollzählig vor mir im Raum sein.« Sie lächelte die Polizisten traurig an.

Als sie das Klassenzimmer betraten, verstummte der ohrenbetäubende Lärm schlagartig. Alle Blicke waren auf die Neuankömmlinge gerichtet. Frau Hoffmann setzte sich auf die Kante des Lehrerschreibtisches.

»Guten Morgen allerseits. Ihr habt bereits von der schrecklichen Neuigkeit gehört. Heute sind Mitarbeiter der Kriminalpolizei bei uns an der Schule. Sie haben einige Fragen an euch.« Sie nickte Bolko zu.

»Guten Morgen, mein Name ist Bolko Blohm, und das hier sind meine beiden Kollegen Alenka Motte und Enzo Moretti. Wir sind Kommissare vom Bundeskriminalamt und untersuchen den Mord an eurer Mitschülerin Patricia Masterson.«

Er blickte in die Runde.

»Mir ist klar, dass das für euch ein Schock sein muss, aber es wäre wichtig für uns, dass sich jeder von euch zu erinnern versucht – an die letzten drei Wochen, in denen Patricia hier war, ob euch da irgendetwas aufgefallen ist, auch wenn es euch vielleicht gar nicht wichtig erscheint. Vor allem wollen wir wissen, mit wem Patricia hier so geredet hat, wen sie getroffen hat. Kann irgendjemand von euch etwas dazu sagen?«

Schweigen. Dann regte sich ein Junge mit wild zerzauster Frisur. Er sprach in Richtung Alenka.

»Stimmt das, dass sie in einer Hütte vergewaltigt und aufgehängt worden ist?«

Das brachte Bewegung in die Klasse. Einige lachten unsicher, die meisten aber, vorrangig Mädchen, begannen den Fragesteller zu beschimpfen. Frau Hoffmann löste sich von der Tischkante und rief die Jugendlichen zur Ordnung auf.

Der Junge wollte wieder etwas sagen, aber Bolko kam ihm zuvor und trat auf ihn zu.

»Damit das mal klar ist, Jungchen, die Einzelheiten der Tat sind bewussst nicht öffentlich bekannt gegeben worden, um die Ermittlungen nicht zu behindern. Das heißt, wer hier wilde Spekulationen anstellt, verrät allenfalls etwas über seinen inneren Geisteszustand. Also langweile mich nicht mit pseudocoolem Gelaber, das hier ist kein Playstationspiel. Hier ist ein Mensch gequält und ausgelöscht worden.« Bolko schaute den Jungen gelassen an, bis der mit verkniffenem Mund wegblickte. »Also gut, wer von euch hatte Kontakt zu Patricia?«

Einige Arme hoben sich, Bolko nickte einem der Mädchen aufmunternd zu.

»Sie hat nicht viel gesprochen. Ihr Deutsch war okay, aber nicht so richtig gut. Sie hat Fragen gestellt, zur Schule. Und wohin man in Xanten geht, abends. Aber da gibt es nicht so viel.«

Ihre Nachbarin ergriff das Wort. »Wir, also Lisa hier und ich, wir haben sie im Cranberry's gesehen. Ist so eine englische Kneipe, wo viele Kids abhängen und Pool spielen.«

Alenka blickte das Mädchen freundlich an. »Hat Patricia dort mit jemandem gesprochen?«

»Nicht mit uns. In der Kneipe hat sie eigentlich nur an der Bar gesessen und mit Anne gesprochen. Die arbeitet hinter der Theke. Sie ist aus Irland. Mit der konnte sie Englisch sprechen.«

»Und sonst hat sie mit keinem von euch über private Dinge gesprochen?«

Allgemeines Kopfschütteln. »Die war nicht besonders happy hier. Konnte man sehen. Und komisch war sie auch irgendwie«, meinte ein Junge.

»Was meinst du mit ›komisch‹?«

»Keine Ahnung. Sah gut aus und so, aber die war kein bisschen locker.«

»Abgeblitzt?«, fragte der Junge von vorhin.

»Nein, Idiot. Im Sport hat man das gesehen. Die war fast aggressiv. Wenn was nicht lief, wie sie wollte, war sie gleich angepisst.«

Ein anderes Mädchen nickte. »Das hab ich auch gemerkt. Im Computerraum waren alle Tische voll, da hat sie sich umgeschaut, als ob jemand für sie aufstehen soll. Hat natürlich keiner gemacht, und sie hat einen ziemlich üblen Kommentar auf Englisch abgelassen.«

»Aha. Weitere Beobachtungen?«

Stille. Schließlich meldete sich ein weiteres Mädchen.

»Können Sie uns nicht sagen, was passiert ist? Müssen wir uns Sorgen machen?«

Bolko schüttelte den Kopf. »Wie gesagt, Einzelheiten dürfen wir nicht bekannt geben. Aber nach allem, was wir wissen, gehen wir nicht davon aus, dass eine akute Gefahr besteht. Ihr solltet trotzdem vorsichtig und immer in Gruppen unterwegs sein. Und versucht, nach Möglichkeit, die dunkelsten Ecken zu vermeiden, auch wenn's schwerfällt.«

Einige lachten verhalten.

»Gut, wenn euch noch etwas einfällt, wendet euch bitte an eure Lehrer, damit sie es an uns weiterleiten.«

Sie verabschiedeten sich von der Direktorin und gingen über den Schulhof zu ihren Wagen.

»Wie es aussieht, war Patricia Masterson nicht besonders glücklich darüber, in Xanten gelandet zu sein«, sagte Alenka und sah ihre Kollegen an.

»Und sie hatte zu niemandem engeren Kontakt, hat kaum mit jemandem gesprochen«, warf Enzo ein.

»Außer mit der Bedienung im Cranberry's«, sagte Alenka. »Die werde ich mir mal als Nächstes vornehmen.«

»Prima, vielleicht hat die gesehen, ob Patricia sich mit irgendwem unterhalten hat«, pflichtete ihr Bolko bei. Er sah die anderen an. »Dass Patricia so wenig Kontakte hatte, könnte sich auch als vorteilhaft für uns erweisen. Unser Mörder muss sich exponiert haben, als er Kontakt zu seinem Opfer aufnahm.«

8

Der Oldsmobile brummte gleichmäßig durch die Stadt. Kiran entspannte sich und lauschte dem ruhigen Loungejazz, den Steve wie immer laufen ließ. Durch das offene Wagenfenster drangen die Geräusche des Stadtverkehrs mit den typisch satten Autohupen und dem beständigen Quietschen der Reifen, wenn es um die Kurve ging. Washington D.C. bei Nacht hatte für Kiran ein Flair wie sonst nur Paris oder London. Man spürte sie pulsieren, diese faszinierend fremdartige Verbindung von gelassener Eleganz und kontrollierter Hektik, darunter eine unter der Oberfläche brodelnde Mischung aus Ehrgeiz und Macht. Kiran hatte sich nach der langen Besprechung den Jetlag und die Nachwirkungen des ersten Arbeitstags vom Leibe geduscht und sah nun entspannt und angenehm ermüdet einem Abendessen im Zentrum Washingtons entgegen.

Steve hatte sich getreu seiner Neigung zu unkonventionellen Lokalen für das Filmore 1776 in Georgetown entschieden. Der Name suggerierte amerikanische Historie. Bis auf die etwas wahllose Anhäufung von Antiquitäten aber handelte es sich bei der Adresse um moderne Restaurantkultur. Kiran wusste aus seiner Zeit in Quantico nur zu gut, dass die amerikanische Küche keinesfalls nur aus Fastfood und Barbecue bestand, sondern dass man in den Staaten große Stücke auf hausgemachte Küche hielt. Er war immer wieder überrascht gewesen, wie unkompliziert Einflüsse aus aller Welt mit der unprätentiösen Art amerikanischen Kochens kombiniert wurden.

Das Essen im Filmore jedenfalls war ein Gedicht. Schon die Vorspeise – eine Kürbis-Orangen-Suppe mit Jalapeño-Garnelen-Klößen – ließ Kiran ins Schwärmen geraten. »Unglaublich, so einfach und doch so intensiv.«

Steve nickte. »Das Geheimnis ist das Filé-Pulver, irgend so eine Spezialvariante der Sassafraswurzel, die die Indianer verwendet haben. Findest du oft in der Cajun-Küche. Da fallen selbst diese brutal scharfen Shrimps eher angenehm auf. Erinnerst du dich an unseren indianischen Waffenausbilder? Johnathan Blackwater? Er will mir partout nicht verraten, woher man das Zeug bekommt. Er lässt übrigens herzlich grüßen und hat mir befohlen, dich beizeiten zu ihm zu schicken.«

Blackwater. Allein der Name löste eine wahre Bilderflut aus. Kiran blickte sinnierend auf einen indianischen Schild an der Wand, dann mit hochgezogenen Augenbrauen zu seinem Freund.

»Steve, hör auf mit dem Quatsch. Was in Gottes Namen hast du jetzt wieder angestellt?«

Steve betrachtete den Garnelensprengkörper auf seiner Gabel. »Du musst aber zugeben, es hat bisher immer funktioniert.«

Das stimmte weitgehend. Auf seine ganz eigene Weise pflegte Steve eine sympathisch-unbeholfene Art, wegen der ihm seine Mitmenschen mitunter auch die dreistesten Lügen abnahmen.

»Na ja, fast immer. Margie und ich haben nicht geheiratet, auch wenn du das nach drei Monaten Ausbildung im FBI-Netz gepostet und die Junggesellenparty organisiert hast.«

»Herrliche Zeiten.« Steve lächelte versonnen, dann wurde er ernst. »Kiran, ich will dir weiß Gott nichts über Psychologie erzählen. Aber ich habe die Nachwirkungen der Sache damals hier miterlebt, hautnah. Über ein Jahr wurde von nichts anderem gesprochen. Ein Jahr lang habe ich diesen Dumpfbacken täglich beim Weinen und Schockiertsein zugeschaut und gegen meinen Brechreiz gekämpft, wenn sie über dich hergezogen sind. Das war nicht sehr angenehm. Du dagegen hast die Krise wortlos ertragen und bist einfach weggeschickt worden. Wie ich dich kenne, hast du das alles in deinem emotionalen Hochsicherheitstrakt weggeschlossen und ad acta gelegt. Und jetzt bist du wieder hier und stößt an jeder Ecke auf Dinge, die alte Bilder heraufbeschwören.« Er blickte Kiran leicht herausfordernd an. »Du kannst mir nicht erzählen, dass du jetzt wie ein Zen-Meister umherwandelst und das alles einfach wegsteckst.«

Kiran antwortete nicht, aber schließlich gab es zu dieser treffenden Analyse auch nicht viel zu sagen.

»Ich habe mit Blackwater gesprochen«, fuhr Steve fort. »Er hat damals für dich ausgesagt und dir die mit Abstand beste Beurteilung ausgestellt, die Quantico jemals von ihm gesehen hat. Seine Intervention hat Greenberg davon abgebracht, dich an die Löwen zu verfüttern.«

Kiran schaute Steve verblüfft an. Er hatte geahnt, dass jemand für ihn ein gutes Wort eingelegt hatte, aber auf Blackwater wäre er niemals gekommen. Er konnte das mürrische Gesicht des alten Häuptlings noch vor sich sehen, als der ihn nächtelang auf dem Schießplatz und im Trainingsgelände durch Sonderübungen gejagt hatte, obwohl Kiran einer der besten Schützen des Jahrgangs gewesen war. Er hatte immer den Eindruck gehabt, Blackwater müsse ihn hassen.

»Der Chief hat dich vom ersten Tag an gemocht. Aber er ist nun mal ein alter Indianer. Wenn die jemanden bewundern, schicken sie ihn durch die Hölle. Der ganze Jahrgang hat das mitbekommen, nur du natürlich nicht.«

In diesem Moment wurde der Hauptgang serviert. Steve hatte für beide die Spezialität des Hauses gewählt, Fleisch vom Grill mit dem bezeichnenden Namen »General Custer's Best Move«. Serviert wurden Filetstücke vom Rind, die auf einen Armeesäbel aufgespießt und von den Köchen am offenen Feuer kurz und sehr heiß gegrillt worden waren. Dazu gab es gebratenes Gemüse, eine hausgemachte Barbecuesauce und die besten Röstkartoffeln diesseits des Potomac, wie ihnen der freundliche Kellner stolz versichert hatte.

Steve rieb sich die Hände und rammte seine Gabel in das Fleisch. »Die Sauce ist der Hammer, mit Rauchfleisch, Chili, Knoblauch und gemahlenen Pekannüssen. Hau rein, Alter.«

Sie genossen das nur mit wenig grob geschrotetem Pfeffer bestreute Filet. Kiran konnte spüren, wie sich seine Bedenken so schnell auflösten wie das butterweiche Fleisch auf der Zunge.

Den Rest der edlen Schlemmerei über sprachen sie über die Veränderungen in Amerika, Washington und bei den amerikanischen Diensten. Erst als sie schließlich an der Bar saßen und einen Ridgemont Reserve im Glas kreisen ließen, kam Steve auf das eigentliche Thema zurück.

»Also, keine Widerrede. Nach der Safari durch Richmond werde ich dich nach Great Falls bringen. Der Chief hat dort seine Hacienda, und er ist sowieso im Urlaub. Deal?«

Kiran gab sich geschlagen. So viel zum Thema Konfliktvermeidung. Ihm war jedoch klar, dass er keine Wahl hatte und dass Steve dies als sein Freund sehr genau erkannt hatte. Trotzdem war ihm mulmig zumute. Er hatte in Japan ausgiebig Erfahrungen mit harten Lehrmeistern gemacht. Die Gewissheit, Blackwater wieder gegenüberzutreten, war jedoch eine ganz andere Hausnummer.

9

Die Teetassen klirrten auf dem Tablett, das die Haushälterin servierte. Kiran und Steve saßen im Wohnzimmer der Eltern von Patricia Masterson. Das vornehme amerikanische Stadthaus stammte aus dem 19. Jahrhundert, wie die meisten Häuser hier im Museum District, dem historischen Stadtkern von Richmond. Hier wohnte die alteingesessene Elite. Familien, die auf eine ganze Ahnenreihe von Gründern und Nationalhelden zurückblicken konnten.

Die Nachricht, dass ihre Tochter in Deutschland zu Tode gekommen war, hatte deutliche Spuren auf den Gesichtern der Eltern hinterlassen. Mrs. Masterson befand sich unter der gepflegten Fassade in einer Art gefrorenem Schockzustand. Der Hausherr verbarg seinen Schmerz hinter einer Mischung aus unterdrücktem Zorn und kontrollierter Aggression.

»Es ist schön zu sehen, dass das FBI sich endlich dazu herabgelassen hat, den Tod meiner Tochter aufzuklären, wenn sie schon zu faul waren, nach Deutschland zu reisen und dort die Ermittlungen zu übernehmen.«

Steve ließ sich nicht aus der Ruhe bringen. »Mr. Masterson, ich verstehe, wie Ihnen zumute sein muss, aber ich versichere Ihnen, dass wir alles Erdenkliche tun, um den Mörder Ihrer Tochter zu finden. Dazu ist es aber notwendig, dass Sie uns ein paar Fragen beantworten.«

Ronald Masterson schloss für einen Moment die Augen. Schließlich nickte er. Er machte der Hausangestellten ein Zeichen, dass sie den Raum verlassen möge. Dann wandte er sich wieder den beiden zu.

Kiran hatte sich unterdessen umgesehen. Patricia musste ein anstrengendes öffentliches Leben geführt haben. Ihre Fotos waren überall an der Wand zu finden – Patricia bei festlichen Veranstaltungen, zusammen mit ihrem händeschüttelnden und winkenden Vater oder mit Freunden, Politikern und immer wieder mit der glücklichen Familie.

»Wie würden Sie Ihre Tochter beschreiben, Mr. Masterson?«, fragte Steve.

Masterson ließ sich nicht zweimal bitten. Er erging sich in Schilderungen von Patricias zahlreichen Talenten und Fähigkeiten in der Schule, im Sport und in der politischen Arbeit in der Republikanischen Partei, in der sie seit Jahren aktiv war. All das klang wie Lobbyarbeit für einen vielversprechenden Newcomer. Masterson schien vergessen zu haben, dass dieser hoffnungsvolle Jungstar am republikanischen Polithimmel seine Tochter und seit drei Tagen tot war.

Steve schaffte es mit Mühe und Not, das Gespräch auf Patricias privaten Umgang mit ihren Freundinnen zu lenken. Dabei stellte sich schnell heraus, dass die Eltern über den für Patricia durchgestalteten Lebensplan hinaus keine Ahnung hatten, was ihre Tochter in der wenigen unbeaufsichtigten Freizeit unternommen hatte.

»Für sinnlose Vergnügungen hatte unsere Tochter weder Zeit, noch hatte sie ein Bedürfnis danach«, sagte Masterson und sah seine Frau an, die den Blick gesenkt hatte und leise schluchzte. Er legte beschützend einen Arm um sie und blickte Kiran an. »Sie sollten Ihre Ermittlungen wohl besser auf Deutschland konzentrieren. Sosehr wir Deutschland als wichtigen Wirtschaftspartner schätzen – es ist doch allgemein bekannt, dass der Wertezerfall in der Gesellschaft dort zum Teil besorgniserregende Ausmaße angenommen hat, meinen Sie nicht?«

Kiran erwiderte den Blick. »Mr. Masterson, wenn Ihnen so sehr an einer erstklassigen Ausbildung Ihrer Tochter gelegen war, warum haben Sie sie dann auf eine öffentliche Highschool geschickt und nicht auf eine Eliteschule?«

Der Einwurf wurde mit einer Handbewegung abgetan. »Patricias Vorbereitung für das College hat in einer Ausbildungseinrichtung der Handelskammer des Distrikts stattgefunden. Die Kinder der Mitglieder werden dort effektiver auf ihre Karriere vorbereitet. Ich werde Ihnen noch heute Material und Kontakte zu den Privatlehrern zukommen lassen, falls Sie sich ein umfassendes Bild machen wollen.«

»Was mich zum Auslandsaufenthalt Ihrer Tochter bringt«, fuhr Kiran fort. »Was hat Sie dazu bewogen, sie nach Deutschland zu schicken?«

»Patricia sollte im nächsten Jahr auf dem College Internationale Politikwissenschaften studieren. Deshalb hatte sie eine für europäische Beziehungen wichtige Fremdsprache zu lernen. Auch dies ist Teil des Weiterbildungsprogramms. Die Wahl ist auf Deutschland gefallen. Der Rotary Club, in dem ich langjähriges Mitglied bin, hat das Austauschjahr organisiert und eine akzeptable Familie in der Stadt Xanten gefunden. Es schien alles seine Ordnung zu haben, nur mit den Schulen ist es in Deutschland wohl nicht so weit her.«

»Hat Ihre Tochter Ihnen dazu mehr erzählt? War sie

mit den Gegebenheiten dort unzufrieden? Oder mit den Gasteltern, den Schülern, Lehrern …?«

»Patricia war dabei sich dort einzuleben. Es war zu früh, ein Urteil zu fällen. Wir haben im Wesentlichen nur erfahren, dass sie gut angekommen ist.«

»Sie wissen also nicht, zu wem sie in Deutschland im Einzelnen Kontakt hatte?«

»Das sollten Sie wohl herausfinden, Mr. Mendelsohn, oder nicht?«

Kiran machte sich ein paar Notizen. Steve stellte noch ein paar Fragen zu Freundinnen und Freunden in Richmond. Dann verabschiedeten sie sich. Die Dame des Hauses hatte die ganze Zeit über fast regungslos dagesessen. Ihre Gesprächsbeiträge hatten sich auf ein gelegentliches Kopfnicken beschränkt, mit dem sie die Ausführungen ihres Mannes bestätigte.

Masterson begleitete sie zur Tür und verabschiedete die beiden mit dem Hinweis, dass der ehemalige Director des FBI sein guter Freund sei, der ihn persönlich über den Fortgang der Ermittlungen auf dem Laufenden halten werde.

Der zweite Besuch des Morgens führte Steve und Kiran zu der Familie des ersten Opfers, Sharon Collins. Ihr Zuhause, wenngleich bodenständiger, stellte sich als eine weitere Hochburg des amerikanischen Traums heraus. Hier dominierten Fahnen, Auszeichnungen und Relikte aus zwei Golfkriegen. Major Collins trug das Schicksal seiner Tochter mit stahlharter Fassung, eine Frau war nicht zu sehen.

»Geschieden während der zweiten Tour im Irak«, bemerkte Collins kurz, als Steve nach Mrs. Collins gefragt hatte.

»Was können Sie uns über Sharon erzählen, Major?«, fragte Kiran.

»Wir haben ein klassisches Soldatenleben geführt. Man wird eingesetzt, wo es nötig ist. Wir sind aufgrund meiner Stationierungen in den vergangenen fünfzehn Jahren fünfmal umgezogen. Dann hat man mich in Ehren aus dem aktiven Dienst entlassen, und wir sind hierhergekommen.«

»Warum nach Richmond?«

»Dies ist meine Heimatstadt. Ich wollte zusammen mit meiner Tochter die Wurzeln unserer Familie wiederentdecken. Auch wenn meine Pension nicht ausreichte, um Sharon auf eine Privatschule zu schicken, war ich davon überzeugt, meiner Tochter mit Hilfe meiner Kontakte hier eine sichere Zukunft bieten zu können.«

Das Gespräch mit Major Collins gestaltete sich auf seine Weise nicht weniger schwierig als das mit Mr. Masterson und seiner schweigsamen Gattin. In diesem Fall bestand die Mauer nicht aus Macht und Arroganz, sondern aus platten militärischen Floskeln.

»Sharons schulische Erziehung hat in erster Linie in den Einrichtungen der Militärbasen stattgefunden. Ihre Freundinnen waren ausnahmslos Soldatenkinder. Besser als alles, was Sie in den Städten vorfinden.«

»Wie hat sich Sharon damit zurechtgefunden?«, fragte Steve.

»Ich habe nicht viel davon mitbekommen, was meine Tochter außerhalb der Schule gemacht hat«, entgegnete Collins schulterzuckend. »Aber an den Standorten gab es selten großartige Vergnügungszentren«, fügte er mit jovialem Lächeln an.

»Wie hat sie auf den Umzug hierher reagiert? Hat sich ihr Leben verändert?«

Collins nickte. »Natürlich. Aber sie hat sich ihre Position erkämpft und sich behauptet. An der Schule und draußen. War viel unterwegs, aber sie ist immer pünktlich zu Hause gewesen oder hat bei Freundinnen übernachtet. Meine Tochter war ein Wildfang, Gentlemen, so ehrlich sollte man sein. Aber auch ein grundsolides Mädchen. Hat nie Probleme gemacht, war selbstständig und machte ihre Arbeit in der Schule und daheim. Und sie ging mit mir zu Gun-Shows und Veteranentreffen. Was kann man sich als Vater mehr wünschen?« Er starrte auf ein Bild an der Wand, das ihn und seine Tochter mit zwei halbautomatischen Waffen zeigte. Seine Backenknochen mahlten.

Kiran und Steve sahen sich an. Sie hatten alles erfahren, was sie wissen wollten. Also verabschiedeten sie sich.

Sie beschlossen, diese Überdosis reaktionärer Lebensentwürfe in einer bei vielen FBI-Kollegen beliebten mexikanischen Snackbar im University District mit einer ordentlichen Dosis Chili auszubrennen.

»An Tagen wie diesen möchte ich meinen Pass abgeben und für den Rest meines Lebens Burning-Man-Festivals auf einer Hanfplantage organisieren«, seufzte Steve und bestellte Tacos mit Picadillo-Salat.

Während sie aßen, stieß Erwyn Jones zu ihnen. Er hatte seine Befragungen der Mitschüler, Lehrer und der Leiter der Sportabteilung der Jefferson Highschool abgeschlossen. Sie bestellten frische Getränke und gingen gemeinsam ihre Notizen durch.

»Ich habe am Vormittag noch einmal mit der Belegschaft der Highschool gesprochen. Von den Lehrern und Schulangestellten habe ich nichts Neues erfahren. Mehr Glück hatte ich beim Basketballteam.«

»Ach ja?«

»Ja, da ist heute eine Pep-Rally vor dem wichtigen Spiel des Schulteams. Also waren alle in der Sporthalle versammelt – Trainer, Team, Cheerleader und viele Schüler. War ein idealer Moment. Sharon Collins war der Star des Teams, hatte viele Fans und eine feste Freundesclique. Mit dazu gehörte auch Patricia Masterson. Sharon wurde von allen als unangefochtene Anführerin der Clique beschrieben. Dominant, aber loyal.«

»Wie es sich für die Tochter eines Majors gehört«, kommentierte Steve trocken.

»Patricia war nach Aussage der Mitschüler nicht besonders sportlich und hat sich wohl einfach nur gerne in der Clique aufgehalten. Trotzdem ist sie ebenso unnahbar und aggressiv aufgetreten wie der Rest ihrer Freundinnen, weshalb sich die meisten Schüler von dieser Gruppe ferngehalten haben.«

Kiran wiegte nachdenklich den Kopf. »Also haben wir hier wie in Raleigh eine Art geschlossenen Club. Da sollten wir morgen in Raleigh noch mal nachhaken. Und vor allem möglichst viele Teilnehmer dieses Sportfests dort befragen.«

Die anderen nickten zustimmend. Irgendetwas musste in diesen Freundeskreisen vorgefallen sein, oder eine Aktion der Gruppen hatte die Aufmerksamkeit des Täters auf die Mädchen gelenkt.

Sie beendeten ihr Essen. Jones fuhr zurück nach Quantico, um mit Margie die neuesten Erkenntnisse aufzuarbeiten, Steve fuhr Kiran nach Great Falls. Dort wohnte

Johnathan Blackwater, kaum eine Stunde Fahrt westlich von Washington und doch inmitten der Natur.

Das Farmhaus lag still in der Abendsonne. Kiran hatte sich von Steve am äußeren Gatter absetzen lassen, um den Rest des Weges zu Fuß zu gehen. Er lief den Weg hinab in das kleine Tal und sah schon von weitem Blackwater auf der Veranda sitzen. Er gab sich einen Ruck und näherte sich dem Haus.

»Guten Abend, Senior FO.« Kiran stieg die Stufen empor. Das Kürzel für Field Officer war ihm ganz automatisch über die Lippen gekommen, als wäre er noch in der Ausbildung und zu einer weiteren Übung angetreten.

Blackwater betrachtete die Holzfigur, an der er gerade geschnitzt hatte. Schließlich holte er ein Bier aus der Kühlbox neben sich, öffnete es und wies damit auf einen Stuhl neben sich.

Kiran nahm die Flasche, setzte sich und fühlte sich wieder wie ein Frischling am ersten Tag. Er nahm einen Schluck, entspannte sich ein wenig und betrachtete das Tal vor sich. Sie saßen eine Weile schweigend und atmeten die frische Luft.

»Noch ein Bier?«

Kiran starrte auf seine halb volle Flasche und schüttelte den Kopf. Blackwater nahm sich eines und öffnete den Korken mit einem Fingerschnippen. Schweigen. Schließlich wurde es Kiran zu viel.

»Ich nehme an, dies hier ist kein weiteres Shooting-Trial, Senior F…«

»Hör auf mit dem Scheiß«, schnitt ihm der Indianer das Wort ab, »ich heiße John. Der Officer arbeitet in Quantico.«

Kiran verstummte und wartete.

»Lass uns ein Stück gehen.«

Sie standen auf und gingen zum Bach, der unweit hinter dem Haus verlief. Ein kleiner Unterstand enthielt Werkzeug und Angelausrüstung. An einem Seil hingen in Blätter eingewickelte Fische. Blackwater nahm zwei davon, ging zum Grill und legte die Fische auf das Feuer. Dann gab er Kiran eine Angelrute.

»Essen ist gleich fertig, bis dahin fangen wir Nachschub.«

Es brauchte nicht lange, und die ersten Fische aus dem Bach bissen an. Blackwater übernahm die gefangenen Fische, schuppte sie und nahm sie aus. Dann füllte er sie mit Kräutern und wickelte sie in die getrockneten Blätter. Bald verkündete ein intensiver Duft, dass das Grillgut so weit war.

Sie aßen schweigend am Ufer des kleinen Baches. Anschließend warfen sie die Blätter auf den Kompost, gingen zurück zum Haus und setzten sich wieder auf die Veranda.

»Es ist schön hier. Sehr ruhig.«

Blackwater sah ihn an. »Gut, endlich bist du etwas entspannter. Lass uns reden.« Kiran sah den eisenharten Mann lächeln. Ein seltener Anblick.

»Du bist einen ziemlichen Umweg gegangen, wie ich höre.«

Kiran wollte gar nicht erst wissen, wie viel man Blackwater erzählt hatte. »Ich war mir nicht im Klaren darüber, wie ich weitermachen sollte. Das Ganze hat mich ziemlich überfordert damals.«

»Sicher. Niemand hat dir erklärt, was tatsächlich passiert ist. Du warst weg, bevor ich das tun konnte.«

Kiran sah ihn fragend an.

»Mir war während deiner Ausbildung sehr bald klar geworden, dass du schnell und intelligent bist. Und konsequent. Du handelst direkt und instinktiv. Dieser Instinkt ist seit deiner Geburt ein Teil von dir, den Menschen deiner Herkunft wenn überhaupt erst bei der Ausbildung kennenlernen. Ich habe deine Qualitäten erkannt, allerdings auch deine Schwächen. Deshalb habe ich dich durch die Nacht gejagt. Trotzdem hast du bis zur letzten Prüfung geglaubt, den Instinkt in dir mit deinem Intellekt kontrollieren zu können. Das ist natürlich Blödsinn. Ich bin allerdings erstaunt, dass du weitere achtzehn Jahre gebraucht hast, um das herauszufinden.«

Kiran wusste, wohin diese Konversation führen würde, und beschloss daher, lieber gleich zum Kern vorzudringen. »Ich glaube, das ist nicht die ganze Wahrheit. Ich habe damals reagiert. Schnell und konsequent, wie Sie es mich gelehrt haben. Beim Schuss aber habe ich nichts gespürt, gar nichts. Dann habe ich darauf gewartet, dass ich das empfinde, was alle um mich herum fühlten. Schmerz, Entsetzen, Schuld, das alles …«

»Und, konntest du?«

Kiran schüttelte den Kopf und schwieg.

Blackwater zuckte mit den Schultern. »Ist auch kein Wunder. Du hast deinen Weg nicht abgeschlossen.«

»Sir, ich …«

»John. Noch ein Sir, und ich hau dir den Fisch um die Ohren.«

»John, ich will kein seelenloser Kämpfer sein. Gut, ich denke nach, ich plane, dann handele ich. Aber ich ziehe auch Emotionen und die Psyche in Betracht, das ist mein Job. Ich versuche, die Gedankenwelt rund um unser Handeln zu ergründen. So habe ich wenigstens das Gefühl, etwas Sinnvolles zur Aufklärungsarbeit beizutragen.«

»Ergibt Sinn. In unserem Beruf haben wir es ja mit lauter Nobelpreisträgern zu tun.«

Wieder so eine Antwort, die einem den Unsinn der eigenen Argumentation erbarmungslos um die Ohren schlug. Doch Blackwater war noch nicht fertig.

»Du hast keine Ahnung, was es heißt, jemanden zu töten und darüber zu trauern. Nicht weil du es nicht kannst, du hast es noch nicht erlebt.«

»Aber was war dann der ...«

»Dave Morrison war ein unfähiges und geistesgestörtes Arschloch, das seiner Familie imponieren und den amerikanischen Superhelden spielen wollte. Er war nicht nur überheblich und dumm, er war auch noch blind und taub. Unseren Lehren, eurer Hilfe und sich selbst gegenüber. Ein typischer vorwärtsstürmender Yankee ohne Hirn. Sein Weg war vorgezeichnet. Er war bereits tot, als er Quantico zum ersten Mal betreten hatte.«

»Soll das heißen, dass ...«

»Frag nicht so dämlich. Wozu hast du ein Jahr bei diesen Mönchen gesessen? Er war eine Gefahr für die Umwelt. Die Frage war bloß, ob er bei seinem ersten Einsatz ein paar Zivilisten abknallt oder ob wir Prüfer das verhindern konnten, indem wir ihn nach Iowa zurückschicken würden. Die Leitung empfahl uns, ihn wegen seiner akzeptablen Ergebnisse in der Theorie doch noch durchzuwinken, auch wenn er im Feld mitunter ein unkontrollierbarer Querschläger war. Die Old-Boy-Connection eben. Zum Glück hat er dann beschlossen, seinen ersten Kurzschluss noch bei uns zu haben. Er schoss auf seine eigenen Kameraden, er schoss, um zu töten, und versagte, weil er von dir außer Gefecht gesetzt wurde. Du warst der richtige Mann am richtigen Ort.«

»Ja, irrsinniges Glück, das.«

Blackwater lachte laut los, während Kiran ihn wütend anstarrte. »Mann, was muss man eigentlich alles tun, bis du endlich mal den Stock aus dem Arsch nimmst? Unglaublich …« Er lachte lauter und verschluckte sich dabei. Kiran klopfte ihm auf den Rücken und begann zu verstehen, was Blackwater von ihm wollte.

»Also soll das hier ein Trainingslager für Emotionalität werden? Da sehe ich schwarz. Ich werde mich nicht mehr ändern, John.«

»Musst du auch nicht«, antwortete der, immer noch hustend. »Das Einzige, was dir fehlt, ist ein Blick auf den Teil deines Wesens, den du bisher so geflissentlich ignoriert hast.«

»Und wie hast du dir das vorgestellt? Hypnose beim Angeln?«

»Das waren schon zwei trockene Bemerkungen innerhalb weniger Minuten. Vielleicht ist ja noch nicht alles verloren.«

Er stand auf und streckte sich. »Du musst verstehen, was passiert ist. Und warum es dich nicht berührt hat. Du musst dir selbst beweisen, dass du normal bist und keine Tötungsmaschine. Ich werde dir einen Weg zeigen.«

Er ging ins Haus und kehrte kurz darauf mit einer Landkarte zurück, die er auf dem Tisch ausbreitete.

»Das hier ist White Mountain. Die alte Reservation der Tonto Apache, meines Stammes. Das heißt, der Stamm meines Vaters. Ich bin dort zwar oft gewesen, aber in Phoenix aufgewachsen. Trotzdem habe ich die Lehren meiner Ahnen studiert. Einiges davon ist abgehobener Naturkram, der meines Erachtens nur zum Bäumeumarmen taugt. Das Wesentliche aber ist eine Weisheit, die jeder von uns Jägern braucht und die dir fehlt.«

»John, ich bin mitten in einem Fall.«

Blackwater nickte. »Das ist mir klar. Morgen ist Freitag. Da fahrt ihr nach Raleigh. Danach wühlt ihr euch durch die neuen Daten, die ihr da vielleicht findet. Steve meinte, dass er und diese Psychotante das Wochenende locker ohne dich auskommen, wenn sie die Toten und ihre Freunde durchleuchten. In der Zeit wirst du mich auf meinem jährlichen Besuch begleiten und einen wissenden Mann kennenlernen.«

Kiran war alles andere als begeistert. »Ich weiß nicht, ob ein Medizinmann …«

»Jungchen, das ist kein Angebot, das ist ein Befehl. Außerdem heißen die nicht Medizinmänner. Das solltest du eigentlich wissen. Wir fliegen morgen Abend mit Kollegen von der Bereitschaft rüber nach Arizona.«

Kiran verfluchte Steve innerlich, war aber ebenso berührt von der Hilfe seines Freundes. Ohnehin hatte ihn Blackwaters strenge Fürsorge überrumpelt.

Er gab auf und nahm sich eine weitere Flasche Coors.

10

Das Soundgewitter war unerträglich, die wummernden Bässe drückten auf seine Schläfen wie ein Schraubstock. Die Dunkelheit im Saal wurde von stroboskopischem Licht zerhackt. Um ihn herum drängten sich Trauben von Menschen, die sich gegenseitig unwichtige Dinge in die Ohren schrien und dabei hysterisch lachten. Er versuchte sich zu konzentrieren und sah sich um.

Dann entdeckte er sie in einer dunklen Ecke. Sie stand bei einem anderen Mädchen und redete auf sie ein. Sie schienen sich zu streiten. So sah es jedenfalls aus. In diesem ständigen Geblitze war es unmöglich, Genaueres zu erkennen.

Er näherte sich vorsichtig von der Seite, immer wieder angerempelt von angetrunkenen Schreihälsen, die ihre Drinks verschütteten und mit ihren Smartphones durch die Luft wedelten. Bald würde eine neue Flut verwackelter Videos im Netz auftauchen und einen weiteren Tag künstlich erzeugter Euphorie dokumentieren, um dem Rest der Welt die Gewöhnlichkeit des eigenen Alltags als Leben zu verkaufen.

Neben ihm begannen die ersten Gruppen mit ihren Komaritualen. Der Alkohol floss in Strömen durch ekstatische Kehlen. Kein Wunder, dass diese Generation null Chancen auf ein sinnvolles Leben hatte, wenn sie sich das Gehirn bereits vor dem Schulabschluss wegsoff.

Es war absurd, noch vor wenigen Stunden hatten viele von ihnen Sport betrieben, trainierte Muskeln hatten Hindernisse und Distanzen überwunden, Körper und Seele waren eins gewesen. Jetzt wankten sie vermummt und betäubt durch ein sensorisches Chaos.

Sie stand immer noch da, ihre Haltung angespannt, wie bereit für den Sprung. Plötzlich war er umgeben von kreischenden Mädchen, die ihm ein Glas an den Mund pressten. Er riss sich los und sah sich wütend um. Sie war auf dem Weg zum Ausgang.

Er atmete auf und folgte ihr.

11

Am frühen Morgen flogen Jones, Steve und Kiran mit dem Hubschrauber nach Raleigh. Um schneller agieren zu können, hatte Steve schweren Herzens auf die Fahrt mit seinem Sportwagen verzichtet. Vom Heli-Landeplatz des Raleigh Police Department brachte ein Streifenwagen sie zu den Eltern der im April ermordeten Lynn Farnsworth.

Anders als die Mastersons und Major Collins in Richmond waren die Farnsworths sehr bodenständige Leute. Mutter und Vater waren berufstätig, um die Ausbildung der Kinder und die Abzahlung des überteuerten Eigenheims zu finanzieren. Heute jedoch waren sie für die Befragung zu Hause geblieben. Der jüngere Sohn öffnete die Haustür und starrte die FBI-Erkennungsmarken stumm an. Dann erschienen Mr. und Mrs. Farnsworth und führten die Polizisten in ein gemütliches Wohnzimmer.

Als sie sich gesetzt hatten, machte Steve den Anfang. »Es tut uns sehr leid, dass wir Sie noch einmal behelligen müssen. Inzwischen hat es einen weiteren Mord gegeben, der im Zusammenhang mit dem Mord an Ihrer Tochter zu stehen scheint. Wir gehen daher noch einmal alles durch.«

Sie erfuhren zunächst nur, was sie schon wussten. Lynn war eine gute Schülerin und erfolgreiche Leichtathletin mit normalen Freizeitaktivitäten gewesen. Sie hatte Vorbereitungskurse besucht und damit begonnen, sich bei einigen Colleges zu bewerben. Alles in allem ein normaler Lebenslauf, der den Schluss nahelegte, dass es sich hier vielleicht wirklich nur um ein Zufallsopfer handelte. Doch genau das war es gewesen, was Kiran bei ihrer ersten Besprechung in Quantico stutzig gemacht hatte. Auch Jones hatte es erwähnt: Hier war zu viel Normalität im Spiel, obwohl es im Gegensatz dazu viel zu sehr danach aussah, als wären diese Mädchen gezielt für Bestrafung, Folter und Tod ausgewählt worden.

Kiran wandte sich an die Mutter. »Mrs. Farnsworth, hat sich eventuell jemand noch einmal mit Ihnen in Verbindung gesetzt? Sind außer Nachbarn oder Verwandten vielleicht Bekannte oder Freunde von Lynn noch einmal auf Sie zugekommen?«

»Ich weiß nicht, die Wochen sind vergangen wie im Nebel. Nein, ich glaube nicht. Wir haben aber auch nicht viele ihrer Freundinnen gekannt. Ihre engsten Freunde ja, aber diese Adressen haben wir Ihnen ja gegeben.«

Jones nickte. »Wir haben alle befragt. Können Sie sich vielleicht trotzdem noch an andere Details oder Vorfälle erinnern, irgendetwas, das Ihnen in der Zwischenzeit aufgefallen ist?«

Die Eltern schüttelten langsam den Kopf.

»Könnten wir vielleicht das Zimmer Ihrer Tochter noch einmal ansehen?«, fragte Steve.

Mr. Farnsworth erhob sich und führte Steve und Kiran nach oben. Jones blieb bei der Mutter. Im Haus dominierten dicke Teppiche, voluminöse Möbel und einfache Landschaftsgemälde. Lynns Zimmer war daher eine Überraschung. Der Raum war geschmackvoll modern eingerichtet. Kein Nippes, kein Plüsch wie im übrigen Haus. Porträtaufnahmen und Makrofotografien an den Wänden, im Regal kleine Skulpturen und andere kunstvolle Objekte. Eine Wand mit Fotocollagen zeigte Lynn mit Freundinnen auf unterschiedlichen Partys, in Discotheken und beim Sport. An der Schrankwand hing eine Vergrößerung eines Ganzkörperporträts von ihr, auf dem sie gut zehn Jahre älter aussah.

Mr. Farnsworth hatte die Blicke der Polizisten verfolgt. »Sie hatte eine künstlerische Ader. Hat im Netz recherchiert, sich mit Design, Fotografie und Mode beschäftigt und teure Zeitschriften abonniert. Und sie hat sich viel mit Leuten getroffen, die all diese kreativen Sachen machen.«

Er zeigte den beiden Lynns Kleiderschrank, der selbst für einen Laien auffällig modische Kleidung beherbergte.

Nachdem sie sich umgesehen hatten, machte Kiran noch einige Aufnahmen von den Fotocollagen.

Mr. Farnsworth betrachtete die Bilder wehmütig. Dann stutzte er und sah Kiran an.

»Das Mädchen hier ist auf dem Begräbnis gewesen. Fällt mir jetzt wieder ein, wo ich sie sehe. Ich war seit Monaten nicht mehr hier oben.« Er blickte die beiden entschuldigend an.

»Erinnern Sie sich an ihren Namen?«

»Nein. Aber sie wollte etwas von uns. Sie hat mit meiner Frau gesprochen. Wir kannten sie nicht. Und sie sah auch nicht aus wie jemand, mit dem Lynn Umgang haben würde.«

Auf dem Foto war Lynn mit einem sehr modischen Jungen zu sehen, daneben ein ebenfalls sehr schlankes, etwas schriller gekleidetes Mädchen. Alle drei schnitten Grimassen, von denen man auf einen Schnappschuss während der Endphase einer Party schließen konnte.

Ins Wohnzimmer zurückgekehrt, zeigten sie das Foto der Mutter, die sich nun ebenfalls wieder erinnerte.

»Ja, sie war auf dem Begräbnis. War mir nicht sehr sympathisch.«

»Warum?«

»Sie wollte wissen, ob wir Lynns Computer noch haben. Da waren irgendwelche Aufnahmen, die sie haben wollte. Sie hat uns ihre Telefonnummer gegeben. Kein Wort des Beileids, keinen Namen. Sie war auch sehr unpassend gekleidet. Viel zu viel Schmuck, grelle Farben. Sie war mir irgendwie unangenehm.«

Als sie wenig später in der Highschool eintrafen, wartete der Schulleiter bereits auf sie. Lehrer, Trainer, Mitschüler waren angewiesen, den drei Polizisten in den Pausen Rede und Antwort zu stehen. Doch alle Aussagen bestätigten nur das Bild, das die Ermittler bereits vorher gewonnen hatten. Lynn war ein intelligentes Mädchen, das schon früh einen bewusst eleganten Lebensstil gepflegt hatte. Sie hatte zu den Schönheiten der Schule gehört und rege am Freizeitleben teilgenommen. Keine Party, bei der nicht Lynn Farnsworth eine entscheidende Rolle gespielt hätte. Einige Mitschüler, die eher der Gruppe der Underdogs zuzuordnen waren, hatten sie und ihre attraktiven Freundinnen argwöhnisch beobachtet. Außer Mutmaßungen und Gerüchten hatte aber niemand etwas Auffälliges mitbekommen, was auf eine dunkle Seite ihres Privatlebens schließen lassen konnte.

Blieb noch die Freundin, die auf dem Begräbnis nach

dem Computer gefragt hatte. Margie hatte den zur Telefonnummer gehörenden Namen gefunden und Steve aufs Mobiltelefon geschickt: Liz Clarkson. Sie war ebenfalls Schülerin der Abschlussklasse. Anders als Lynn aber stand ihr keine Collegekarriere bevor. Ihre herausragenden Eigenschaften fanden sich eher im Strafregister der Polizei. Ruhestörung, Alkohol, kleinere Diebstähle. Am heutigen Tag war sie nicht in der Schule, wie ihnen der Schulleiter mitteilte, sondern krankgemeldet. Die drei Ermittler fuhren daher zum Haus ihrer Eltern und trafen auf eine Art neo-punkige junge Frau mit schweren Stiefeln und strähnigem Haarschnitt, die gerade das Haus in Richtung Innenstadt verlassen wollte.

»Liz Clarkson?«, fragte Steve und zückte seine Polizeimarke: »FBI. Wir hätten da ein paar Fragen an Sie.«

Statt einer Antwort sprintete sie umgehend los. Jones startete ebenfalls und hatte sie nach zwanzig Metern eingeholt.

»Jaja, die alte Leier«, bemerkte Steve, als er Kirans Blick sah. »Wir müssen FBI sagen, die rennen los, wir hinterher, der Rest schaut zu und schließt Wetten ab. Immerhin ist Jones happy, dass er mal wieder Bewegung bekommt.« Damit klappte er sein Telefon auf und rief einen Streifenwagen.

Auf dem Revier führte Steve die erste Befragung durch. Erstaunlicherweise spielte er den verständnisvollen Ermittler und ließ die aufmüpfige Jugendliche schimpfen und wettern und gab nach jedem verbalen Schlagabtausch relativ schnell nach. Schließlich verließ er den Verhörraum und kam zu Kiran in den Beobachtungsraum.

»Sehr inspirierend«, gratulierte Kiran. »Ich habe dich nie so brav und unterwürfig erlebt. Du hast da eine ganz neue Rolle für dich entdeckt.«

»Nicht wahr? Und es ist unheimlich effektiv. Ich war auf so einem Training zur Persönlichkeitssteuerung bei Vernehmungen. Du glaubst nicht, was man aus den Leuten rauskriegt, wenn man sie erst mal toben lässt und später einen Kollegen reinschickt, der den Hammer auspackt.«

Sie gingen nach draußen und trafen Jones auf dem Vorplatz, wo er mit einigen alten Kollegen aus seiner Zeit bei der State Police fachsimpelte und sich mit Kaffee von einem reichhaltigen Papptablett bediente. Hände wurden geschüttelt, die üblichen freundlichen Fragen zu Kirans Herkunft gestellt, dann kam Jones zur Sache.

»Ich habe Margie auf Miss Clarkson angesetzt. Sie hat bereits das Facebook-Konto und ein Fotoportal geknackt. Die Bilder sind sehr erhellend. Auch Lynn Farnsworth ist einige Male zu sehen und längst nicht so elfenhaft wie daheim. Das dürfte eine interessante Fragerunde werden.«

Nachdem sie sich noch ein riesiges Sandwich im Diner gegenüber dem Polizeirevier gegönnt hatten, wurde es schließlich Zeit für das Verhör.

Liz Clarkson hatte inzwischen zwei Stunden allein in einem kahlen Raum verbracht und war auf Betriebstemperatur, als Kiran und Jones eintraten.

»Wer zum Geier seid ihr denn jetzt? Warum werde ich hier festgehalten? Ich habe nichts getan! Ich will hier raus, und zwar sofort!«

Kiran lehnte sich an die Wand, während Jones seine Dienstmarke zeigte, sich setzte und seinen Laptop aufklappte.

»Was soll das werden, ich will …«

»Miss Clarkson, wir haben uns Ihr Strafregister angesehen. Wir wissen, dass Sie in diesem Jahr bereits dreimal vor dem örtlichen Richter gestanden haben und eine Bewährungsstrafe verbüßen. Noch ein Vergehen, und Sie lernen die staatliche Erziehungsanstalt von innen kennen.«

»Na und? Hat das FBI nichts Besseres zu tun, als …«

»Wir haben noch etwas anderes erfahren«, fuhr Jones ungerührt fort. Er rief die letzte E-Mail von Margie auf. »Sie sind demnach allein in den letzten drei Wochen viermal in Bars gewesen, wo Sie erstens nicht sein durften und zweitens hochprozentigen Alkohol getrunken haben.«

»Woher wollen Sie das wissen?«

»Von Ihnen. Sie waren so freundlich, Ihre Fotosammlung von Ihren Trinkausflügen im Internet zu veröffentlichen, sogar mit Datum und Uhrzeit, sehr hilfreich. Und das hier sieht aus wie ein schöner dicker Joint.« Er drehte den Laptop und zeigte ihr die Aufnahme.

»Was? Das dürft ihr nicht, das sind meine Bilder!«

Jones schaute sie mitleidig an. »Doch, wir dürfen. Vor allem wenn die Bilder zur Aufklärung in einem Mordfall dienen.«

Darauf kam keine Erwiderung, der aggressive Gesichtsausdruck verschwand, der Blick wurde lauernd und vorsichtig.

Kiran schaltete sich ein. »Miss Clarkson, Sie gehörten zum Freundeskreis von Lynn Farnsworth die, wie Sie ja wissen, im April Opfer eines Gewaltverbrechens geworden ist.«

»Und? Was habe ich damit zu schaffen?«

»Sie sind mit dem Opfer befreundet gewesen. Zumindest sind Sie zusammen auf Partys gewesen.«

»Keine Ahnung, wovon Sie reden.«

Jones hatte genug »Okay, Lady. Es reicht. Wir haben nicht den ganzen Tag Zeit für blöde Mätzchen. Innerhalb der nächsten halben Stunde erfahre ich alles, was du über Lynn Farnsworth und ihren Umgang weißt. Ansonsten Blutprobe, Anklage vor dem örtlichen Richter und Hausdurchsuchung. Dann ist Schluss mit der fröhlichen Schulzeit, und deine Ausbildung wird von den Insassen im State Correctional Center abgeschlossen. Kapiert?«

Liz sah ihn mit leerem Blick an. Man merkte, wie es in ihr arbeitete. Aber sie war klug genug, nicht weiter zu protestieren.

Kiran übernahm. »Wie war Ihr Verhältnis zu Lynn Farnsworth, waren Sie Freundinnen?«

Sie schaute Kiran abschätzig an. »Freundinnen, aus welchem Jahrhundert kommen Sie denn? Lynnie war eine Macherin. Die hatte hier in Raleigh das Sagen auf den Partys.«

»Und wie hat das ausgesehen?«

»Ihr Boyfriend war schon Mitte zwanzig. War eine Gruppe älterer Jungs, Lynn und ihre Chicas, und dann halt Gäste, so wie ich.«

»Gäste, wobei?«

»Partys eben. Die haben gefeiert wie die Großen. Hatten alles, Alkohol, Drogen, Geld, was man so braucht. Aber das waren keine Rich-Kids, nicht so dumm und arrogant. Die waren klug. Sind immer unter sich geblieben, nur eben draußen durften Leute wie wir dazu.«

»Und warum haben sie überhaupt Gäste dazugeladen?«

»Exzess, Mann. Abfeiern, krasse Fotoshootings, Sex, solche Sachen.« Sie verstummte, weil ihr gerade das nächste Vergehen einer Minderjährigen entschlüpft war.

Jones lenkte sie mit der nächsten Frage ab. »Welche Rolle hat Lynn dabei gespielt? Du hast gesagt, sie war die Chefin in dieser Gruppe.«

»Na, die war eben den anderen voraus. War die Modequeen. Und ist mit dem Anführer ins Bett gegangen. Aber sie war auch sonst immer voll dabei. Sie war intelligent, wusste, was sie wollte. Die haben sich alle genommen, was sie wollten. Und wenn einer nicht gespurt hat, dann sind sie ungemütlich geworden.«

»Und wie hat sich das geäußert?«

»Keine Ahnung. Mich musste man ja zu nichts zwingen. Aber einige sind da hingegangen, weil sie mussten. Ansonsten gab es Stunk.«

»Waren Sie du auch auf der Party nach dem Interstate-Wettkampf im Frühjahr? Hat es dort Ärger gegeben?«, fragte Kiran

Liz lächelte zum ersten Mal. »Kann mal wohl sagen. Lynn hat eins auf die Nase bekommen. Von so einem komischen Typen aus D.C..«

Kiran und Jones wechselten Blicke. Liz erzählte unterdessen weiter, sie hatte offensichtlich Gefallen an ihrer Rolle als Informantin gefunden. Lynn Farnsworth hatte an jenem Abend fatalerweise beschlossen, sich mit einer jüngeren Sportlerin aus Richmond einen kleinen Spaß zu erlauben. Ihre Gruppe hatte die Szene nur von weitem wahrgenommen, so etwas passierte auf fast jeder Party. Lynn war auf das junge Mädchen losgegangen und hatte ihre übliche Show abgezogen, völlig unbeeindruckt davon, dass das Mädchen noch mit zwei weiteren Sportlern beisammenstand. Der Ältere hatte von Lynn einen Tritt in die Weichteile bekommen, als er irgendetwas zu ihr gesagt hatte. Sie hatte den beiden dann mit Gruppenprügel gedroht, nur um im nächsten Moment von dem anderen einen derart brutalen Schlag abzubekommen, dass sie blutend zu Boden ging. Die beiden Sportler waren sofort geflohen, bevor Lynns Gruppe eingreifen konnte.

»Wer war der Junge, der vermitteln wollte?«

»Irgend so ein Student, der andere ein Sportler aus einer Highschool von da oben.«

»Namen haben Sie nicht?«

Liz dachte eine Weile nach, aber Namen schienen in dieser Erlebniswelt keine größere Rolle zu spielen.

»Keine Ahnung. Aber das waren zwei ziemlich durchtrainierte Typen mit längeren Haaren.« Sie überlegte kurz. »Der Typ, der ihr das Ding verpasst hat, sah irgendwie aus wie ein Mädchen, das war aber definitiv ein Kerl, hat Lynn danach gesagt. Sie war stinksauer und hat sich nach dem Fight den finalen Gong gegeben. Dann ist sie irgendwann abgehauen.«

»Habt ihr danach noch was von der Sache gehört?«, hakte Jones nach.

»Nein, nichts. Warum auch? So was passiert dauernd. Ist halt schiefgelaufen, kommt auch mal vor.«

»Wir brauchen Namen von ihrer Gruppe hier«, sagte Kiran. Jones reichte ihr den Block und einen Kugelschreiber.

»Das lief besser als erwartet«, sagte Steve zufrieden, als sie wenig später im Revier beisammensaßen. Die Liste der Namen enthielt zwar ausschließlich Freundinnen, die der Polizei schon bekannt waren, neu hinzugekommen war Darren Brown, der junge Mann, mit dem Lynn Farnsworth ein Verhältnis gehabt hatte.

»Ich denke, es ist das Beste, wenn wir die Facebook-Konten und Fotoportale nach den beiden Jungs aus D.C. durchsuchen. Lynns Freund kann uns vielleicht in diesem Punkt weiterhelfen. Kann sein, dass er selbst nachgeforscht und einen Namen hat. Das würde es einfacher machen. Aber vielleicht finden wir den Studenten auch so. Bei diesem Interstate-Wettkampf wird es nicht allzu viele Collegestudenten gegeben haben«, meinte Kiran.

Jones hatte inzwischen mit Margies Hilfe aus Quantico Darren Brown ausfindig gemacht. Er wohnte allerdings nicht mehr in Raleigh. Er war in den Staat Maryland gezogen, keine dreißig Meilen entfernt von Washington.

Als sie an diesem Abend nach Quantico zurückkehrten, trafen sie sich noch einmal zu einer Sitzung.

Margie ergriff das Wort. »Also dann. Vergleichen wir, was wir Neues haben, vor allem die Datenfelder. Am besten zuerst Gemeinsamkeiten und Unterschiede, danach Vorschläge und Ideen, wie wir die beiden Sportler aus Washington, D.C. aufspüren.«

Alle nickten.

»Gut. Gemeinsamkeiten. Wir haben drei Opfer, die in der Schule eine herausgehobene Position einnehmen. Da wäre Sharon Collins als Basketballerin und Cliquenchefin, definitiv ein Star in der Schule. Patricia Masterson war die Tochter eines einflussreichen kommunalen Politikers. Lynn Farnsworth ist, wie wir jetzt wissen, ebenfalls eine Anführerin und dazu durch ihren Stil eine auffällige und starke Person. Sie und Sharon sind Sportlerinnen, Patricia eher Zuschauerin. Ich denke, vom sozialen Aspekt her muss auch der Sport wichtig sein, die Verbindung Richmond und Raleigh durch das Leichtathletiktreffen und der Konflikt mit den Sportlern belegen das. Hier werden wir als Erstes nachhaken. Wir müssen alles über diesen Wettkampf finden, was soziale Netzwerke, Video- und Fotoplattformen hergeben. Das Ganze abgleichen mit den Leuten, die in der Richmond-Jefferson-High auch zum Basketball gehen.«

Steve machte sich Notizen. Dann sagte er: »Ich denke, dass wir das erweitern sollten auf Partys und andere Events. Wir sollten nachschauen, wer aus Raleigh Kontakte zum Großraum Washington, vor allem aber nach Richmond hat, und das Ganze durch den sportlichen Bereich der beiden Schulen filtern. Eine einzige Party wie die in Raleigh könnte bereits Aufschluss geben. Aber das wird nicht einfach.«

Margie nickte. »Gut. Wir sehen also starke Persönlichkeiten, die sich ein kriminelles Doppelleben außerhalb der Schule und der Familie aufgebaut haben. Selbst Patricia Masterson war zu Hause das brave Töchterlein, aber bei ihren Leuten wurde sie als aggressiv wahrgenommen. Sharon Collins sowieso. Und Lynn scheint ja auch ein ziemlich kalter Engel gewesen zu sein.«

Kiran meldete sich zu Wort. »Richtig. Alle waren in einem Club. Lynn mit ihrer Fashion-Partygruppe, die beiden in Richmond hatten ebenfalls eine gemeinsame Clique. Wir müssen herausfinden, was diese Mädchen als Gruppe unternommen haben. Wir haben in Lynns Freundeskreis nichts gefunden, bis wir auf Liz Clarkson gestoßen sind. Das bedeutet, dass hinter den Party-Exzessen vielleicht noch ein größeres Geheimnis steckt.«

Steve verzog das Gesicht. »Und wie kriegen wir das raus? Ist ja nicht so, dass wir da mal eben eine Veronica Mars einschleusen könnten.«

»Nicht nötig«, sagte Jones. »Wenn wir die sozialen Netzwerke und Videokanäle durchkämmen, finden wir leicht raus, wer auf diesen Veranstaltungen so rumhängt. Dann können wir uns diese Kids gesondert vornehmen. Irgendwo ist dieser Collegestudent vielleicht aufgetaucht. Wir brauchen nur einen Ansatz, irgendeinen Vorfall und eine anschließende Forendiskussion. Wenn so etwas stattgefunden hat, können wir da einhaken.«

»Und wir müssen den Typen finden, der Lynn Farnsworth eine blutige Nase verpasst hat«, fügte Steve hinzu. »Vielleicht kennt er den Studenten. Der passt bislang noch am besten in unser Profil. Auch wenn wir nicht vergessen dürfen, dass wir von einem kontaktscheuen Menschen gesprochen haben, einem Beobachter. Wie auch immer, wir müssen ins Netz, Namen und Bilder finden.«

»Sehr gut«, kommentierte Margie. »Ich habe zwei unserer Spezialisten gebucht, die übers Wochenende die Profile und Freunde der Mädchen sowie alles und alle rund um die Party in Raleigh durchkämmen, dann haben wir vielleicht bald einen Hinweis. Nun zu den Unterschieden, Kiran?«

»Die Herkunft der drei Opfer unterscheidet sich zum Teil erheblich. Sharon ist ein Kind eines Militärangehörigen, ein knallharter Typ. Patricia kommt aus der High Society. Lynn aus dem Mittelstand. Aber alle drei haben ganz offensichtlich versucht, aus diesem Umfeld auszubrechen, und das auf sehr ähnliche Weise. Im Grunde erhärtet das die These, dass wir zwar über den Sport, aber danach bei öffentlichen und vor allem bei den nichtöffentlichen Partys recherchieren müssen. Diese Mädchen sind wegen dieser Welt der geheimen Partys auf den Täter getroffen. Vielleicht ist es einer unserer beiden Verdächtigen aus Washington, D.C.. Er müsste dann zwangsläufig irgendwo im Umfeld von allen drei Mädchen auftauchen.«

»Korrekt«, bestätigte Jones. »Und wir haben zwei verschiedene Gruppen, also mehrere Suchoptionen.«

Margie hatte mitgeschrieben. Jetzt sah sie wieder auf. »Ich denke, damit sind wir schon bei den Ideen und Vorschlägen. Also, wir müssen diesen Collegestudenten finden, aber auch den Sportler einer Schule aus dem Umkreis hier. Deswegen brauchen wir mehr Infos zu den Mitgliedern dieser zwei Freundesgruppen. Habt ihr in Raleigh noch Schüler befragen können?«

»Ein paar«, bejahte Steve. »Aber nichts Neues. Liz Clarkson hat uns den besten Hinweis gegeben.«

»Ich habe immer noch kein Gefühl dafür, was den Täter umtreibt«, sagte Kiran. »Es ist nur schwer vorstellbar, dass eine normale Rangelei unter Jugendlichen der Auslöser für solche Taten sein kann. Schon gar nicht, wenn der Täter mal eben ins Flugzeug steigen und Patricia Masterson in Deutschland ermorden kann. Wir müssen zu diesen geheimeren Kreisen vordringen. Und das möglichst schnell.«

Jones nickte zustimmend. »Wir überprüfen alle Einreisen seit der Tat in Deutschland und Ausreisen aus den Staaten bis zu vier Wochen davor, als Patricia nach Deutschland ging. Aber wir können schlecht aussieben. Selbst ein Radius von hundert Meilen rund um Richmond umfasst immer noch einen ziemlich großen Bereich der Greater Washington Area. Das ist eine verdammt lange Liste. Wir werden die natürlich alle durchchecken, aber das kann dauern.«

Damit beendete Margie die Sitzung. Am Montagmorgen würde man sich wieder zusammensetzen. Kiran bekam einen Schulterklopfer von Steve und stand auf, um sich an das Videoterminal zu begeben und sein Team zu unterrichten.

Kurze Zeit später sah Kiran alle vor sich auf dem Bildschirm. In Deutschland war es zwar schon mitten in der Nacht, aber Bolko, Enzo und Alenka waren noch im Büro und brachten ihn auf den neuesten Stand, was die Befragung betraf.

Enzo war im Cranberry's vorstellig geworden und hatte die irische Barkeeperin Anne befragt. Sie hatte sich einige Male mit Patricia unterhalten. Ihr war eines Abends aufgefallen, dass die Amerikanerin nervös und gegen Ende des Abends regelrecht verängstigt gewirkt hatte. Wann genau das war, wusste sie jedoch nicht mehr, auf keinen Fall jedoch an den letzten beiden Abenden vor der Tat. Da hatte sie wie sonst auch allein in der Ecke gesessen und ihr Bier getrunken. Ansonsten hatte es keine weiteren Erkenntnisse zu Patricias Umgang gegeben. Kiran berichtete im Gegenzug, was sie in den USA herausgefunden hatten. Er vervollständigte das Täterprofil, erwähnte die geheimen Privatunternehmungen der Opfer und vor allem die Aussicht auf erste Verdächtige aus dem College-, Sport- und womöglich Drogenmilieu. Die guten Ergebnisse munterten das Team in Deutschland sichtlich auf.

Bolko würde die Befragungen zusammen mit Alenka auf die örtliche Sportszene und all jene öffentlichen Orte ausdehnen, an denen jemand wie Patricia auf ihren Mörder getroffen sein konnte.

Damit war alles besprochen. Kiran verabschiedete sich, ohne seinen bevorstehenden Trip in das Reservat der Apache zu erwähnen. Ihm stand nicht der Sinn nach Erklärungen, die unweigerlich hätten folgen müssen.

Margie war zu den IT-Technikern gegangen, Steve bereits auf dem Nachhauseweg. Kiran würde sich sputen müssen. In einer Stunde erwartete ihn Johnathan Blackwater am Flugplatz.

Er stand auf, fuhr den PC herunter. Als er den Raum verließ, stand Erwyn Jones noch immer an der Plexiglaswand und starrte auf die Diagramme und Notizen.

12

Der Platz draußen war ebenso überfüllt wie die Disco selbst. Die kleine Gruppe wand sich durch die Menge, auf der Suche nach einer Person. Die Vorgabe war klar: diesen fremden Typen finden und ihm alle Knochen brechen. Kein Außenseiter hatte hier den Mund aufzumachen und sich in ihre Angelegenheiten einzumischen.

Die Beleuchtung war nicht gerade hilfreich. Ebenso wenig die Masse kreischender Kids. Dieses verfluchte Sportfest hatte den Altersdurchschnitt noch weiter gedrückt. Noch mehr kindische und überdrehte Teenies, die pseudocoolen Streetkids kaum ein paar Jahre älter. Und alle standen oder lagen im Weg.

Schließlich hatten sie den Platz abgesucht und kamen wieder zusammen. Sie sahen sich um.

Dann entdeckten sie ihn.

Er lehnte an der Ecke des gegenüberliegenden Lagerhauses. Als er sie sah, konnten sie nur ein kurzes spöttisches Grinsen ausmachen. Er bedeutete ihnen zu folgen und ging weg.

Sie sahen sich erstaunt an und setzten sich in Bewegung. Um die Ecke gekommen, sahen sie ihn in einer Nebengasse verschwinden. Ein Fehler, dort endete der Weg an einem riesigen Bauzaun.

Sie lachten laut und rannten wieder los. Die Vorfreude begann das erste Adrenalin auszuschütten.

Er stand ein paar Meter vor dem Zaun und wartete ruhig und gelassen. Und das bei vier gegen einen. Komisch. Das Mädchen blieb stehen und steckte sich grinsend eine Zigarette an. Sie bedeutete ihren Schlägern, mit der Bestrafung zu beginnen.

Zwei der vier Jungen näherten sich von verschiedenen Seiten und schrien ihm Beleidigungen ins Gesicht.

Keine Reaktion.

Der Typ musste lebensmüde sein. Oder völlig bescheuert.

Er hatte sie allein abgepasst und war da vielleicht im Vorteil gewesen. Jetzt aber hatte er ihre vier Schläger gegen sich. Und die wollten die Sache offenbar genießen. Sollten sie. Sie würde zusehen und dann zahlen.

Den letzten Idioten hatten sie auf die Intensivstation geprügelt. Mal sehen, was heute so abging.

Dann griffen die beiden an. Der andere reagierte blitzschnell. Er sprang zur Seite und schlug dem ersten die Faust seitlich in die Rippen. Fast zeitgleich verdrehte er den Arm des anderen, brach ihn und trat dabei dem ersten von der Seite wuchtig in die Knie, dass es krachte.

Ihr wurde übel. Trotzdem musste sie hinsehen. Es war grausig und faszinierend zugleich. Alles passierte in Sekundenschnelle. Dabei bewegte sich dieser Mensch kaum, irgendwie langsam und sehr kontrolliert. Seine Gegner aber schrien vor Schmerz, während sie zu Boden gingen.

Die anderen beiden Schläger waren losgerannt, sobald der Kampf begonnen hatte, und hatten abgestoppt, als sie die furchtbare Effizienz ihres Gegners erkannten.

Für den Schnelleren war es zu spät. Er geriet in Reichweite des Gegenübers, bevor er umdrehen konnte, und bekam einen Tritt in den Unterleib. Dann wurde ihm ebenfalls das Knie mit einem grausamen Tritt zerschmettert. Ein Ellenbogencheck direkt ins Gesicht gab ihm den Rest.

Sie stand mit offenem Mund da und sah alles geschehen. Ihr vierter Schläger hatte abgedreht und rannte davon, einen Fluch über die Schulter schreiend. Sie konnte sich immer noch nicht rühren, als er auf sie zukam.

Verdammt, wie hatte sie ihn nur für so harmlos halten können?

Er sah sie an und lächelte. Im nächsten Moment spürte sie den Schmerz am Hals. Sie merkte nicht mehr, wie sie auf dem Boden aufschlug.

13

Kiran und Blackwater traten durch die Bäume und standen auf einem Felsvorsprung. Unter ihnen erstreckte sich das Tal in seiner ganzen atemberaubenden Schönheit. Die dicht bewaldeten Abhänge mündeten in ein Meer von Gras, das sich im Wind bewegte. Das Rauschen der Bäume beruhigte Kirans Sinne, die Luft roch nach frischem Moos.

Sie hatten den Geländewagen etwa zwei Meilen entfernt auf einem Parkplatz abgestellt. Ein Schild belehrte die Wanderer, dass hier der innere Bereich des Territoriums der Tonto Apache begann. Selbst Autos der Stammesmitglieder waren nur zur Belieferung erlaubt, angelnde und wandernde Touristen hatten gar keinen Zutritt.

Sie hatten ihre Rucksäcke geschultert und waren losgelaufen. Dies war Kirans erste Erfahrung in der Natur seit seiner Kindheit, als ihn seine Eltern durch gottverlassene Gegenden geschleppt hatten. Danach war eine Busfahrt durch Borneo sein einziges Zugeständnis an ländliche Verhältnisse gewesen. Er bevorzugte Urlaub in erschlossenen Gebieten. White Mountain aber hatte ihn schlagartig von seiner Fixierung auf die Zivilisation geheilt. Eben noch mitten im Trubel der Welt, bewegte er sich jetzt durch unberührt erscheinende Wildnis. Ihre ruhige Kraft umgab und durchdrang ihn.

Sie waren dank Blackwaters Beziehungen noch in der

Nacht mit einem Learjet des FBI nach Arizona geflogen. Von Phoenix war es per Hubschrauber zum kleinen Ort Payson nahe der Reservation weitergegangen. Dort hatte ein alter Ford Bronco bereitgestanden, den Blackwater entspannt in die Berge gelenkt hatte. Im Morgengrauen waren sie schließlich angekommen, die aufgehende Sonne hatte bereits durch die Bäume geschienen. Jetzt durchflutete sie das Tal mit warmem Licht. Kiran konnte spüren, wie sie alles um ihn herum mit Energie auflud.

Nach einem längeren Abstieg gelangten sie zu einer Ansammlung von Jagdhütten und etwas größeren Langhäusern. Die Siedlung war keineswegs ein Relikt aus vergangenen Zeiten. Die Tonto hatten sich hier in ihrer Reservation mit bescheidenen Mitteln und solidem Handwerk ein kleines Dorf erbaut, das ihnen für ihre Versammlungen und Treffen diente.

Als sie die Häuser erreichten, herrschte bereits eine emsige Geschäftigkeit. Ankommende begrüßten einander, Kinder liefen lachend durch die Menge, alte Stammesdialekte durchmischten sich mit amerikanischem Englisch, Naturkleidung traf auf die neuesten Wanderstiefel. Allen Anwesenden war ihre indianische Herkunft deutlich anzusehen.

Blackwater wurde erkannt, umarmte Freunde oder wurde ehrerbietig begrüßt. Auch Kiran schüttelte viele Hände und blickte in freundliche Gesichter, in denen die Zeit stehen geblieben zu sein schien.

Bald darauf saßen sie auf Bänken, vor ihnen brannte ein Feuer unter einem riesigen mit Steaks beladenen Schwenkgrill. Auf Steintischen hatte man Schüsseln und Tiegel mit Brot, Gemüsen, Saucen und verschiedensten gekochten Getreiden bereitgestellt. Es herrschte eine ruhige und freudige Festtagsstimmung. Hier trafen sich die Angehörigen eines jahrhundertealten Stammes und bestärkten ihre Zusammengehörigkeit, indem sie ihrer Kultur huldigten und Respekt erwiesen.

Kiran erkannte, dass er hier der einzige Mensch ohne indianische Abstammung war. Trotzdem fühlte er sich zu keinem Zeitpunkt ausgeschlossen. Blackwater hatte seine Leute offenbar vorab informiert, Kirans Anwesenheit wurde daher vorbehaltlos akzeptiert. Er saß inmitten einer Gruppe von Männern, die sich lachend über eine Steuerprüfung in einem indianischen Casino unterhielten.

»Du bist also Itza-Chus einziger Schüler, der die Prüfung mit maximaler Punktzahl bestanden hat? Gratuliere, das hat bei den Feds noch keiner hinbekommen.«

Kiran drehte sich um und sah einen Mann etwa in seinem Alter, der ihn freundlich angrinste.

»Keine Bange, niemand hier wird dich mit Kriegsfarben bemalen. Die Story ist nur rumgegangen, als Itza-Chu beim weisen Alten nachgefragt hatte, ob der dich begutachten könnte. Ach so, sorry, Nick Rivers.« Er lächelte und streckte die Hand aus.

»Kiran Mendelsohn, freut mich. Ich nehme an, Itza-Chu ist John?«

»Korrekt, heißt so viel wie ›großer Falke‹. Den Namen bekam er, als er zum FBI gegangen ist. Inzwischen ist er hier eine Legende. Aber das ist er bei euch ja auch.«

Kiran nickte. »Er hat mich ziemlich geschliffen damals. Jetzt ist wohl die Seele dran. Was ist das für eine Zeremonie heute Abend?«

Nick lachte und schüttelte den Kopf. »Keine Ahnung. Wir halten ein paar Rituale ab, danach bestimmt der

Alte, was mit wem geschieht. Das kann alles Mögliche sein. Also am besten abwarten.«

Die anderen lachten ebenfalls und stellten sich vor. Sie kamen aus den größeren Städten in Arizona, Oklahoma, New Mexico oder Arkansas und waren dort teilweise schon seit mehreren Generationen ansässig. Bereitwillig erzählten sie Kiran von ihrem Leben als amerikanische Staatsbürger indianischer Herkunft. Dabei verloren sie die Realität keinen Moment aus den Augen. Nick brachte es auf den Punkt.

»Unsere Geschichte ist immer noch allgegenwärtig. Die Reservationen sind klein, technisch und auch sonst unterversorgt. Das liegt aber genauso an uns selbst, weil wir unter uns bleiben wollen. Ist auch kein Wunder nach all dem, was man den Natives angetan hat. Selbst die Casinolizenzen einiger Reservate helfen nicht allen. Innerhalb unserer Kultur gibt es auch eine Art kapitalistische Trennung. Nicht wenige bei uns denken, wenn es ums Geldmachen geht, zunächst einmal nur an sich – wie überall sonst auf der Welt. Es ist nur menschlich, dass wir von der modernen Welt auch die modernen Übel übernommen haben. Deshalb sollte sich auch niemand beklagen, ändern kann man es sowieso nicht. Man geht weg oder bleibt hier, jeder hat die Wahl. Und es ist ja nicht so, als ob da draußen immer noch der weiße Mann am Ruder ist. Ich habe gehört, die Republikaner haben daran gedacht, einen Hispanic aufzustellen, damit sie auch mal wieder regieren dürfen.«

Schallendes Gelächter ringsum.

Ein Mobiltelefon klingelte. Kiran, der seines im Wagen gelassen hatte, schaute sich verdutzt um. »Hier gibt es Empfang?«

»Klar«, meinte einer neben ihm. »George Beaver hat da oben einen Sendemast aufstellen lassen. War seine Bedingung dafür, dass der Telefonheini aus Tucson seine Tochter heiraten durfte.«

Die Runde prustete erneut, und Kiran bekam ein frisches Bier hingestellt.

In diesem Moment trat Blackwater auf ihn zu. Ihm folgte ein alter Mann mit einem Gesicht, dessen tiefe, markante Falten wie in Stein gemeißelt wirkten. Er wurde als Ben Floyd Ridgebear vorgestellt und musterte Kiran, ohne die Miene zu verziehen. Schließlich sagte er etwas Unverständliches zu Blackwater und lachte meckernd. Dann wandten sich beide ab.

»Er mag dich«, kam es von der anderen Seite des Tisches.

Kiran, der sich noch nie so sicher gewesen war, gewogen und für zu leicht befunden worden zu sein, bezweifelte das stark.

»Doch, glaub's mir. Sonst haben wir nur ab und an diese New-Age-Deppen hier. Die straft er mit Verachtung und flößt ihnen literweise Abführtee ein, damit sie sich zur Erleuchtung scheißen können.«

»Was hat er gesagt?«

»Keine Ahnung, er spricht einen sehr alten Dialekt. Aber irgendwas mit freiem Fall war dabei.«

Nicht besonders beruhigt, verbrachte Kiran den Nachmittag mit seinen neuen Bekannten, die sich als sehr angenehme und äußerst sympathische Gesprächspartner entpuppten. Es wurde Abend, und die Vorbereitungen fürs Fest begannen.

Kiran war sich im Unklaren darüber, was er erwarten sollte. Umso überraschender begannen einzelne Zeremonien ohne großartige Ankündigung. Von einem Moment auf den anderen ertönten Gesänge, intoniert von kleinen Gruppen, in die andere mit einfielen. Kiran sog die Stimmung um ihn her in sich auf. Die natürliche Art dieser Menschen wirkte auf ihn wie ein Elixier, entspannend und belebend zugleich.

Schließlich war es so weit. Blackwater stand vor einer der etwas größeren Hütten und winkte Kiran zu sich. Mit einem flauen Gefühl im Magen stand er auf und ging zu ihm.

Johnathan Blackwater sah Kiran in die Augen und legte ihm die Hand auf die Schulter. »Da drin stellst du keine Fragen. Nur einer spricht. Setz dich hin wie alle anderen, lass die Dinge geschehen.«

Kiran nickte und betrat die Hütte. In der Mitte des Raumes brannte ein Feuer, um das sich eine kleine Gruppe gesetzt hatte, Ridgebear saß rechter Hand. Er wies auf den freien Platz ihm gegenüber. Kiran setzte sich. Blackwater nahm neben ihm Platz.

Ridgebear sprach eine Weile zu allen, dann zu Kiran, der nichts verstand.

»Er will wissen, ob du bereit bist«, zischte Blackwater.

Kiran hatte nicht die leiseste Ahnung, nickte aber.

Eine Trommel begann zu schlagen, langsamer monotoner Gesang setzte ein. Jemand streute Kräuter ins Feuer, es roch nach Salbei.

Kiran begriff, was passieren würde.

Er hatte viel über die alte Medizin des heilenden Trommelns gehört. Indianische und andere alte Kulturen wie die der Hindu oder der Tibeter nutzten seit Menschengedenken Trommeln und Töne, um die Zentren spiritueller Kraft im Körper, die Chakren, zu stimulieren. Vibration und Frequenz der Trommeln brachten diese Energiezentren rund um die Wirbelsäule in Schwingung, bis Körper und Geist entspannt im Fluss waren und eins wurden. Dies war keine Mystik, keine esoterische Spinnerei. In Japan hatte Kiran, begleitet von den sanften Rhythmen der Gebetstrommeln, Ebenen der Meditation erreicht, die er nie für möglich gehalten hätte. Von der indianischen Variante wusste er nur, dass sie jenseits von Meditation auch für Gebet und Therapie benutzt wurde.

Er atmete ruhig und entspannte sich. Der Klang bohrte sich sanft, aber unerbittlich in seinen Körper, vorangetrieben vom gleichmäßig pulsierenden Rhythmus. Gesichter tauchten auf und verschwanden. Gedanken versuchten, Fuß zu fassen, die Realität festzuhalten, fanden keinen Halt und wurden schließlich davongeschwemmt. Die hypnotischen Gesänge zogen ihn mit sich, das Denken entglitt ihm. Schicht um Schicht seiner Wahrnehmung, seiner körperlichen Kontrolle und Stärke, wurde abgetragen.

Er merkte, wie er seinen Schutzwall verlor, und bekam furchtbare Angst.

Er fühlte sich klein und wehrlos, verloren in einem riesigen hallenden Raum. Panik überkam ihn wie ein kaltes Stahlnetz, das über ihn geworfen wurde und ihn zu ersticken drohte.

Plötzlich erreichte ihn von irgendwoher eine beruhigende Kraft, gab ihm Vertrauen und Sicherheit. Im nächsten Moment durchströmte ihn eine prickelnde, innere Wärme, als ob ein Ofen in ihm angezündet worden wäre. Er spürte die Energie in allen Fasern seines Körpers, der mit seinen Sinnen verschmolzen zu sein schien.

Er sah in sein eigenes Gesicht, tauchte in die blauen

Augen wie in einen klaren Fluss. Er begann nach einem Zentrum zu suchen, irgendetwas Natürlichem, das dieses Licht erzeugte. Es musste dort sein.

Auf einmal konnte er es fühlen. Einen Antrieb, eine warme und starke Energiequelle. Er konnte es nicht begreifen, aber er spürte es. Eine Klarheit, die nur auf Empfindung beruhte. Reiz, Reaktion, Entspannung, alles war eins.

Er fühlte eine unbändige Freude, wollte vor Lachen platzen, wusste aber nicht, wie, und es war vollkommen unwichtig. Das Lachen war in ihm, ließ seinen ganzen Körper erbeben.

Er lebte. Er fühlte.

Dann war nichts mehr. Nur noch Ruhe, Entspannung, Gleichmäßigkeit, Schlaf …

Eine endlose Weile später schlug er die Augen auf. Er lag draußen in eine Decke gehüllt, wieder an einem Feuer, und hatte keine Ahnung, wie er dorthin gekommen war. Er setzte sich auf, blickte von den Flammen hoch und sah weit entfernt den Mond schimmern. Es musste spät in der Nacht sein.

Er fühlte eine totale, doch wohlige Erschöpfung. Seine Sinne aber waren hellwach und von einer nie erlebten Schärfe.

Das Denken wollte einsetzen, ergründen, was geschehen war, aber er ließ sein Gehirn nicht gewähren. Wie ein Kind, das keine Süßigkeiten bekam. Er musste grinsen, so sehr, dass ihm das Gesicht wehtat.

»Schau an, Kiran ist wieder da und hat gute Laune mitgebracht.«

Er sah, dass Johnathan Blackwater neben ihm saß. Er lächelte und legte Kiran die Hand auf die Schulter.

»Alles in Ordnung, Junge?«

Er wollte antworten, John von diesem Gefühl erzählen, aber ihm fehlten die Worte. Schließlich nickte er nur hilflos lächelnd, während ihm die Tränen über die Wangen liefen.

»Gut.«

Johnathan stand auf und kehrte kurz darauf mit einem Becher zurück und gab ihn Kiran. Als er trank, strömte eine entfernte Ahnung der Energie von vorhin tief ins Innerste seines Körpers.

Er schlief sofort ein.

Am nächsten Tag trat Kiran aus der Hütte, in die man ihn wohl getragen haben musste, und blinzelte in die Sonne, die bereits hoch am Himmel stand. An den Tischen draußen saßen ein paar Leute. Die Hütte war leer gewesen, offenbar hatten viele die Reservation bereits wieder verlassen. An einem der Tische erblickte er Nick, der ihn herbeiwinkte und ihm einen Becher heißen Kaffee hinstellte. Eine junge Frau reichte ihm lächelnd einen Teller mit Bohnen und gebackenen Eiern. Es schmeckte himmlisch. Kiran bedankte sich und aß drei Portionen.

»Guten Appetit auch«, sagte Nick mit einem wissenden Lächeln. »Ich habe gehört, du bist gestern Nacht abgegangen wie eine Rakete.«

Das war eine eher unzulängliche Beschreibung, aber Worte waren hier unwichtig. Kiran nickte kauend.

»Prima. Du stinkst übrigens wie ein Puma. Kein Wunder, nach deinem Schweißritt letzte Nacht, und das in diesem Rauchhaus. Komm mit, ich wollte gerade in den Fluss springen.«

Das Wasser war von einer kalten Frische und schoss

mit hoher Geschwindigkeit durch das leicht abfallende Tal, wodurch zwischen den Felsen im Flussbett kleine natürliche Whirlpools entstanden. Kiran saß im kalten sprudelnden Wasser und fühlte sich innerlich und äußerlich so sauber wie noch nie in seinem Leben.

»Wenn ihr fertig seid, könnten wir dann vielleicht mal aufbrechen?«

Er sah Johnathan und Ridgebear am Ufer stehen. Er watete prustend aus dem Wasser, trocknete sich ab und zog sich an. Dann setzte er sich zu Ridgebear, der jetzt allein auf einem Felsen hockte.

»Johnathan packt gerade eure Sachen. Ihr müsst wohl früher zurück. Ich wollte dir nur noch ein paar Dinge sagen.«

Kiran blickte verwirrt drein.

»Guck nicht so blöd. Hast du gedacht, ich spreche kein Englisch?« Er lachte. Dann wurde er wieder ernst.

»Was hast du letzte Nacht verstanden?«

Kiran suchte nach Worten. »Es ist schwer. Ich wusste ja nicht, wonach ich gesucht habe. Das ist mir jetzt irgendwie klar, aber ich weiß nicht, wie ich es ausdrücken soll.« Worte wie Seele oder Gefühl erschienen ihm nicht angemessen.

»John hat mir erzählt, dass du dich mit Psychologie beschäftigst. Wundert mich, wie man das so ohne jede Berufung machen kann. Er sagte auch, du seist ein Krieger, also muss wohl auch ein nützlicher Kern in dir stecken.«

Kiran zuckte mit den Schultern.

»Ihr habt nicht viel Zeit, also fasse ich mich kurz. Du hast damals eine entscheidende Prüfung bestanden, doch ohne zu verstehen. John sagte, du willst wissen, warum du töten kannst, ohne etwas zu fühlen. Darauf gibt es eine einfache Antwort: Du kannst nichts fühlen, wo es nichts zu fühlen gibt.«

Kiran starrte ihn ungläubig an, doch Ridgebear nickte nur und sprach weiter.

»Etwas in dir weiß das, ist nicht so vernagelt wie all diese Idioten da draußen, die so tun, als würden sie etwas empfinden. Und das erzählen sie dann jedem, der nicht schnell genug auf dem Baum ist. Diese Eigenschaft von dir, nicht zu fühlen, oder eher, nichts Unechtes zu fühlen, ist gut, nicht schlecht. Und das ist dein Problem. Du glaubst, es ist falsch, weil man es dir so beigebracht hat. Du glaubst und denkst überhaupt sehr viel. Das mag vielleicht dein Beruf sein, aber den kannst du nicht ausüben, wenn du nicht unterscheiden kannst, wo man fühlt und wo man nicht fühlt, sondern handelt.«

»Und das habe ich nicht getan?«

»Doch, hast du. Und dann hast du gedacht, etwas stimmt nicht mit dir, weil du anders reagiert hast als die anderen. Du gehst durch die Welt und willst immer alles verstehen. Du solltest jetzt aber wissen, dass man vieles nicht da oben begreift, sondern hier drinnen.« Er tippte sich an die Stirn und hielt die linke Hand auf die Brust.

»Du hast gestern Nacht gelernt, dass auch in dir etwas ist, was der Kopf nicht erfassen kann. Du bist normal. Verdorben von all der Denkerei da draußen, aber normal, verstehst du?«

Kiran verstand.

»Noch etwas. Wenn du jetzt rausgehst und handelst, dann akzeptiere, was du tust und warum du es tust. Hinterfrage nicht, fühle und verstehe.«

Er wies auf den Sendemast auf dem Berg. »Die heutige Welt ist eine Welt des Zweifels. Die Menschen haben

Angst, jeden Tag. Je mehr Angst sie haben, umso mehr glauben sie, sich mitteilen zu müssen. Da sie aber nicht wissen, wovor sie Angst haben, reden sie über alles, nur nicht über das, was wirklich ist. Du dagegen hast keine Angst. Du glaubst nur, Angst haben zu müssen, damit sie dich als einen der ihren akzeptieren und nicht wegsperren. Vergiss diese Angst, sie ist kein Teil von dir. Sie ist eine Geißel der Welt und sie wird dich töten, wenn du Gegnern gegenüberstehst, die diese Angst ebenfalls nicht haben.«

Er stand auf, hob die Hand andeutungsweise zum Gruß und ging davon.

Während der folgenden Stunden sprach Kiran auf dem Weg zum Wagen nur wenig. Ihm war schnell klar geworden, welch fatal falschen Weg er damals eingeschlagen hatte. Die Einfachheit dieser Erkenntnis jedoch machte ihm zu schaffen. Er war erfahrener Fallanalytiker und Psychologe, und doch hatte er zu keinem Zeitpunkt verstanden, was ihm damals in Quantico widerfahren war. Sein deutscher Mentor Roellinghoff, sein Lehrmeister in Japan, Johnathan Blackwater – sie alle hatten es gesehen. Nur er hatte nichts begreifen wollen. Jetzt aber war die Zeit reif für klare Entscheidungen und, wie Ridgebear ihm bedeutet hatte, für konsequente Handlungen.

Sie erreichten den Geländewagen. Kiran stieg ein, nahm das Mobiltelefon aus dem Handschuhfach und schaltete es ein. Vierzehn verpasste Anrufe, noch mehr Kurznachrichten, und gleich der erste gespeicherte Anruf auf der Mailbox erklärte, warum.

Eine weitere Schülerin war in Deutschland gefunden worden, gefoltert und mit durchschnittener Kehle.

Eine deutsche Schülerin.

14

Um halb acht Uhr morgens Ortszeit betrat Kiran den Tatort, einen Kellerraum in einem alten Materiallager nahe Osnabrück.

Er hatte sofort nach dem Eintreffen in Quantico seine Sachen gepackt. Ihm war kaum Zeit geblieben, sich mit Steve, Jones und Margie abzusprechen. Es herrschte Bestürzung und Ratlosigkeit. Niemand hatte damit gerechnet, dass diese Mordserie derart schnell an Intensität aufnahm, und dann auch noch in Deutschland. Man war stillschweigend davon ausgegangen, dass der Killer längst wieder in den Staaten war. Selbst Greenberg, der dazugekommen war, um Kiran zu verabschieden, konnte sich nicht entsinnen, einen ähnlichen Fall schon einmal erlebt zu haben. Es sah ganz danach aus, als wäre hier eine neue, kosmopolitische und äußerst reizbare Spielform der Spezies Serienmörder unterwegs. Gegen Mitternacht war Kiran zur Andrews Air Force Base gefahren und von dort mit einem Militärtransport nach Frankfurt geflogen. Da die Flüge nach Europa für die innere Uhr immer die leichteren waren, fühlte sich Kiran kaum übernächtigt. Der plötzliche Wechsel der Kulisse machte ihm mehr zu schaffen.

Das Materiallager lag außerhalb des Osnabrücker Gewerbegebietes Fledder und war, wie die meisten Gebäude hier, verlassen und marode. Der neue Industriepark begann hinter einem Zaun. Die Überreste einer vergangenen Ära verfielen neben den monströsen und seelenlosen Logistikeinrichtungen einer jetzt global agierenden Wirtschaft.

Kiran erreichte das Kellergewölbe. Die Kriminaltechnik hatte den Tatort bereits am Vortag untersucht, jetzt war nur noch sein Team vor Ort. Sie waren mit dem Kleinbus nach Osnabrück gefahren und hatten dort auf ihn gewartet. Bolko begrüßte Kiran mit einer kurzen Umarmung, Enzo und Alenka klopften ihm auf die Schulter.

Kiran sah sich um. Spuren am Boden bezeichneten das Viereck, wo zuvor eine Plane gelegen hatte. Kahle, schimmelige Wände verströmten Modergeruch, der sich mit dem trockenen Bluts vermischte. Folterkeller und Gruft in einem.

»Also gut, was haben wir?«

Alenka klappte wortlos ihren Laptop auf und hielt ihn so, dass Kiran das Video sehen konnte, das sie bei der ersten Tatortbegehung gemacht hatte. Die Kamera bewegte sich durch den Eingang, das Licht kam von Alenkas Halogenstrahler, der Raum selbst war offensichtlich ohne Strom. Dann ein hellerer Lichtreflex. Ein altes Metallfass. Darauf saß ein junges Mädchen, nackt und offenbar mit den gleichen Verletzungen am ganzen Körper wie die anderen Opfer vor ihm. Auch ihr war die Kehle durchschnitten worden. Ihre Füße waren um das Fass und an einen senkrecht angebrachten Metallstab gefesselt, sodass sie nicht herunterfallen konnte. Eine simple und perfide Lösung. Die Plane fehlte. Aber rötlich braune Ränder ließen klar erkennen, wo sie gelegen hatte. Der Betonboden war auffällig sauber und bildete einen seltsamen Gegensatz zu den modrigen Wänden.

»Wie du siehst, haben wir hier ein identisches Szenario«, kommentierte Alenka. »Das Opfer wurde auf die gleiche Weise gequält und ermordet. Aber es gibt Unterschiede. Keine Kerzen, kein Spiegel. Dann aber auch hier wieder keine Spuren. Der Boden, der Gang nach draußen und die Treppe ins Freie sind komplett gereinigt worden. Auf dem geteerten Weg vor dem Gebäude gibt es keine Wagenspuren. Auch vor und hinter dem Maschendrahtzaun nicht. Wir können wieder nur raten, wie er sie hierherbekommen hat, aber er muss einen Wagen haben. Und es stellt sich natürlich die Frage, warum hier und warum ohne die restlichen Utensilien?«

Kiran nickte. »Stimmt. Das sieht zwar nicht gut aus, aber vielleicht liegt hier auch unsere Chance.«

»Was meinst du damit?«, fragte Bolko. »Ist das hier die Fortsetzung der Serie oder ein Nachahmer?«

»Nein, kein Copycat«, antwortete Kiran bestimmt. »In den Medien stand nichts über die Folterverletzungen des Xantener Opfers. Wenn die Autopsie das bestätigt, haben wir den gleichen Täter vor uns, allerdings unter etwas anderen Voraussetzungen.«

»Und die wären?«

»Die Tat geschah viel zu schnell nach der ersten auf deutschem Boden. Selbst ein eskalierender Tötungszwang führt nicht dazu, dass der Mörder praktisch unmittelbar auf die vorangegangene Tat tötet. Dazu kommen die fehlenden Merkmale, keine Kerzen oder Spiegel. Das hier war keine geplante Tat. Sie muss provoziert worden sein, wer weiß, vielleicht durch das Opfer. Trotzdem hat er wiederum keine Spuren hinterlassen. Das ist bemerkenswert. Habt ihr schon eine Idee, wer sie ist?«

»Ja, die Identität des Opfers konnte sofort ermittelt werden«, antwortete Enzo. »In Vechta wurde am Samstagmorgen die Schülerin Verena Stobek als vermisst gemeldet. Die Eltern haben ihre Tochter bereits identifiziert.« Kiran betrachtete das Foto der Schülerin auf Alenkas Laptop. Ein hübsches Mädchen, lange blonde Haare, fröhlich lächelnd.

»Wer hat sie hier gefunden?«

Alle blickten ihn an. Schließlich antwortete Bolko. »Das ist wohl der erste konkrete Hinweis auf den Täter. Ein Foto des Opfers plus der Adresse hier wurde per E-Mail an das Xantener Polizeirevier geschickt, zu Händen der Ermittler vom Bundeskriminalamt.«

»Was?«

»Jepp. Er weiß, dass wir in der Gegend sind und ermitteln. Woher auch immer. Alenka hat die Mail überprüft. Kam von einer nicht existenten Internetadresse, nicht zurückzuverfolgen. Aber definitiv an uns adressiert.«

Kiran nickte bedächtig. Der Täter war offenbar nicht so gleichgültig gegenüber der Öffentlichkeit und dem ihn jagenden Team, wie sie bislang angenommen hatten.

»Okay«, sagte Kiran, »das ändert die Lage. Der Mörder ist aufgewacht und hat uns als Gegner identifiziert. Er wird wagemutiger, übt Druck auf uns aus, und den werden wir jetzt zu spüren bekommen. Das Gleiche gilt aber auch für ihn, und darin liegt unsere Chance. Er wird Fehler machen. Ich habe keine Ahnung, warum er auf einmal offensiv wird, wo er doch bisher so umsichtig und still vorgegangen ist. Aber diese Zeiten sind jetzt wohl vorbei.«

»Wie kann das sein, dass ein US-Serienmörder einfliegt und hier einfach weitermacht?«, fragte Alenka.

»Ich habe keine Ahnung, aber es muss einen guten Grund dafür geben.«

»Also dann«, sagte Bolko. »Der will einen Fight mit uns, soll er haben. Lasst uns das hier abschließen und unsere Befragungen planen.«

Alenka und Enzo begaben sich nach draußen, um die Abfahrt vorzubereiten. Kiran und Bolko blieben zurück.

»Ich nehme nicht an, dass ihr in den USA eine solche Wendung mit einkalkuliert habt. Und jetzt haben wir hier einen importierten Irren am Werk.«

»Sieht ganz so aus. Wir müssen herausfinden, was dieses Opfer mit den anderen verbindet. Wenn unser Mörder erst vor kurzem nach Deutschland gekommen ist, dann ist dies hier die beste Möglichkeit für uns, ihm auf die Spur zu kommen. Er hat vermutlich keine sozialen Wurzeln hier, kann sich als Ausländer auch nicht so gut tarnen. Das Mädchen muss ihm irgendwo über den Weg gelaufen sein, wo er auch anderen aufgefallen sein kann.«

Bolko seufzte. »Trotzdem. Wir können die Sache nicht mehr lange unter Verschluss halten. Die Medien müssen informiert werden, und die werden uns die Hölle heißmachen. Die Chefin wird jede Menge Arbeit bekommen.«

15

Kiran und Bolko fuhren vom Tatort in die Osnabrücker Innenstadt, wo sich die Eltern des Mädchens zu einer ersten Befragung auf dem Polizeipräsidium eingefunden und ihre Tochter identifiziert hatten.

Es wurde nicht leichter, als Kiran den beiden erste Fragen stellen musste. Nein, Verena hatte keine Feinde, keine missgünstigen Schüler, die ihr Böses wollten. Eine normale Schülerin mit gewöhnlichen Hobbys. Sie trieb viel Sport und war eine gute Läuferin. Am Tag ihres Verschwindens hatte sie gerade an einem Sportfest mit Mannschaften aus der ganzen Region teilgenommen. Anschließend wurde zuerst auf dem Sportgelände und danach in der Discothek Transporter Room im nahen Industriegebiet Fledder gefeiert.

Ein internationales Sportfest, Party im Industriegebiet. Kiran horchte auf. Er ließ sich Namen von Organisatoren sowie von Freundinnen und Freunden geben. Dann beendete er die Befragung.

Der Besitzer der Disco war schnell ausfindig gemacht. Bolko hatte ihn aus dem Bett geklingelt und ihr Kommen angekündigt. Alenka und Enzo sollten die Schüler und dort vor allem die beiden besten Freundinnen des Opfers befragen, während Kiran mit Bolko zurück ins Industriegebiet fuhr.

Auf dem Weg erreichte ihn eine Textnachricht. Margie und Jones hatten alle sozialen Netzwerke durchkämmt und sich die Zugangsdaten zu mehreren relevanten Gruppen im Netz besorgt. Dann hatte ihr Team von Computerspezialisten den Stab übernommen und schnell eine brauchbare Aufnahme des Konflikts bei der Party in Raleigh zutage gefördert. Die Gesichter der beiden Jungen aus Washington, D.C. waren relativ gut zu erkennen, auch wenn der jüngere offensichtlich stark geschminkt war. Jetzt liefen ihre Bilder durch alle Datenbanken des FBI und auch durch die der »befreundeten Dienste«, wie Margie sich ausdrückte.

Kiran zeigte Bolko die Aufnahmen auf seinem Mobiltelefon. Das Gesicht des älteren Studenten war deutlich zu erkennen und würde sicher einen Treffer bedeuten. Das des jüngeren sah laut Bolko allerdings eher aus wie Marilyn Manson.

Der Besitzer des Transporter Room war wenig erfreut über einen Besuch zur frühen Morgenstunde. Sie zeigten ihm das Foto des Mordopfers, das ihm, kaum überraschend, nichts sagte. Das Personal war zu dieser Zeit noch nicht im Haus, die entsprechenden Befragungen mussten auf einen späteren Zeitpunkt verschoben werden.

Sie bekamen eine Kopie der Überwachungsvideos und fuhren zurück zum Präsidium, wo Birte Halbach bereits auf sie wartete. Die Luft im Besprechungsraum war trotz der geöffneten Fenster stickig. Es war noch nicht Mittag, und draußen herrschten bereits fünfundzwanzig Grad.

Kiran und Bolko setzten sich zu ihr an den Tisch. Sie rauchte. Kein gutes Zeichen. Bolko zündete sich ebenfalls eine Zigarette an. Schweigend bliesen beide unheilvolle Rauchschwaden in die Luft.

»Nun denn«, ließ sich Halbach schließlich vernehmen, »jetzt ist es also amtlich. Der erste US-Serienmörder auf deutschem Boden. Ich habe gerade mit Greenberg in Quantico gesprochen, die überlassen die Koordination der Ermittlungen erst mal uns. Wundert mich kein bisschen, die Sache würde ich auch sofort abgeben wollen.« Sie sah in die Runde.

»Leute, ich habe gleich eine Pressekonferenz. Noch ahnt keiner, was hier passiert ist. Was soll ich denen erzählen?«

Bolko blickte auf. »Sagen Sie, was Sache ist. Es wird nicht lange dauern, bis die ersten Reporter die Verbindung zu Xanten herstellen. Es hat genügend Gerüchte gegeben. Und hier vor Ort waren auch schon die ersten Fotografen. Wir sollten einfach zugeben, dass wir in einer Mordserie ermitteln.«

»Aha. Am besten erzähle ich denen auch gleich von den Morden in den USA, gibt noch bessere Schlagzeilen, meinen Sie nicht?«

»Nein«, entgegnete Kiran. »Wir ermitteln in zwei Straftaten gleicher Art. Die Opfer sind Mädchen zwischen siebzehn und neunzehn. Und da wir zwei Tatorte mit einer Distanz von hundertfünfzig Kilometern dazwischen haben, sprechen wir von einem mobilen Täter. Kein Grund, die betroffenen Gemeinden in Panik zu versetzen, dass da ein Serienkiller durch den Ort läuft.«

»Prima, das wird alle sofort beruhigen.« Sie zündete sich eine weitere Zigarette an und wedelte den ersten Rauch weg. Dann sah sie ihre beiden Ermittler etwas nachgiebiger an.

»Ich hatte eben ein Telefonat mit dem BKA-Präsidenten. Er hat die bisherige Fallanalyse gelesen und springt jetzt wegen dieses eingewanderten Serienmörders im Dreieck. Das mit der Pressekonferenz geht schon in Ordnung, Sie haben Recht, Kiran. Aber was soll ich dem Präsidenten sagen?«

»Dass wir eine Spur und einen, vielleicht auch zwei Verdächtige haben. Die Verbindung sind die schulischen Sportwettbewerbe. Wir haben ein relativ klares Profil des mutmaßlichen Täters, das wir auf Sportvereine und Wettbewerbe im Umkreis von etwa hundert Kilometern des jeweiligen Tatorts anwenden können. Wir bekommen noch heute die Überwachungsbänder aus der Discothek. Vielleicht hat der Mörder das Opfer dort beobachtet. Mit Sicherheit hat eine ihrer Freundinnen oder Bekannten ihn dabei gesehen. Wir werden diese Informationen auswerten und haben vielleicht bald schon ein Gesicht. Er ist von seiner Linie abgewichen. Das ist unsere Chance.«

»Inwiefern?«

»Der Täter ist bislang hoch konzentriert zu Werke gegangen, hat keinerlei Spuren hinterlassen. Jetzt wird er aggressiver. Er ist wahrscheinlich einem unmittelbaren Impuls gefolgt und hat ohne größere Planung gehandelt. Das kann daran liegen, dass er sich auf fremdem Boden befindet. Aber das ist zugleich unsere Chance.« Kiran lehnte sich auf seinem Stuhl nach vorn. »Wir jagen einen Außenseiter, der hier nur schwer untertauchen kann. Deshalb glaube ich, dass wir ihm bald viel dichter auf der Spur sein werden.«

Halbach sah ihn an. »Na schön. Aber ihr solltet euch beeilen. Wenn die Presse von irgendwoher mehr erfährt, und das wird sie früher oder später, dann kann das schnell sehr ungemütlich für uns alle werden.«

Kiran und Bolko nickten. Halbach drückte ihre halb gerauchte Zigarette aus und stand auf. »Ich werde mich mit der Staatsanwaltschaft in Düsseldorf in Verbindung setzen. Also, seht zu, dass ihr etwas findet. Ich gehe dann mal ins Raubtiergehege.«

Bolko blickte ihr nach. »Sie hat Recht, die werden sich bald auf uns einschießen. Spätestens, wenn unser Killer weitermacht.« Er sah Kiran an. »Du glaubst doch auch, dass das hier weitergeht?« Er musste Kirans Bestätigung nicht abwarten.

Beiden war klar, dass es jetzt erst wirklich begonnen hatte.

Am frühen Abend traf man sich im Revier. Bolko hatte für alle Filterkaffee gekocht, da er wusste, dass sich Enzo der Bedienung eines Industriekaffeeautomaten verweigern würde. Dann setzten sie sich in dem provisorisch eingerichteten Büro, das ihnen zurzeit als Einsatzzentrale diente, an den kleinen Konferenztisch. Bolko ergriff das Wort.

»Ich fasse mal kurz zusammen: Zweites Opfer auf deutschem Boden ist die achtzehnjährige Verena Stobek aus Vechta. Ebenfalls Oberstufenschülerin, ebenfalls Leichtathletin. Sie ist am Freitag bei einem Sportfest ein Rennen in der Sportanlage Illoshöhe gelaufen, danach zum Tanzen in der Disco Transporter Room im Industriegebiet Fledder. Mit ihr Sportler von überall aus Südniedersachsen und dem nördlichen NRW. Dazwischen wandert unser Täter umher und sucht sich die fittesten

Mädels aus. Haben wir irgendetwas, das uns in Sachen Opfertyp weiterbringt?«

Alenka betrachtete ihre Notizen. »Ich habe in der Schule mit ihren beiden besten Freundinnen gesprochen. Die waren ziemlich fertig mit den Nerven, aber ich hätte auch das Gefühl, dass sie mir etwas verschwiegen haben.«

Sie hatte die beiden nach den Befragungen in der Schule auf dem Hof abgepasst, nachdem sie von den Mitschülern auf sie aufmerksam gemacht worden war. Laut den Mitschülern waren Verena und ihre beiden Freundinnen ein eingeschworenes Trio, das sich stets ein bisschen abseits vom Rest gehalten hatte. Keine weiteren Freunde in der Schule, keine Hobbys außer Leichtathletik. »Was immer diese Mädchen sonst noch umgetrieben hat«, schloss Alenka, »es ist den anderen entweder nicht aufgefallen, oder sie wollten nicht darüber reden.«

Kiran sah auf. Alenka hatte ein untrügliches Gespür für weibliche Verdächtige. Sie verstand es ausgezeichnet, die Zwischentöne in den Aussagen herauszuhören. »Du meinst, auch bei diesen Mädchen ist etwas im Busch?«, fragte Bolko.

Alenka nickte. »Die Mitschüler sind mir viel zu vorsichtig, haben fast schon Angst. Und die Freundinnen waren zwar geschockt, aber da war noch was anderes. Irgendwie habe ich das Gefühl, die beiden sind auf keinem besonders guten Trip. Etwas, das nicht offen zur Schau getragen wird und sie vor allem mir gegenüber nervös macht. Ich muss morgen noch mal mit ihnen reden. Nicht zu Hause, ich muss sie irgendwo draußen treffen.«

»Sehr gut«, sagte Kiran. »Das ist die gleiche Ahnung,

die mich seit einer Weile umtreibt. Irgendwas ist da bei allen Opfern, von dem nur wenige wissen. Mit Sicherheit niemand aus dem weiteren Bekanntenkreis und schon gar nicht die Eltern. Ich habe die Vermutung, was immer das auch ist, es muss einen Typ Mensch mit einer besonderen Verhaltensweise anlocken. Ein gefährliches oder ungesetzliches Hobby, irgendetwas in der Art.«

»Du meinst, sie haben alle eine Art Doppelleben geführt?«, fragte Alenka. »Und das hat sie in die Arme des Mörders getrieben?«

»So in etwa. Er begibt sich in den Dunstkreis der Opfer, sucht sie sich nach einem bestimmten Kriterium aus, foltert und tötet sie. Die Art und Weise, wie er das tut, lässt darauf schließen, dass er einen sehr persönlichen Grund dafür hat. Und jetzt, hier in Deutschland, ändert sich sein Verhalten. Er erliegt dem Reiz schneller. Das bedeutet, was immer dieser Antrieb ist, hier ist er stärker vorhanden als in den USA. Vielleicht ist er deshalb auch hiergeblieben.« Kiran sah in die Runde. »Die Ursache für all das finden wir im Privatleben der Opfer, irgendwo gut versteckt hinter der Fassade der braven Oberstufenschülerinnen.«

»Wollen wir's hoffen«, sagte Bolko. »Aber bevor wir unseren Plan für morgen besprechen, möchte ich noch etwas mehr über den Täter reden. Wer ist der Typ? Was macht der hier und vor allem, wo und wie? Und was bedeutet das für unser Täterprofil?«

Kiran stand auf und begann umherzugehen.

»Auf jeden Fall ist der Täter jung. Er hat die Mädchen beobachten und allein abpassen können. Das heißt, er fällt unter Jugendlichen nicht besonders auf. Das hatte uns in den Staaten ja auf die beiden Sportler aus Washington, D.C. gebracht. Und jetzt treffen wir schon wieder auf die Leichtathletik. Hier müssen wir suchen. Und, wenn wir hier in Osnabrück nicht weiterkommen, dann noch mal in Xanten. Patricia hat sich in den USA in Sportlerkreisen aufgehalten, vielleicht hat sie das in Xanten auch getan und ist dort auf den Täter getroffen.«

»Aber er ist ihr doch hinterhergereist, da muss er doch gewusst haben, wo er sie findet?«, unterbrach ihn Bolko.

»Sicher, aber treffen musste er sie an einem öffentlichen Ort. Vielleicht im Umkreis der Schule, in der Kneipe oder eben beim Sport. Dann hat er den bereits geplanten Mord in Xanten in die Tat umgesetzt, das heißt, er muss sein Domizil in Xanten oder in der Nähe aufgeschlagen haben. In diesem Gebiet bewegt er sich und trifft auf seine Opfer. Das belegt auch die Tatsache, dass der Xantener Sportclub am Sportfest hier in Osnabrück teilgenommen hat.«

Alenka wandte sich an Kiran. »Wie weit sind die Kollegen in Amerika mit der Suche nach dem Sportler und dem Collegestudenten?«

»Sie suchen in Datenbanken, und sie analysieren die sozialen Netzwerke mit Gesichtserkennung, speziell Partys und Events, an denen die Opfer teilgenommen haben. Das Gleiche sollten wir hier tun. Unsere IT-Abteilung einspannen und die öffentlichen Foren abgrasen. Und wir müssen das Foto der beiden Sportler, das uns Margie geschickt hat, hier und in Xanten herumzeigen.«

»Glaubst du, der Mörder ist immer noch dort?«, fragte Bolko.

»Das lässt sich zu diesem Zeitpunkt nicht sagen, aber es ergibt am ehesten Sinn, weil Xanten nun mal bei beiden Morden ein Faktor ist.«

»Ich habe auch darüber nachgedacht«, sagte Alenka. »Wir müssen eins bedenken. Der Täter hat hier in Osnabrück zwar ganz offensichtlich spontan zugeschlagen, aber er hat wieder perfekt aufgeräumt. Auch hier hatte er seine Plane dabei. Das spricht wohl dafür, dass er mobil und gut ausgerüstet ist.«

»Er ist mit Sicherheit mobil«, pflichtete Kiran bei. »Er muss über einen Wagen verfügen, in dem er seine betäubten Opfer, das Werkzeug und die Materialien transportieren kann. Trotzdem muss er irgendwo eine Basis haben. Vorläufig würde ich vermuten, dass sie in oder bei Xanten liegt.«

Sie machten eine Pause, während der Kiran Margie die Anfrage zu einem Videoanruf schickte. Sie schrieb zurück, dass sie gleich so weit wäre. Mit dieser aufmunternden Nachricht ging Kiran in die Kantine und besorgte einige Flaschen Mineralwasser.

Zurück am Computer, warteten er und Enzo auf Margie. Bolko war Pizza holen gegangen. Alenka hatte sich zu den Kollegen der Osnabrücker Technikerabteilung begeben, um zu sehen, ob der Laptop von Verena Stobek bereits geknackt worden war.

Schließlich erklang der Klingelton für den Videoanruf. Kiran drückte eine Taste und sah eine strahlende Margie vor sich.

»Hi, Dr. Strange, es gibt gute Neuigkeiten vom Big Brother.«

Enzo sah Kiran von der Seite an. »Dr. Strange?«

Kiran verzog das Gesicht und wandte sich Margie zu. »Und, was spricht er?«

»Nichts über den Schüler. Aber bei dem Make-up war das auch nicht zu erwarten. Dafür aber viel über den Studenten. Wir hätten gar nicht bei den Kollegen suchen müssen, weil wir ihn schnell hatten. Aber dann wollten wir noch ein bisschen mehr wissen, vor allem, ob er in Deutschland ist.«

Kiran atmete tief ein. Margie hatte schon immer diesen Sinn fürs Dramatische gehabt.

»Und?«

»Bingo. Der Mann, der von Lynn Farnsworth einen Tritt in die Familienplanung bekommen hat, heißt Colin Adams. Kaukasier, Alter vierundzwanzig Jahre. Er war bis Mai an der Georgetown University in Washington eingeschrieben und studierte dort Sportwissenschaften. Jetzt studiert er für ein Jahr im Ausland, und zwar an der School of Education, einer internationalen Fakultät der Universität Bielefeld. Ich wusste zuerst gar nicht, wo das ist.«

»Das fragen sich hier auch viele«, bemerkte Enzo.

Kiran hob den Daumen in die Kamera. »Fantastisch, Margie! Ich nehme an, du hast dich inzwischen klug gemacht. Das ist gerade mal eine Autostunde von hier entfernt. Und auch Xanten liegt nicht viel weiter weg.«

»Eben. Und es wird noch besser. Colin Adams war im Rahmen einer Praxisstudie in Raleigh auf dieser Sportveranstaltung der Highschool, als ehrenamtlicher Zeitnehmer bei den Staffelläufen. An denen hat auch Lynn Farnsworth teilgenommen.«

Kiran und Enzo sahen sich an. Das war fast zu gut, um wahr zu sein. Andererseits, genauso sah es aus, wenn Möglichkeit auf Vorhaben traf.

»Wir haben Colin Adams jetzt in die Fahndung gegeben und Haftbefehl erlassen, allerdings nur im internen Polizeifunk. Wir wollen den Mann ja nicht aufschrecken.

Aber wir können jetzt seine Kreditkarten, E-Mails und alles drum und dran checken.«

»Habt ihr schon was finden können?«

»Nun ja«, Margie sah in ihre Unterlagen. »Er wohnte in Springfield, das ist südlich von Washington, D.C. direkt auf dem Weg nach Richmond, auch nur anderthalb Stunden Autofahrt entfernt. Wir sind jetzt dabei, ihn und sein Auto auf der Verkehrsüberwachung zu suchen. Steve nimmt seine Bankkonten auseinander. Erwyn ist noch in Raleigh, und ich bin mit seinen Mails beschäftigt. Bisher ist nur Universitäres zu finden, harmloses Zeug. Allerdings haben wir seine Adresse in Bielefeld.«

»Was, die hast du auch schon?«

»Klar, war aber leicht. Er wohnt in einem Studentenwohnheim. Ich schick dir die Adresse.«

Margie tippte auf der Tastatur, und die Anschrift des Wohnheims erschien im Chat-Feld.

»Candlelight-Dinner, Margie. Und wenn ich dafür extra rüberfliegen muss.«

»Gebongt. Greift euch den Kerl.«

Kiran nickte und verabschiedete sich.

»Wow. Die sind verdammt schnell da drüben«, sagte Enzo.

In diesem Moment kam Bolko mit der Pizza. Sie riefen Alenka an, die kurz darauf ebenfalls mit einem zufriedenen Lächeln und Verena Stobeks Laptop in der Hand erschien. Enzo und Kiran setzten die beiden Kollegen über die neueste Entwicklung in Kenntnis, und beim Essen planten sie ihr weiteres Vorgehen.

Kiran, Enzo und Bolko wollten sofort nach Bielefeld aufbrechen. Alenka würde sich Verena Stobeks Computer vornehmen und die Überwachungsvideos der Disco durchsehen.

Die Pizza war schnell aufgegessen. Der Startschuss war gefallen, die Energie trotz der späten Stunde da. Jetzt endlich schienen sie der Ursache allen Übels näher zu kommen.

16

Um fünf Uhr morgens standen Kiran und Bolko in einem Bielefelder Studentenwohnheim vor der Zimmertür von Colin Adams. An jedem Flurende stand ein Beamter der Bielefelder Bereitschaftspolizei. Enzo hatte mit zwei weiteren Beamten draußen auf der Wiese vor dem Wohnheim Stellung bezogen, da sich das Zimmer im ersten Stock befand und die Wiese einen Flüchtenden förmlich zu einem Sprung aus dem Fenster einlud.

Kiran klopfte an die Tür. Nach einer Weile noch einmal. Dann konnte man hören, wie jemand aufstand. Durch den Türspalt am Boden drang Licht. Die Tür öffnete sich, und ein verschlafenes und unrasiertes Gesicht blinzelte in die unbarmherzige Neonbeleuchtung des Flurs.

»Was wollen Sie?«

Sie hielten ihre Ausweise hoch. »Kiran Mendelsohn und Bolko Blohm, Bundeskriminalamt. Wir müssen Sie mitnehmen.«

Adams war sofort hellwach. Man konnte es hinter seiner Stirn förmlich arbeiten sehen. Er trat einen Schritt zurück und spannte den Körper an, aber Bolko war schon bei ihm, schob Adams an der Schulter zurück in die Wohnung, drehte ihn in Richtung Tür und zückte die Handschellen.

In diesem Moment fuhr Adams blitzschnell herum,

während sein Ellenbogen nach hinten schoss. Bolko wich aus, musste den jungen Mann aber loslassen.

Adams sah zum Fenster, doch Bolko, der davorstand, hob bereits die Waffe. Adams sprang auf Kiran zu. Der ging rückwärts und wartete auf Adams' Schlag. Als er kam, drehte sich Kiran zur Seite, wich dem Hieb aus und hämmerte Adams die flache Hand seitlich auf die oberen Rippen. Die Atemluft entwich pfeifend, Adams flog gegen den Türrahmen. Kiran nutzte den Moment und drückte seinen Gegner zu Boden, verdrehte das Handgelenk nach hinten und setzte ihm die Pistole auf das Genick.

Adams lag vollkommen still, streckte die andere Hand flach nach vorn, er atmete schwer. Bolko kam dazu, nahm die Arme und legte die Handschellen an. Er wandte sich an Kiran.

»Das hat der nicht zum ersten Mal gemacht, was meinst du?«

Kiran nickte und half Bolko, Adams auf die Füße zu stellen.

»Colin Adams, ich verhafte Sie wegen dringenden Mordverdachts.«

Adams wand sich unter Bolkos Griff.

»Loslassen! Sie haben nicht das Recht …«

Er begann in seiner Muttersprache zu fluchen, bis es Kiran zu bunt wurde und er ebenso harsch antwortete. Das brachte den überraschten Adams zum Schweigen.

Kiran steckte seine Waffe ein. »Bring ihn runter in den Wagen. Ich schaue mich hier um.«

Das kleine Zimmer war spartanisch eingerichtet, aber schließlich war Adams auch erst zwei Monate in Deutschland. Und wenn er tatsächlich ein derart grausiges Geheimnis hatte, dann würde hier sicherlich kaum etwas zu finden sein. Ein Schreibtisch mit Laptop und ein paar Büchern, ein enger Wandschrank und ein winziger Nachttisch neben dem Bett – mehr Platz gab es nicht.

Kiran zog sich Plastikhandschuhe an. Er öffnete das Nachtschränkchen, blätterte durch Bücher, leerte den Kleiderschrank und die Taschen der Kleider. Er tastete unter den Möbeln, leuchtete in Ecken, nahm das Bett auseinander. Nichts, wie erwartet.

Dann kehrte Bolko zurück, mit ihm zwei weitere Polizisten und zwei Kollegen von der Spurensicherung. Kiran gab den Kollegen Anweisung, alle Winkel und Ecken zu untersuchen und die gesamten Unterlagen mitzunehmen. Den Laptop nahm Kiran an sich.

Sie fuhren zurück zum Präsidium in Osnabrück, wo sie zumindest die nächsten Tage bleiben würden, bis Colin Adams verhört worden war. Nachdem sie ihn in die Sicherheitsverwahrung übergeben hatten, begaben sie sich zurück in das Büro, wo sie auf Alenka trafen, die noch mit dem Computer von Verena Stobek beschäftigt war.

»Hab schon gehört, ihr habt den Mann. Und, wie ist es gelaufen?«

Enzo zuckte mit den Schultern. »Fluchtversuch, aber sonst keine Probleme.«

»Er ist auf jeden Fall nicht schlecht im Nahkampf«, meinte Bolko. Er sah nachdenklich zu Kiran. »Aber ehrlich gesagt, wie ein eiskalter Killer sieht der nicht aus.«

»Muss er auch nicht«, sagte Kiran. »Die meisten von denen bleiben lange unentdeckt, gerade weil sie völlig unscheinbar wirken.«

Alenka nickte und wandte sich ihrem eigenen Computer zu. »Schaut mal, Überwachungsbilder aus der Diskothek.«

Alenka hatte die entscheidenden Szenen zusammengeschnitten. Das Opfer Verena Stobek tauchte in einigen Ausschnitten an der Bar und auf dem Weg zur Toilette auf. Dazwischen erschien sie hier und da im Gespräch mit verschiedenen Mädchen und Jungen. Alles sah aus wie ein typischer Discobesuch. Auch Colin Adams war auf einigen Aufnahmen erkennbar, jedoch nie zusammen mit Verena.

»Hervorragend, Frau Motte«, lobte Bolko. »Er ist zwar nicht mit ihr zu sehen, aber immerhin haben wir sein Gesicht in der Menge.«

Alenka wies auf den Bildschirm. »Das ist noch nicht alles. Es gibt noch eine Szene, die wir leider nur undeutlich sehen, weil sie vor dem Gang zu den Toiletten stattfindet.« Sie suchte die Stelle auf dem Video.

»Der Timecode zeigt 00.43 Uhr. Dort hinten am Gang wird ein etwas kleineres Mädchen von Verena angesprochen, dann erscheint vor den beiden jemand anders mit dunklem und langem Haar, leider halb verdeckt und mit dem Rücken zur Kamera, und beginnt ein Streitgespräch mit Verena. Zumindest sieht es so aus. Sie gestikuliert wild und sieht nicht sehr glücklich aus, fast schon ängstlich. Dies ist die einzige Szene, deren Beteiligte wir außer Verena nicht genau erkennen und überprüfen können. Die Person mit dem Rücken zu uns könnte Colin Adams sein, aber wegen der langen Haare kann es genauso gut eine Unterhaltung dreier Mädchen gewesen sein. Sie dauert nicht lange, und zum Schluss klopft Verena der Person auf die Schulter und torkelt zur Bar. Vielleicht also nur das Gleiche wie auf allen anderen Szenen des Abends.«

Bolko nickte anerkennend. »Sehr gut. Wir haben inzwischen auch Überwachungsbänder und weitere Fotos mit Colin Adams von der Party aus Raleigh. Gleich die mit diesen Aufnahmen ab, sobald du Zeit hast, Alenka. Sonst noch was?«

»Ja, Boss«, antwortete sie zufrieden. »Seht euch mal an, was ich in Verenas Computer gefunden habe.« Sie wandte sich dem Laptop zu, weckte den Computer mit einem Tastenklick aus dem Ruhezustand. Auf dem Bildschirm erschien eine Liste mit Adressen.

»Keine Namen, nur Anschriften. Alles gute Osnabrücker Wohngegenden, wie mir eine Kollegin hier erklärt hat. Bei der Überprüfung habe ich zu viele Namen erwachsener Mitbürger gefunden, als dass ein junges Mädchen die alle kennen könnte. Deutlicher wird es in ihrer Bildergalerie. In ihren Fotoalben gibt es tatsächlich einen Bereich, der ›Housepartys‹ heißt, aber verdammt nach Einbruch aussieht.«

Sie öffnete das Album, klickte durch die Bilder. Die Aufnahmen zeigten Verena, ihre beiden Freundinnen und zwei Jungen in verschiedensten Wohnungen und Häusern. So vielen, dass kaum anzunehmen war, dass man sie in allen freundlich bewirtet hatte, zumal die Einrichtung schwer beschädigt und sonst niemand auf den Bildern zu sehen war.

Alenka sah ihre Kollegen an. »Ich denke, das reicht, um Verenas Freundinnen heute ein wenig unter Druck zu setzen, oder?«

Bolko lachte und schlug ihr auf die Schulter. »Das ist mein Mädel. Und jetzt Frühschoppen an dieser Erlebnisvitrine gegenüber. Kiran ist dran mit zahlen.«

Kiran sah erstaunt auf die Uhr. »Stimmt, Frühstückszeit.«

17

Eine Stunde später kehrten sie ins Revier zurück. Es hatte etwas länger gedauert als erwartet, denn Kiran hatte es sich beim Anblick der in Mayonnaise getränkten Brötchenhälften anders überlegt und das Team in ein nahe gelegenes Bistro eingeladen, wo Enzo auch endlich einen anständigen Espresso bekam.

Gegen Mittag saßen alle vor Alenkas großem Bildschirm, um den obligatorischen Videoanruf zu tätigen.

»Guten Morgen, Erv«, sagte Kiran, als Quantico sich meldete. »Wünsche wohl geruht zu haben.« In Virginia war es jetzt 6.15 Uhr.

»Na ja, die Nacht war ein bisschen kurz, aber ich habe einen von Margies Energy-Drinks gehabt und werde wohl erst nächste Woche wieder schlafen können. Hat sich aber gelohnt.« Er hob einen Plastikbecher.

Margie, die neben ihm saß, lächelte. »Gratulation zur Ergreifung von Colin Adams. Ich hoffe, er hat euch nicht allzu viele Schwierigkeiten gemacht?«

»Nein, lief alles nach Plan.«

»Prima. Das Thema Raleigh dürfte jetzt abgehandelt sein. Erv hat da was gefunden.«

Erwyn Jones nickte und schaute äußerst zufrieden drein.

»Ich muss sagen, das war ein echter Glücksfall. Margies Team hat in einer Community von Lynns Freundinnen ein paar recht eindeutige Chats gefunden. Ich habe dann zusammen mit meinen alten Kollegen vom Revier in Raleigh ihre Freundinnen aus der Schule geholt. Wir haben sie verhört und herausgefunden, was es mit Lynn Farnsworths Gruppe auf sich hatte und warum die Mädchen nirgends auffällig geworden sind. Offensichtlich sind all ihre Aktivitäten an einem geschützten Ort abgelaufen und von einem Volljährigen namens Byron Cole gedeckt worden. Der war wohl ein Bekannter von Lynns Freund Darren Brown. Cole ist Fotograf, daher stammen auch die semiprofessionellen Aufnahmen von den Mädchen. Wir haben sein Atelier hochgenommen, und was wir bei ihm gefunden haben, geht weit über Modefotografie hinaus.« Er machte eine Kunstpause.

Bolko seufzte. »Lass mich raten. Sex, Drogen?«

Erwyn nickte. »Das ganze Programm. Aber das ist nicht alles. Unser Fotograf hat ein Archiv, in dem die üblichen Partygänger, leider aber auch einige Schüler aus Raleigh und Umgebung vertreten sind. Ein paar der Aufnahmen sehen so aus, als wären die Veranstaltungen ziemlich aus dem Ruder gelaufen. Und es wird deutlich, dass da längst nicht alle freiwillig mitgemacht haben. Ihr kennt das Spiel, komm wieder, oder du machst Karriere auf einem öffentlichen Videokanal. Ich würde sagen, wir haben da einen veritablen Sexfilm- und Drogenring aufgedeckt. Das Problem dabei ist, außer Mr. Brown, ein paar Freunden und dem Fotografen sind so gut wie alle Teilnehmerinnen zwischen fünfzehn und siebzehn Jahre alt. Deswegen dürfte Brown sich auch abgesetzt haben. Die Kollegen in Raleigh sind sprachlos, so etwas hat es da unten noch nicht gegeben.«

Kiran und sein Team sahen sich an. Das konnte es sein, der entscheidende Punkt in der ganzen Angelegenheit.

»Wisst ihr schon, was genau da ablief?«

»Nun, unser Fotokünstler Cole sitzt noch auf der Polizeiwache in Raleigh und heult sich die Seele aus dem Leib. Zuerst hat er wohl einfach den Mädels eine Bleibe für ihre privaten Treffen anbieten wollen, und auch die Fotos waren zunächst reine Modeaufnahmen. Dann trat Lynns Freund Darren auf den Plan, brachte andere Gäste mit, und die Sache ist nach und nach eskaliert. Harte Drogen kamen ins Spiel, es gab Gewaltexzesse. Die Initiative dabei ging eindeutig von Lynn und ihrem Freund aus. Das belegen auch die Nachrichten, die sie dem Fotografen geschickt haben. Ich denke, der Gute ist von der kriminellen Energie dieser Gruppe etwas überrumpelt worden.«

»Und Colin Adams, wo kam er ins Spiel?«

»Daran arbeiten wir gerade. In den Tagen vor der Party in Raleigh gab es einen User, der über eine Empfehlung dazugekommen ist. Seine IP-Adresse weist nach Springfield, und daher haben wir den Mädchen beim Verhör das Foto von Colin Adams gezeigt. Sie haben ihn wiedererkannt. Am Abend vor dem Leichtathletikwettkampf hat es so eine Art Cocktailparty gegeben. Adams soll sich da viel mit Darren Brown unterhalten haben. Lynn Farnsworth hat wohl versucht, sich einzumischen, ist aber von beiden ziemlich rüde abgefertigt worden. Das hat ihr gar nicht gefallen, und nachdem Adams gegangen war, hat es anscheinend einen ziemlich üblen Streit zwischen ihr und Brown gegeben. Mehr konnten die Freundinnen nicht sagen.«

»Und in der Disco? Haben sie mitbekommen, was da passiert ist?«

»Nicht viel mehr als die Zeugin Liz Clarkson. Lynn ist auf ein Mädchen losgegangen, Adams ging dazwischen, hat einen Tritt abbekommen, dann ist Lynn von diesem anderen stark geschminkten Jungen niedergeschlagen worden. Den hat aber keine von beiden gekannt.«

»Trotzdem, sehr gute Arbeit, Erv«, sagte Kiran. »Das Mädchen im Streit war vielleicht nur ein weiteres Opfer von Lynn. Jetzt müssen wir diesen Darren Brown finden, um mehr über Colin Adams zu erfahren.«

»Steve verfolgt seine Spur«, sagte Margie. »In Maryland ist er jedenfalls nicht mehr. Er dürfte inzwischen wissen, dass er wegen Verführung Minderjähriger dran ist. Wenn er nur ein bisschen Grips in der Birne hat, ist er inzwischen untergetaucht. Die Frage ist natürlich, ob Brown und Adams unter einer Decke stecken.«

»Schwer zu sagen. Sie haben sich gekannt. Vielleicht nur aus dem Netz, vielleicht aber auch persönlich. Wir vernehmen Adams gleich. Danach wissen wir vielleicht mehr.«

Damit beendeten sie das Gespräch. Kiran sah in die Runde. Enzo sprach als Erster.

»Starker Tobak. Also eine Gruppe jugendlicher Krimineller und ein junger Mann, der dazustößt und eine harte Eskalation auslöst. Aber was bedeutet das für uns hier? Ist Adams jemand, der solche Gruppen infiltriert?«

»Das müssen wir herausfinden«, antwortete Alenka. »Ich habe dazu auf Verenas Laptop noch so einiges gefunden. Sie und ihre Freundinnen haben hier zusammen mit zwei Jungs etwas ganz Ähnliches aufgezogen, allerdings weniger professionell. Partys an zum Teil illegalen Locations, harte Drogen und Sex, das aber wohl eher zum Spaß.«

»Und was ist mit Patricia Masterson und ihrer Freundin, dem ersten Opfer in den USA?«, fragte Bolko. »Wissen wir da was von ähnlichen Aktivitäten?«

Kiran zuckte mit den Schultern. »Das wird Steve hoffentlich bald herausfinden. Ich nehme mir jetzt erst mal diesen Adams vor. Inzwischen fühlen Alenka und Enzo diesen Kids auf den Zahn.«

Enzo nickte. »Vielleicht kennen ihn die Mädchen ja auch. Oder ihre beiden Kumpane vom Einbruch. Die greife ich mir und bringe sie zu unserer Verabredung.«

Bolko sah ihn fragend an, und Enzo fuhr fort: »Alenka hat den beiden über Verena Stobeks Chatkanal etwas polizeiliche Angst gemacht. Wir treffen sie später in ihrer Stammkneipe.«

Alenka wandte sich an Kiran. »Glaubst du, Adams ist unser Mann? Ein eiskalter und organisierter Killer?«

»Nun, er passt perfekt in unser Profil und hielt sich in der Nähe von zweien der Opfer auf. Bis jetzt ist er unsere einzige Verbindung zwischen Osnabrück und Raleigh.«

Alenka schloss die schwere Eingangstür der Kneipe und ging auf den Tisch zu, an dem zwei stark geschminkte junge Mädchen saßen. Sie starrten Alenka wütend an.

»Du bist diese Bullenbitch, die uns mit Verenas Chatnamen angetextet hat, und dann auf Polizei macht. Was geht eigentlich ab bei euch, seid ihr noch ganz frisch?«

Alenka baute sich vor ihnen auf. »Selbst schuld. Ich habe euch angerufen, und ihr seid nicht drangegangen, obwohl ihr zu Hause wart.«

»Woher willst du das wissen?«

»Weil ich vor dem Haus geparkt habe, Schätzchen. Und jetzt reg dich ab.«

»Du hast mir gar nichts …«

»Klappe«, fuhr ihr Alenka über den Mund. Sie stützte sich auf den Tisch, beugte sich zu den Mädchen hinunter. »Wir ermitteln im Mordfall Verena Stobek. Ich suche den Typen, der eure beste Freundin brutal gefoltert und getötet hat, geht das in eure kleinen Birnen?«

In diesem Moment betrat Enzo die Kneipe, mit ihm zwei Jungen. Die beiden näherten sich vorsichtig und blickten betreten auf ihre wenig begeisterten Freundinnen.

»Was gibt das, Bullenparty?«

»Nein«, antwortete Alenka und setzte sich. »Wir werden uns jetzt ein paar nette Fotos anschauen.« Sie machte den anderen Zeichen, sich zu setzen, dann warf sie einen Packen Fotos auf den Tisch.

»Gut, wir wissen noch nicht, in wie viele Wohnungen ihr eingebrochen seid, aber wenn ihr euch jetzt kooperativ zeigt, wird euch das vor dem Jugendrichter bestimmt ein paar Pluspunkte verschaffen.«

»Und was, wenn uns das scheißegal ist?«, brachte einer der Jungen betont gelangweilt hervor.

Enzo schlug mit der Hand auf den Tisch. »Merda! Sagt mal, habt ihr sie eigentlich noch alle? Eine von euch hat's erwischt, und ihr macht einfach weiter! Geht's eigentlich noch? Cazzo …« Er sah sie zornfunkelnd an.

In der Kneipe wandten sich die Köpfe zu ihnen um. Für einen Moment herrschte betretenes Schweigen. Dann holte Enzo ebenfalls ein Foto hervor. Er legte es den verschreckten Jugendlichen vor. Zu sehen war der Tatort, ohne die Leiche, nur der Stuhl und die Plane.

»Das, liebe Kinder, kommt dabei raus, wenn man an

einen Psychopathen gerät. Soll ich euch erzählen, was dieser Geisteskranke mit eurer Freundin angestellt hat?«

Sie starrten ihn entsetzt an. Die Wortführerin schüttelte schließlich den Kopf.

Dann fingen sie an zu reden.

Begonnen hatte alles mit zunehmend ausufernden Festen, die immer öfter stattfanden und durch kleine Diebstähle finanziert werden mussten. Verena und ihre Freundinnen hatten bald Gefallen am Kick verbotener Aktivitäten gefunden. Ihr bevorzugtes Hobby waren Einbrüche und anschließende Trinkgelage in Wohnungen und Häusern, deren Besitzer außer Haus waren. Für den Verkauf der gestohlenen Wertgegenstände brauchten sie Abnehmer. Keine Profis, sondern Leute, die sie leicht manipulieren konnten. Sie machten sich im örtlichen Nachtleben an Jugendliche heran, um ihnen zuerst Alkohol und danach Angst einzuflößen. Es war unglaublich, wie viele klein beigaben, sich der Aggression beugten und zu Handlangern für Hehlerei und Diebstahl wurden.

Ein solcher Abend war der Discobesuch im Transporter Room nach dem Sportfest gewesen. Anders als sonst hatte die angetrunkene Verena den Fehler begangen, sich im Alleingang auf ihr nächstes Opfer zu stürzen. Während die Jungs gelangweilt und nur entfernt einen Streit mitbekommen hatten, konnten die Mädchen etwas mehr berichten. Offenbar war es zu einer Auseinandersetzung auf der Toilette gekommen. Verena hatte sich an eine schüchterne Sechzehnjährige rangemacht, als ein Unbekannter dazwischengegangen war und sie vor der Toilette bedroht hatte. Bevor jemand aus der Gruppe eingreifen konnte, war er auch schon wieder verschwunden.

Die Mädchen beschrieben ihn als normal groß, schlank, durchtrainiert, mit langen Haaren, die ihm ständig ins Gesicht fielen. Das Foto von Colin Adams, das ihnen Enzo zeigte, sagte ihnen jedoch nichts. Aber sie hatten den Typen nur aus der Distanz gesehen.

Zurück geblieben war eine extrem zornige Verena, die sich an diesem Abend stärker als sonst betrunken hatte. Bald darauf verließ sie die Disco zusammen mit ein paar üblen Typen, die niemand von den anderen kannte. Allen war klar gewesen, dass Verena den unbekannten Angreifer mit Hilfe dieser Profischläger hatte abpassen wollen, doch gesehen hatte niemand etwas. Danach war sie nicht wieder aufgetaucht.

Alenka und Enzo tauschten Blicke und erhoben sich. Mehr war von den jungen Leuten vorerst nicht zu erfahren.

»Vielen Dank«, sagte Alenka. »Mein Kollege und ich werden weitergeben, dass ihr euch kooperativ gezeigt habt.« Alenka zückte eine Visitenkarte, legte sie auf den Tisch. »Falls euch noch was einfällt, meldet euch.«

18

Kiran betrat den Verhörraum, setzte sich und begann, durch seine Akten zu blättern. Colin Adams saß regungslos vor ihm und fixierte einen Punkt irgendwo an der Wand. Er atmete ruhig, das Gesicht regungslos. Wenn er nervös war, so gelang es ihm ziemlich gut, das zu kaschieren.

Kiran las noch eine Weile in den Unterlagen, die ihm Alenka kurz vor dem Verhör in die Hand gedrückt hatte. Steve hatte anhand der Kreditkartenabrechnungen ein erstes Bewegungsprofil von Colin Adams erstellt. Das allein würde für das erste Verhör reichen.

Er sah auf und musterte sein Gegenüber. Schließlich drückte er den Aufnahmeknopf vor ihm, sprach Datum, Uhrzeit und Anwesende in das Mikrofon sowie die Anmerkung, dass das Verhör auf Englisch durchgeführt werden würde. Darauf hatte er sich mit Birte Halbach geeinigt, die zusammen mit Bolko hinter der verdunkelten Glasscheibe saß.

»Mr. Adams, Sie sind verhaftet worden wegen des dringenden Verdachts der Beteiligung an der Ermordung von Sharon Collins und Lynn Farnsworth in den USA sowie von Patricia Masterson und Verena Stobek hier in Deutschland.«

»Sie sind Amerikaner?« Adams' Blick war lauernd. Die Anschuldigung schien ihn nicht zu kümmern.

»Profiler beim BKA, ausgebildet in Quantico. Dort bin ich Ihnen zusammen mit meinen amerikanischen Kollegen auf die Spur gekommen.«

»Spur? Welche Spur? Weshalb verfolgt mich das FBI? Und Sie hier?«

»Das wissen Sie nicht?«

»Was soll ich nicht wissen? Ich will zuerst mal erfahren, wovon Sie überhaupt sprechen.«

»Ich spreche zunächst von einem brutalen Mord in Osnabrück vor wenigen Tagen.«

»Ich habe keine Ahnung, was Sie meinen.«

Kiran legte eine Porträtaufnahme vor Adams. »Das ist Verena Stobek aus Vechta.«

Adams' Miene zeigte keine Regung. »Kenne ich nicht.«

»Wir wissen, dass Sie sich am vergangenen Freitagabend in der Disco Transporter Room aufgehalten haben, wo sich zahlreiche Schülerinnen und Schüler aus der Region anlässlich einer Leichtathletikveranstaltung getroffen hatten.« Er legte ein Foto der Aufzeichnung der Überwachungskamera auf den Tisch.

»Na und? Da waren viele. Und ich war dort, weil meine Fakultät aus Bielefeld dieses Sportfest mit betreut hat.«

»Ich weiß. Sie sind sehr erfahren in der Betreuung von Sportfesten, Mr. Adams.«

»Was wollen Sie damit sagen?«

»Darauf komme ich noch. Wollen Sie nicht zunächst einmal wissen, was Verena Stobek zugestoßen ist?«

Adams hob die Augenbrauen und schaute Kiran fragend an.

»Sie wurde nackt auf ein leeres Metallfass gebunden, gefoltert und dann mit einem Schnitt durch die Kehle getötet, nachdem man sie aus einer Disco verschleppt hat, in der auch Sie waren.« Er legte ein zweites Foto auf den Tisch

Adams betrachtete es. Er blickte Kiran an, noch immer ohne jede Regung im Gesicht. Schließlich sprach er.

»Ich bin Austauschstudent. Ich war auf einer Sportveranstaltung, dann in dieser Disco. Und deswegen sitze ich jetzt hier?«

Kiran schüttelte den Kopf. »Nein. Auf Sie sind wir bereits vorher gestoßen. Im April dieses Jahres wurde ein Mädchen tot aufgefunden, das auf exakt die gleiche Art und Weise gefoltert worden ist. In Raleigh, North Carolina.«

Adams blickte auf, in seinen Augen hatte sich etwas verändert. Es war keine Angst. Eher eine Art Verhärtung. Adams hatte begriffen, wohin diese Unterhaltung führen würde.

»Dort in Raleigh hat ebenfalls ein Leichtathletikwettkampf stattgefunden. Auch dort war ein Betreuerteam einer Universität vor Ort, aus Georgetown, Washington. Und Sie gehörten zu diesem Team.«

»Und das macht mich zum Verdächtigen in einem Mordfall?«

»Nicht automatisch. Aber rein zufällig hat in Raleigh ebenfalls eine Party nach dem Turnier stattgefunden, und auch dort sind Sie von Überwachungskameras erfasst worden.«

Adams besah sich das nächste Bild, das vor ihn gelegt wurde. Er sah Kiran an und schüttelte den Kopf.

»Was verneinen Sie, Mr. Adams? Erkennen Sie sich auf dem Bild nicht wieder? Oder die beiden anderen Personen darauf?«

Keine Antwort.

»Das Mädchen, das da auf Sie losgeht, ist Lynn Farnsworth.« Er zog ein weiteres Foto aus der Akte. »Und das hier ist Lynn Farnsworth einige Wochen danach.«

In Adams' Augen blitzte es kaum merkbar auf. Er sah Kiran an. »Das ist absurd. Ich habe damit nichts zu tun.«

»Das sehe ich nicht so. Laut den Aussagen von Zeugen in Raleigh haben Sie sie am Vorabend auf einer Cocktailparty zusammen mit ihrem Freund kennengelernt, einem gewissen Darren Brown, mit dem Sie in den Wochen davor eine hochinteressante E-Mail-Korrespondenz geführt haben.«

Adams' Augen wurden starr. Er schien zu überlegen.

»Ich habe niemanden dieser Leute vorher oder nachher gesehen. Und ich hatte keinen Streit mit diesem Mädchen.«

»Nun, für uns sieht es aber sehr danach aus, Mr. Adams.«

»Weil ich dort war und jetzt hier? Sie müssen mir schon mehr zeigen als ein paar Fotos von Überwachungskameras.«

»Kein Problem. Wir haben die Aussagen zweier Jugendlicher, die Ihr Gespräch mit Mr. Brown mitbekommen haben. Und dass Lynn Farnsworth von Ihnen beiden rüde abgefertigt worden ist. Eine weitere Zeugin hat dann den Vorfall zwischen Ihnen und Lynn Farnsworth in der Disco beobachtet.«

»Unsinn, das Mädchen war zufällig auf beiden Partys.«

»Miss Farnsworth war zufällig auf der Party ihres eigenen Freundes? Nun, dann schauen wir uns doch ein paar weitere Zufälle an.« Er zog die letzte E-Mail von Steve aus der Akte.

»Sie leben in Springfield, auf halber Strecke zwischen Washington, D.C. und Richmond, ist das richtig?«

Widerwilliges Kopfnicken.

»In Richmond ist im Februar die Sportlerin Sharon Colins auf die gleiche Art und Weise getötet worden. Laut diesen Daten hier befanden Sie sich am Tag vor der Ermordung in Richmond und haben in einem Drugstore Werkzeug gekauft. Das ist der dritte Ort, an dem sich der Sportstudent Colin Adams rein zufällig aufhält und kurz darauf eine junge Sportlerin brutal gefoltert und ermordet wird.«

»Richmond? Da war ich einmal in meinem Leben. Und Werkzeug kauft jeder mal, vor allem wenn der Wagen streikt. Damit können Sie mich unmöglich belasten.«

»Doch, Mr. Adams, wir können. Dabei haben wir noch nicht mal richtig angefangen, in Ihrem Privatleben zu graben, und schon jetzt gibt es auffallend viele Indizien, die gegen Sie sprechen.«

Kiran stand auf, schenkte sich Wasser aus der Karaffe in einen Pappbecher, trank und blickte dabei in Richtung Glasscheibe. Dann drehte er sich um. »Ich will Ihnen mal sagen, wie ich das sehe. Sie sind auf zwei Partys in unmittelbarer Nähe der Opfer gesehen worden – auf zwei Kontinenten. Sie waren kurz vor der ersten Tat in Richmond. Ach ja, und etwa zwei Wochen nach Ihrer Ankunft in Deutschland hat es vor Osnabrück bereits ein Opfer auf deutschem Boden gegeben. In Xanten.«

»Wo?«

Kiran überging die Frage. »Mein Team ist gerade dabei, Ihr bisheriges Leben komplett auseinanderzunehmen. Wir wissen bereits, dass Sie nachweisbar zur Tatzeit an drei Tatorten waren. Sie bewegen sich im Internet in Communitys, in denen es um zweifelhafte Neigungen geht, weshalb es auch schon Ermittlungen gegen Sie gegeben hat, unter anderem wegen Belästigung. In einer solchen Community haben Sie auch Darren Brown kennengelernt.«

Adams blickte unverwandt auf den Tisch, die Hände gefaltet.

»Das Bild wird mit jedem Datenabruf klarer, und sobald wir Darren Brown befragt haben, werden wir auch genauer wissen, was Sie beide verabredet haben und wie gut Sie das Opfer Lynn Farnsworth kannten. Verstehen Sie, wir können Sie bereits mit drei Morden in Verbindung bringen. Und auf den vierten wurden wir von Ihnen sogar per E-Mail hingewiesen. Also finden Sie es nicht an der Zeit, mir etwas mehr zu erzählen?«

Adams hob den Kopf. »Ich habe nichts mit irgendwelchen Morden zu tun. Und ich will einen Anwalt, bevor ich ein weiteres Wort sage.«

Kiran nickte langsam und stand auf.

»Selbstverständlich«, sagte er und verließ den Verhörraum.

Birte Halbach im Nebenraum stand auf, als er eintrat. »Jetzt bin ich aber mal gespannt. Das war das mit Abstand schnellste Verhör mit einem Mordverdächtigen, dem ich seit langem beiwohnen durfte. Warum haben Sie ihn nur so kurz befragt?«

Kiran wog nachdenklich den Kopf. »Es ist noch nicht an der Zeit für lange Befragungen. Wir werden noch mehr Material gegen ihn aus den Staaten brauchen, um ihn aus der Reserve zu locken.«

»Also ich weiß ja nicht«, sagte Bolko, »der ist mir insgesamt viel zu cool, wenn du mich fragst.«

»Abwarten. Wir müssen so schnell wie möglich feststellen, ob er auch in Xanten war. Ich würde daher vorschlagen, dass wir unsere Ermittlung ab sofort wieder auf die Region dort konzentrieren.«

Halbach nickte. »Ich habe mit dem hiesigen Polizeichef gesprochen, und der will Adams ohnehin so schnell wie möglich loswerden. Ich denke, wir überstellen ihn zur JVA nach Düsseldorf, da ist der beste Ort für solche Typen.«

Bolko stand auf. »Okay, Aufbruch. Enzo soll den Transport nach Düsseldorf organisieren, wir helfen Alenka beim Verpacken und treffen uns dann morgen auf dem Revier in Xanten.«

Bolko verließ den Raum, Kiran und Halbach blieben zurück und betrachteten Colin Adams durch die einseitig verspiegelte Glasscheibe. Er saß regungslos und starrte immer noch auf die Tischplatte.

»Was glauben Sie? Ist das unser Serienmörder? Ein eiskalter Folterknecht, wie Sie ihn uns beschrieben haben?«

Kiran sah sie an, zuckte mit den Schultern. »Ich weiß es nicht. Er wirkt nicht wie ein kühl planender Mensch. Seine Überraschung ist teilweise sehr überzeugend. Und die nachweisbare Nähe zu den Opfern wäre geradezu unprofessionell. Andererseits kann all das auch Methode sein. Die Fotos haben ihn jedenfalls nicht nervös gemacht. Schmerz und Tod scheinen ihn ziemlich kaltzulassen. Aber dann ist da etwas anderes, was mich stutzig macht.«

Halbach blickte ihn fragend an.

»Normalerweise ergehen sich Serientäter in Andeutungen und spielen mit den Ermittlern, bis sie um Hinweise betteln. Es ist ein perverser Stolz und ein Gefühl der Macht. Beides können Serienmörder nur schlecht verbergen. Bei Adams war nichts davon zu spüren. Entweder ist Adams absolut frei von Stolz und berechnend, oder wir haben irgendwas oder irgendwen übersehen.«

»Was meinen Sie damit?«

»Er hat nicht darauf reagiert, als ich ihn auf die E-Mail an uns mit dem Fundort von Verena Stobeks Leiche angesprochen habe.«

19

Am nächsten Morgen versammelte sich das Team im Xantener Polizeirevier. Die örtlichen Beamten grüßten sie freundlich und erkundigten sich nach den Fortschritten im Fall Patricia Masterson.

Alenka hatte auf ihrem Computer die neuesten Berichte aus den USA geöffnet und ordnete die verschiedenen Dokumente. Kiran sah ihr dabei über den Großbildschirm zu. Ihr schnelles und umsichtiges Arbeiten am Computer vermittelte ihm immer ein Gefühl beruhigender Sicherheit. Alle Informationen waren geordnet, alles war jederzeit verfügbar.

Plötzlich begann ein Symbol am unteren Bildrand zu blinken. Alenka öffnete die dazugehörige Applikation. Es war das Chat-Programm, das sie zur direkten Kommunikation mit Kollegen nutzte.

Das Chatfenster zeigte den User »aglaeca«. Das klang eindeutig nicht nach dem FBI. Alenka blickte verwirrt auf den Bildschirm und dann zu Kiran. Dann erklang der Signalton für eine eingegangene Nachricht.

aglaeca
guten morgen, alenka motte

Kiran wurde kalt. Er wusste, dass Alenkas System vor Hackerangriffen sicher war. Er wandte sich an Alenka.

»Du bist doch nur mit dem BKA und dem FBI verbunden??«

Alenka nickte stumm.

»Okay«, sagte Kiran. »Antworte und versuche dabei herauszufinden, wer da in dein System eingedrungen ist.«

Sie schnaubte resigniert. Das war leichter gesagt als getan, so viel war auch Kiran klar.

amoBKA
wer sind sie?

aglaeca
sie wissen, wer ich bin

amoBKA
nein, weiß ich nicht

aglaeca
sie sind auf der suche nach mir

amoBKA
sie befinden sich in einem amtlichen netzwerk

aglaeca
das ist mir klar

amoBKA
wer sind sie und was wollen sie?

aglaeca
MOM

Ein Symbol erschien und zeigte eine Dateiübertragung an.

aglaeca
4U

»Wie kann dich jemand hier antexten und auch noch Dateien hochladen? Hattest du nicht gesagt, du bist nur mit einzelnen ausgewählten Kollegen im Chat?«

»Ja doch«, antwortete sie wütend. »Eigentlich kommt niemand in mein System, ohne dass ich vorher Zugänge dafür bestimme. Und dann müssen die durch eine Sicherheitsschleuse. Wer das hier hinbekommt, ist verdammt gut.«

Bolko hatte nur halb zugehört. Bei den letzten Worten war er interessiert näher getreten. Enzo kam mit dem Kaffeetablett zurück. Dann war der Upload abgeschlossen. Die hochgeladene Zip-Datei erwies sich als Videofilm. Alenka klickte auf das Symbol.

Das Bild zeigte Patricia Masterson auf ihrem Folterstuhl. Bolko fluchte, Enzo stellte das Tablett auf den Tisch und blickte ernst auf den Bildschirm.

Die Szenerie war dunkel, kaum erleuchtet durch die brennenden Kerzen und nur punktuell durch den direkten Lichtstrahl der Kamera in weißes Licht getaucht. Die Perspektive umkreiste Patricia aufreizend langsam, fixierte dabei unbarmherzig ihre Verletzungen und wieder ihr Gesicht. Sie war noch am Leben, aber kaum bei Bewusstsein. Blut lief aus diversen Wunden an ihrem Oberkörper. Der Kopf fiel immer wieder nach vorn.

Dann ein Schnitt. Die Kamera stand jetzt offenbar auf einem Stativ, die Perspektive war eingefroren. Ein scharfes Messer erschien im Bild und fügte dem vor Entsetzen und Schmerz aufschreienden Opfer eine Wunde unterhalb des Bauchnabels zu. Langsam, exakt und ohne jegliches Zögern.

Kiran spürte, wie ihm flau wurde. Trotzdem zwang er sich hinzusehen.

Die nächste Einstellung. Jetzt blickte die Kamera seitlich auf das Opfer und zeigte das Spiegelbild. Patricia Masterson war mit ihren Kräften am Ende. Sie saß blutüberströmt und mit hängendem Kopf auf dem Stuhl. Dann wurde sie zurückgerissen, das Messer setzte an, und ihre Kehle wurde mit einer einzigen schnellen Bewegung durchschnitten. Das Bild wurde schwarz.

Der Signalton des Chatfensters ertönte, während sie noch fassungslos auf den Bildschirm starrten.

aglaeca
reicht das als legitimation um mit ihnen zu reden, alenka motte?

amoBKA
was wollen sie damit erreichen, öffentliche aufmerksamkeit?

aglaeca
vorerst reicht mir ihre aufmerksamkeit

Alenka verzog das Gesicht und blickte hilfesuchend zu Kiran. Der hatte sich inzwischen von den Bildern erholt und nickte.

»Frag ihn, warum er dich kontaktiert.«

amoBKA
was wollen sie von mir?

aglaeca
reden

amoBKA
worüber?

aglaeca
das thema dürfte klar sein

amoBKA
warum tun sie das, warum hier?

aglaeca
wo sonst? hier in xanten hat alles angefangen

Bolko stieß einen Fluch aus. »Scheiße, der kommt von hier.«

Alle sahen ihn an. Es war ihnen klar, was das bedeutete. Kiran hatte seine These, dass der Mörder Amerikaner war, bereits während der vorherigen Zeilen über den Haufen geworfen. »Lass ihn nicht weg. Frag ihn, warum er diese Mädchen bestraft.«

amoBKA
was haben ihnen die mädchen getan?

aglaeca
sie sollten eher darüber nachdenken, was die anderen mädchen angetan haben

amoBKA
was meinen sie damit?

aglaeca
fragen sie nicht so dumm. haben sie etwa noch nicht gecheckt, wer die waren?

amoBKA
sagen sie es mir

aglaeca
BEG. das findet mal schön selbst raus. nur so viel: keine von denen ist ein unschuldslamm

amoBKA
und sie sind hier nicht der richter. das muss aufhören

Kiran legte Alenka die Hand auf die Schulter. »Vorsichtig, nicht zu autoritär werden. Überlass ihm die Kontrolle und warte, bis er von sich aus Themen anschneidet.«

aglaeca
es wird nicht aufhören. sie sollten das am besten verstehen

»Er will sich mit dir unterhalten, weil er dir aus irgendeinem Grund vertraut. Versuch herauszufinden, warum.«

Alenka sah unglücklich aus, dachte einen Moment nach. Dann schrieb sie weiter.

amoBKA
warum soll ausgerechnet ich das verstehen?

aglaeca
weil sie eine jägerin sind

amoBKA
ich bin polizistin

aglaeca
M2

»Was sollen diese Scheißabkürzungen immer?«, fragte Bolko genervt.

»M2 steht für ›me too‹ – ›ich auch‹«, antwortete Alenka.

Bolko schaute Kiran an. »Na klasse. Ein selbsternannter Rächer.«

Kiran schüttelte leicht den Kopf. »Frag ihn, wen er bestrafen will und warum.«

amoBKA
warum glauben sie hier den rächer spielen zu müssen?

aglaeca
weil es sonst niemanden gibt, der diese leute stoppt

amoBKA
doch, gibt es. wir tun das. deshalb kontaktieren sie mich doch

aglaeca
ich rede mit ihnen, weil wir im geist verwandt sind

amoBKA
sie kennen mich nicht

aglaeca
noch nicht gut. ich fand sie aber recht überzeugend als wir miteinander gesprochen haben

Sie sahen sich entsetzt an. Alenka tippte, bevor Kiran etwas sagen konnte

amoBKA
wo?

aglaeca
2EASY. wir reden, wenn ihre chefs ihnen nicht auf die finger gucken

amoBKA
wir können hier und jetzt reden

aglaeca
BTW sie wirken auf mich nicht wie eine polizistin

amoBKA
wie dann?

aglaeca
wie eine jägerin, habe ich doch gesagt

Alenka blickte angewidert auf den Bildschirm. »Langsam reicht's mir. Der Robot, den ich auf ihn angesetzt habe, findet nichts, und ich kann diesen …«

Bevor sie weitersprechen konnte, erschien eine letzte Nachricht.

aglaeca
CUL8ER

Der Username verschwand, der Chat war beendet.

Bolko fand als Erster die Sprache wieder. »Mannomann, das hier wird wirklich von Tag zu Tag beschissener.«

Er ging zu seiner Tasche und holte den Malt Whisky hervor, den er mit einem eigenen Etikett versehen hatte, auf dem »Notfall« stand. Er reichte die Flasche herum, und alle nahmen einen tiefen Schluck.

20

Birte Halbach setzte die Lagebesprechung auf zwölf Uhr Mittag an. Seit dem Chat waren Enzo, Alenka und Bolko damit beschäftigt, alle Aufzeichnungen ihrer Befragungen in und um Xanten durchzugehen. Selbst nach zwei Stunden intensiver Lektüre hatten sie keine neue Erkenntnis gewonnen außer der, dass beinahe jede Aussage irgendwann doppeldeutig interpretierbar wurde, wenn man sie nur häufig genug las. Hinter jedem Gesicht und jedem noch so beiläufigen Satz konnte sich ein Abgrund verbergen.

Kiran hatte sich unterdessen mit dem Chat-Protokoll befasst und jetzt eine bessere Vorstellung, was den Täter antrieb und in welcher Situation er sich jetzt befand. Er hatte sie zum Tanz aufgefordert, und Kiran gedachte, diese Einladung nicht nur anzunehmen, sondern die Schrittfolge vorzugeben. Unklar war ihm jedoch nach wie vor, ob ihr bisheriger Hauptverdächtiger, Colin Adams, mit dieser Sache zu tun hatte oder schlicht und ergreifend zur falschen Zeit an den falschen Orten gewesen war. Für Letzteres sprach Kirans Eindruck von ihm während des ersten Verhörs. Dagegen, dass Adams zu nahe an den Opfern in Raleigh und Osnabrück gewesen war. Die beste Erklärung für beides schien zu sein, dass Adams einen deutschen Komplizen hatte. Oder der Deutsche war der Anführer. Und er musste die Verbindung zwischen den USA und Deutschland sein. Darauf wies die Äußerung von Aglaeca, dass in Xanten alles angefangen hatte. Das aber würde bedeuten, dass dieser Deutsche in den Staaten gewesen sein musste.

Wir müssen dringend diesen anderen Jungen von der Party in Raleigh finden, dachte Kiran.

Er schrieb den Kollegen in Quantico eine Mail, unterrichtete sie über die neueste Entwicklung und bat sie, die Suche nach dem geschminkten Jungen zu intensivieren und das Augenmerk verstärkt auf den ersten Mord zu legen. Entweder waren in den USA zwei Täter am Werk gewesen oder ein allein agierender Mörder, der womöglich aus Deutschland stammte.

Punkt 12 Uhr eröffnete Birte Halbach die Besprechung.

»Okay, Leute. Ich will wissen, wie wir vorgehen. Wir suchen jetzt einen Täter, der von hier zu stammen scheint, wenn ich das richtig verstanden habe?«

»Das ist natürlich nur eine Vermutung«, antwortete Bolko. »Aber immerhin wurden wir in dem Moment kontaktiert, als wir hierher zurückgekehrt sind. Wir sind der Meinung, er kann nur hier in Xanten von unserer Anwesenheit erfahren haben. Und er bezog sich im Chat auf Xanten. Er sagte, hier in Xanten habe alles angefangen. Das kann natürlich eine Finte sein. Aber bevor wir keine anderen Hinweise haben, spricht alles dafür, dass unser Fokus auf Xanten liegen sollte.«

Halbach nickte. Sie sah Kiran an. »Was bedeutet diese neue Entwicklung für unser Täterprofil?«

Kiran nickte, dann sah er in die Runde.

»Kurz zur Erinnerung: Serientäter stammen, wie wir wissen, oft aus gestörten Familienverhältnissen, in denen Aggression und Gewalt an der Tagesordnung sind. Wir müssen also immer im Kopf behalten, dass der erste Mord am Ende einer längeren Entwicklung steht. Mit anderen Worten, der Lebenslauf des Täters ist der entscheidende Faktor, die Tat selbst und den Antrieb dahinter zu verstehen.«

»Du meinst, dass wir uns hier gezielt nach schwierigen Familien- und Sozialverhältnissen umsehen müssen?«, fragte Enzo.

»Exakt. In unserem Fall beziehen sich die negativen Gefühle des Täters auf junge, sportliche und auch sozial selbstständige Mädchen, die sich in festen Gruppen, jedoch mit einer offenbar zweifelhaften Moral bewegen. Durch ihr Verhalten und ihren Status lösen sie bei unserem Täter eine sehr starke Reaktion aus. Da sich Serientäter aber nicht nur missachtet, sondern auch missverstanden fühlen, sind diese Morde auch ihre Art, sich mitzuteilen. Sie wollen Kontakt aufnehmen, und weil sie keine andere Sprache beherrschen, sprechen sie durch ihre Taten.«

»Nur dass er in diesem Fall sogar direkt mit uns kommuniziert«, warf Bolko ein.

»Genau das ist der Punkt. Bislang hatte ich gehofft, dass wir es hier mit dem Vertreter einer sehr kleinen Gruppe von Serientätern zu tun haben, die sich selbst genügen und alles daransetzen, isoliert zu bleiben. Dem ist ganz offensichtlich nicht so.«

»Wie passt sein bisheriges Verhalten mit dem jetzigen zusammen?«, fragte Alenka.

»Es gibt da einige Erklärungsmodelle, die sehr aufschlussreich sind. Was wir in diesem Fall beachten müssen, ist, dass sich der Täter seine eigene Realität schafft und dass er nicht nur seine Umwelt, sondern auch uns miteinbezieht. Was immer er ab jetzt tut, ist auf uns als Autorität gerichtet.«

»Und wie sucht er sich dann seine Opfer?«, fragte Halbach.

»Auf die gleiche Weise, wie er sich seine Weltsicht zurechtgelegt hat. Er reagiert auf seine Umwelt, ist dabei aber der Meinung, er habe alles unter Kontrolle. Das stimmt aber nur zum Teil, denn diese Täter begeben sich durch ihre Veranlagung unbewusst in Situationen, in denen sie ihren mentalen Schwächen und damit den Tatauslösern begegnen. Er beseitigt ein ganz persönliches Problem. Die Art und Weise, wie er das tut, entspricht dem Trauma, das er selbst erlitten hat.«

Das Team saß eine Weile schweigend und verarbeitete das Gehörte. Schließlich regte sich Bolko. »Also, wir suchen jemanden, der sich im Sportmilieu bewegt, eine traumatische Kindheit hatte und ein gestörtes Verhältnis zu körperlich und mental starken jungen Mädchen hat. Er ist sexuell komplett vernagelt, weil er die Mädchen geradezu abstraft, richtig?«

Kiran nickte. Alenka blickte Kiran an. »Aber wir können nicht einfach in die Häuser spazieren und nachsehen, wo arme Jungs unterdrückt wurden.«

»Natürlich nicht. Daher müssen wir das anders angehen. Wir müssen im Chat mehr von ihm erfahren.«

Alenka machte eine zustimmende Geste, sie hatte die gleiche Idee gehabt. Auch Birte Halbach schien das so zu sehen.

»Das müssen wir auf jeden Fall. Wenn dieser Wahnsinnige auf Alenka reagiert, dann ist das unsere beste Chance.«

Balko nickte entschlossen. »Es versteht sich von selbst, dass wir ihr dabei helfen und sie massiv schützen müssen. Aber wenn wir mehr über ihn herausfinden wollen, muss er es uns selbst sagen.«

»Was ist denn von diesem Menschen zu erwarten?«, fragte Halbach. »Können wir irgendwie auf sein zukünftiges Verhalten schließen?«

Kiran kratzte sich am Kopf. »Die Sprache in dem Chat war klar und sehr direkt. Auf mich wirkte sie jugendlich, und das nicht nur wegen des Gebrauchs der Chatkürzel wie ›CUL8ER‹ für ›see you later‹ oder ›BEG‹ für ›big evil grin‹. Die ganze Art war sehr vertraut, so wie junge Menschen eben kommunizieren. Das Verhalten bisher ließ zwar auf einen reiferen und planenderen Geist schließen, aber jetzt ist mit der Kommunikation ein neuer Faktor hinzugekommen.«

»Und der wäre?«, fragte Halbach.

»Bislang habe ich geglaubt, dass wir es mit jemandem zu tun haben, der Opfer seiner psychischen Deformation ist. Einer Deformation, der er entgegentritt, indem er eiskalt planend die Stelle seiner Dämonen einnimmt. In einem Raum, der sich deutlich abgrenzt von der Umwelt. Das ist eher typisch für einen älteren Täter. Jetzt erleben wir jedoch, dass er uns auf sich aufmerksam macht und sogar mit uns redet – auf eher jugendliche Weise. Er hat seine Taktik geändert, dazu will er jetzt Anerkennung, jemanden zum Reden. Und ein Mitglied unserer Gruppe ist eine starke Frau, auf die er reagiert. Deshalb hat er Alenka kontaktiert.«

»Was heißt in diesem Fall ›reagieren‹?«, fragte Enzo.

»Vordergründig sieht er in Alenka eine Art Geistesverwandte. Ich habe seinen Chat-Namen nachgeschlagen.

Aglaeca ist ein Begriff, der in der altenglischen Dichtung vorkommt. Er bedeutet so viel wie Held, Kämpfer, wilder Krieger. Aber auch böse Ungeheuer wurden mit dem Begriff belegt. Der Name ist ein Attribut für grausamen, bösartigen Kampf. Zum Beispiel wurde er für Grendel, die monströse Kreatur aus der Beowulf-Sage, verwandt. Was ich damit sagen will, ist, dass er entweder glaubt, in Alenka eine würdige und gleichberechtigte Kämpferin gefunden zu haben, oder dies ist seine Art der Annäherung an den Typ Frau, den er bekämpft.«

Enzo war nicht überzeugt. »Aber bisher hat er sich doch auf junge und kriminelle Mädchen gestürzt. Das passt ja wohl eher nicht auf Alenka.«

»Richtig. Deshalb glaube ich auch, dass hier eher eine Art geistiger Wettstreit stattfinden soll. Auch, weil er nicht an uns herankommen kann. Wir sind auf ihn vorbereitet. Keines der Opfer hatte diese Chance.«

Für einen Moment herrschte nachdenkliches Schweigen. Dann sprach Alenka.

»Na, dann gehe ich mal in den Ring.«

Halbach blickte sie aufmunternd an. »Gut, machen wir's so. Was sind eure nächsten Schritte?«

Bolko blickte auf seine Notizen. »Wir forschen weiter in allen Protokollen nach Aussagen, die zu diesem Beowulf-Troll passen könnten. Enzo, du suchst in Xanten und dem ganzen Landkreis nach verhaltensauffälligen Kindern und Jugendlichen in den letzten zehn bis fünfzehn Jahren. Sexualdelikte, häusliche und schulische Gewalt sowie alles andere in dieser Richtung und mit Beziehung zum Sport oder zu Sportvereinen. Alenka, du kannst dich bei den Kollegen in Wiesbaden erkundigen, ob dieser sonderbare Chat-Name schon mal irgendwo aufgetaucht ist. Kiran, du hältst Kontakt zu unserem Team in den Staaten und fährst nach Düsseldorf und findest heraus, ob Colin Adams irgendeine Verbindung nach Xanten hat.«

Damit war die Besprechung beendet. Auf dem Weg nach draußen nahm Birte Halbach Kiran beiseite.

»Ich hatte noch gar keine Gelegenheit, nach Ihrem USA-Aufenthalt zu fragen. Wie ich höre, leistet das Team dort hervorragende Arbeit, auch durch Ihre Mitwirkung.«

Kiran hob die Schultern. »Ich bin da ein Teil der Gruppe, mehr nicht. Aber wir waren schon in der Ausbildungszeit ein gutes Team.«

»Das habe ich gehört. Greenberg hat mir einiges von Ihren Umtrieben erzählt. Und auch, dass es eine Spezialität dieser Gruppe war, eher ungewöhnliche Wege zu gehen. Wie zum Beispiel den, sich mal eben in den Flieger zu setzen und mit dem ehemaligen Ausbilder ein kleines Esoterikseminar zu besuchen.«

Kiran lächelte. Er wusste, dass er keinen Ärger von seiner Chefin zu erwarten hatte, aber er musste ihr wenigstens reinen Wein einschenken.

»Blackwater hat mich zu einem Treffen seines Stammes mitgenommen. Es gab da eine Frage, die ich unbedingt klären musste, um mit der Angelegenheit von damals besser klarzukommen.«

»Und, hat es was gebracht?«

»Allerdings. Ich denke, ich werde das Thema Ermittlung im Feld jetzt etwas anders angehen.«

Halbach nahm dies mit unbewegter Miene zur Kenntnis. Sie zögerte einen Moment, bevor sie fortfuhr. »Ich zweifle nicht an Ihrer Ehrlichkeit, Kiran. Ich will genauso ehrlich mit Ihnen sein. Greenberg hat mich gewarnt, dass Sie nach Ihrer langen Phase der Zurückhaltung jetzt etwas … übermotiviert sein könnten.«

Etwas in Kiran verhärtete sich. Greenberg mochte ein extrem intelligenter Mensch sein, aber dieses ständige Lavieren im Hintergrund hatte dennoch etwas zutiefst Verschlagenes. Nicht zuletzt deswegen beruhte das Misstrauen zwischen beiden auf Gegenseitigkeit.

»Greenberg hat sich seinerzeit nur um die Aufklärung des Unfalls gekümmert. Alles andere hat ihn nicht interessiert. Er täte gut daran, es dabei zu belassen. Ich werde immer klar und besonnen handeln. Greenberg ist nicht mehr mein Vorgesetzter und deshalb nicht in der Position, irgendwelche Bulletins zu verabschieden. Das können Sie ihm gerne von mir bestellen, wenn er das nächste Mal eine Breitseite aus dem Hinterhalt abfeuert.«

Halbach betrachtete ihn nachdenklich. »Werde ich machen. Ich teile seine Einschätzung nicht unbedingt, aber ich muss mir über solche Dinge zumindest Gedanken machen.«

»Das ist Ihr gutes Recht und Ihre Pflicht. Aber ich kann Sie beruhigen, mir geht es blendend. Und wenn es übel wird, habe ich ja immer noch Bolko, der mich bremsen kann.«

»Na toll, dann schlafen wir alle gleich viel ruhiger.«

Kiran erkannte die Rückkehr von Birte Halbachs Ironie als Zeichen, dass das Thema für sie erledigt war. Tatsächlich legte sie ihm jetzt eine Hand auf die Schulter und bugsierte ihn nach draußen, wo sie sich eine Zigarette anzündete.

»Noch etwas. Ich habe bisher noch keinerlei Probleme mit unserer Chefetage gehabt. Das lag auch daran, dass die hiesige Staatsanwaltschaft bisher alles uns überlassen hat. Das wird sich jetzt ändern. Der zuständige Staatsanwalt will aktiv werden, dabei aber möglichst viel delegieren. Typisch männlicher Karrierist. Mir ist daher die Idee gekommen, Eleonore Roellinghoff anzurufen und sie zu bitten, für uns beim zuständigen Staatsanwalt in Düsseldorf als Verbindung zu fungieren.«

Kiran sah sie überrascht an. Eleonore war es gewesen, die ihn in ihrer Eigenschaft als Berliner Oberstaatsanwältin bei ihrem letzten großen Fall gebeten hatte, für sie zu ermitteln. Für sie war er seinem Entschluss untreu geworden, nie wieder im Feld arbeiten zu wollen. Aber er hielt es für wenig wahrscheinlich, dass sie so kurzfristig zur Verfügung stand.

Halbach bemerkte seinen skeptischen Gesichtsausdruck. »Ich habe mal angerufen. Wie es aussieht, können wir mit ihrer Unterstützung rechnen. Ich denke, wir werden hier bald Hilfe brauchen.«

21

Kaltes Neonlicht erhellte den kahlen Verhörraum des Hochsicherheitstrakts der JVA Düsseldorf, in dem Kiran an dem festverankerten quadratischen Tisch Platz genommen hatte. Man hatte Colin Adams trotz seines unklaren Status hier untergebracht, auch wenn er als Amerikaner in den Auslieferungsbereich gehört hätte. Angesichts der Verdächtigungen gegen ihn war den deutschen Behörden diese Lösung jedoch als die klügere erschienen.

Die schwere Metalltür öffnete sich, und Adams wurde von zwei Beamten hereingeführt. Trotz Gefängniskleidung wirkte er geradezu entspannt, als er sich an den Tisch setzte.

Er blickte sich kurz um, dann auf Kiran.

»Sie haben sich Zeit gelassen. Ist wohl schwer, Beweise zu finden. Und das wird es bleiben, Mr. Mendelsohn.«

»Ich sehe, Sie haben auf die Anwesenheit Ihres Anwalts verzichtet.«

»Er hat mir erklärt, was ich wissen muss. Und was ich sagen muss. Das reicht. Von mir werden Sie nicht viel hören.«

»Wenn Sie meinen. Ich hatte auch zunächst vor, Ihnen einiges zu erzählen.«

»Und was soll das sein, haben Sie eine weitere Tote gefunden, die Sie mir anlasten wollen?«

Kiran ließ sich durch die forsche Gesprächseröffnung nicht täuschen. Adams mochte vielleicht wirklich nur Komplize oder sogar unschuldig sein, aber dennoch gab es für ihn genug Grund zur Sorge. Sein Anwalt hatte Kiran vor dem Verhör angerufen und unmissverständlich klargestellt, dass jede Verletzung polizeilicher Befugnisse ernste Konsequenzen hätte. Dann aber hatte er eingeräumt, dass Colin Adams unabhängig von einer Strafverfolgung in Deutschland auch jederzeit an die USA ausgeliefert werden konnte und dort einem Strafverfahren entgegensah.

»Wir haben Darren Brown gefunden.«

Steve hatte Kiran nach der Teambesprechung angerufen. Man hatte Darren Brown in New Jersey aufgegriffen. Jetzt saß er in Untersuchungshaft und wartete auf sein Verfahren. Gleichzeitig hatte Margie jedoch alle Daten ausgewertet und ihn vorläufig entlastet, da Darren Brown für beide Morde in den Staaten ein Alibi besaß. Beim ersten Mord hatte er sich sogar in Polizeigewahrsam befunden. Jetzt war es an Adams, seine Unschuld zu beweisen.

»Ich habe Ihnen schon gesagt, dass …«

»Und wir haben es widerlegt, Mr. Adams. Ihre Kommunikation mit Brown, Fotos von Ihrer Anwesenheit auf einer Party mit Sexualtätern, die jetzt allesamt verhaftet sind und des Missbrauchs von Minderjährigen angeklagt werden.«

Adams' Miene blieb unverändert. »Ich habe diesen Brown einmal getroffen. Sie werden mich nicht mit den Aktionen dieser Leute in Verbindung bringen können.«

»Deswegen bin ich auch nicht hier.«

»Stimmt, Sie glauben ja, ich würde Mädchen nicht nur

sexuell missbrauchen, sondern umbringen. Ach ja, und foltern.«

»Sie nehmen das ziemlich gelassen hin.«

»Weil ich damit nichts zu tun habe.«

»Nun, ich bin sicher, die amerikanischen Behörden werden das genauso neutral beurteilen, wenn wir Sie zusammen mit Ihrem PC dorthin schicken.«

»Was meinen Sie damit?«

»Ich habe mir Ihren Computer hier angeschaut, und was meine Spezialistin darauf gefunden hat, würde allein schon für eine Verurteilung reichen.«

»Und was wollen Sie da gefunden haben?«

»Chat-Protokolle, Zugangsdaten zu Websites, auf denen verschiedenste Jugendschutzgesetze verletzt wurden. Wenn Sie da drüben ankommen, wird man Sie mit offenen Armen empfangen, Mr. Adams. Vor allem im Strafvollzug.«

Adams schwieg eine Weile. »Wir wissen beide, dass jeder amerikanische Anwalt solch ein Beweismaterial sofort zerpflücken würde.«

»Sicher, deshalb nimmt meine Kollegin in Quantico auch gerade Ihren Server auseinander, von dem aus Sie sich ins Netz der Georgetown University gehackt haben.«

Das war ein Bluff. Margie hatte zwar den Server gefunden, aber ihr Team verzweifelte nach wie vor an der komplexen Kryptologie. Trotzdem schien diese Bemerkung zu wirken.

»Was wollen Sie eigentlich von mir?«

»Das will ich Ihnen sagen. Ich will herausfinden, ob Sie ein Pädophiler, ein psychopathischer Serienmörder oder nur sein dämlicher Gehilfe sind. Vielleicht stehen Sie ja auch nur auf ganz gewöhnlichen harten Sex. Je nachdem, womit ich hier heute aus dem Raum gehe, wird sich entscheiden, ob Sie Ihren dreißigsten Geburtstag in Freiheit oder in einem amerikanischen Todestrakt verbringen. Was Letzteres betrifft, Sie kennen ja die Vollstreckungsrate in Virginia.«

Adams sah vor sich auf den Tisch. »Und was soll ich Ihnen Ihrer Meinung nach sagen, um meine Situation zu verbessern?«

»Sie könnten mir mehr über Ihre Auseinandersetzung mit Lynn Farnsworth in Raleigh erzählen.«

»Ich habe Ihnen doch gesagt, ich …«

»Kommen Sie mir nicht schon wieder mit Ausflüchten. Erzählen Sie mir endlich, was Lynn getan hat. Auf der Party am Abend vor dem Wettkampf und vor allem auf der Feier danach.«

Adams schaute Kiran abschätzend an und schwieg eine Weile. Schließlich begann er zu erzählen.

»Ich habe sie am Vorabend nur kurz gesehen. Ich habe mit Brown geredet. Ein Möchtegernzuhälter. Er hat versucht, mich zu überreden, ihm bei der Organisation seiner Partys in D.C. zu helfen, und sie kam ihm dauernd dazwischen. Er hat sie irgendwann weggestoßen, das hat sie wütend gemacht. Hat diskutiert mit ihm, aber sie musste gehen, wegen des Sportfests am nächsten Tag.«

»Und dort haben Sie sie dann wiedergesehen.«

»Nur aus der Ferne, ich war auf der anderen Seite des Startfelds, am Zielcomputer, sie war Startläuferin. Ich habe sie erst auf der Feier getroffen.«

»Was genau ist da passiert?«

»Ich habe da mit zwei jungen Sportlern aus Richmond zusammengestanden. Ich kannte sie nicht, war ja nur einmal abends auf der Durchreise da gewesen.« Er schnitt eine verächtliche Grimasse. »Das Mädchen war gerade mal sechzehn, der Junge irgendwie extrem komisch.«

»Inwiefern komisch?«

»Hatte eine komische Stimme, wie ein Junge im Stimmbruch. Sprach mal mit rauer, mal mit hoher Stimme. Ziemlich nervig. Und er war sehr durchtrainiert. Aber auch ziemlich gruftig angezogen und geschminkt irgendwie. Ziemlich feminin. Aber so rennen ja viele Jungs rum.«

»Was geschah dann?«, fragte Kiran.

»Diese Farnsworth kam dazu. Ist auf die Kleine los und hat was von einer wilden Party erzählt. Als das Mädchen nicht wollte, habe ich Lynn gesagt, dass sie sich verpissen soll. Und dann hat sie zugetreten.«

»Und der Junge, wie hat der reagiert?«

»Extrem schnell. Hat ihr einen brutalen Schlag verpasst, ich konnte ihr Nasenbein brechen hören.«

»Und dieser Junge war wie alt ungefähr?«

»Hätte Student sein können. War er aber nicht.«

»Kein Student?«

»Nein. Auch kein Amerikaner. Ich habe mich vorher kurz mit ihm unterhalten. Er sprach fast perfektes amerikanisches Englisch, aber er hatte einen leichten Akzent. Tatsächlich war er Deutscher.«

»Und Sie haben ihn hier in Deutschland wiedergetroffen? In Xanten?«

»Was? Nein, ich weiß noch nicht mal, wo das ist. Mein erster größerer Trip hier war nach Köln, dann zu diesem Sportmeeting nach Osnabrück. Das können Sie nachprüfen. Wieso reden Sie eigentlich dauernd von diesem komischen Ort?« In Adams' Augen leuchtete es auf. Er erinnerte sich an das erste Verhör. »Deswegen sind Sie hier!

Sie wollen mir diese Sache in diesem Nest anhängen, obwohl Sie genau wissen …«

»Mr. Adams, wenn Sie sich selbst einen Dienst erweisen wollen, dann helfen Sie uns bei der Aufklärung dieses Falls.«

»Ich habe keine Ahnung! Ich habe ihn nur auf dieser Party getroffen. Wir haben vielleicht vier, fünf Sätze gewechselt.«

»Worüber?«

»Über Partys. Warum in Amerika härtere Sachen abgehen als in Deutschland. So Sachen.«

»Und seinen Namen kennen Sie nicht?«

»Nein, da sind Schüler ja vorsichtig, selbst in den Staaten.«

»Schüler? Sie meinen …«

»Klar, das war ein Austauschschüler.«

22

Als Kiran am Abend zurückkehrte, fand er Alenka vor dem Bildschirm. Sie sah sich zum wiederholten Male ihre Notizen aller Befragungen durch. Kiran hatte ihr bereits von unterwegs mitgeteilt, dass sie nun nach einem Schüler suchen würden. Er hatte ihr die Beschreibung durchgegeben, wie er sie von Adams erhalten hatte: langhaariger, eher femininer Typ, durchtrainiert, wechselnde Stimmlage. Doch Alenka kam nicht weiter.

Kiran trat zu ihr, als sie die Videos abspielte, die sie bei den Befragungen der Xantener Schüler und Schulbediensteten sowie bei den Befragungen im Sportverein mitgeschnitten hatte.

Alenka blickte auf und schüttelte den Kopf. »Keiner weiß was, niemand hat was gesehen, aber Sprüche kloppen, das können die alle.« Sie schloss das Videoprogramm und lehnte sich seufzend zurück.

Kiran setzte sich neben sie und blätterte in ihren Notizen. Sie sah ihn an und zuckte mit den Schultern. »Die habe ich auch schon zigmal durchgelesen. Nichts, gar nichts. Und doch könnte ich schwören, dass da irgendetwas war. Eine Bemerkung, ein Blick. Mir ist seinerzeit etwas aufgefallen, aber ich habe es wohl nicht als wichtig empfunden. Und jetzt kann ich es nicht mehr greifen, es ist einfach weg.«

»Versuch es nicht zu erzwingen«, sagte Kiran. »Die Erinnerung wird wiederkommen, genau dann, wenn du dich nicht darauf konzentrierst.«

»Wenn du das sagst.« Sie nahm die Maus und öffnete ihr Diagnoseprogramm.

Kiran sah ihr über die Schulter. »Schon eine Idee, wie der Chat zustande gekommen ist?«

Alenka schnaubte ungehalten. »Ich bin alles durchgegangen. Jede Sicherheitsüberprüfung, all meine Protokolle. Neue Suchprogramme habe ich auch installiert. Nichts. Selbst die Oberprofessoren in Wiesbaden haben keinen Schimmer, was da passiert ist. Einer hat die ganze letzte Nacht gesucht und noch nicht mal herausgefunden, ob überhaupt jemand ins System gekommen ist.«

»Also ist unser Täter entweder ein Computergenie, oder er hat Hilfe.«

»Mit Sicherheit. Das hier muss irgendeine Subroutine oder etwas anderes als absolut normal Getarntes sein. Wie sonst ist es möglich, dass kein Robot und kein IT-Fachmann irgendetwas finden kann?«

Kiran zuckte nur mit den Schultern. Er wollte gerade aufstehen, als sich das Chatfenster öffnete und das Signal ertönte. Enzo und Bolko wandten sich erwartungsvoll um.

»Da ist er«, sagte Alenka und blickte ernst und konzentriert auf den Bildschirm.

aglaeca
sind sie da?

amoBKA
ich bin da

aglaeca
was haben sie inzwischen herausgefunden?

amoBKA
ich wüsste nicht, was sie das anginge

»Vorsicht, Alenka. Reiz ihn nicht. Er soll erst mal reden«, sagte Bolko. Kiran nickte beifällig.

aglaeca
das ist keine gute art zu reden

amoBKA
worüber wollen sie denn reden?

aglaeca
haben sie etwas über die anderen herausgefunden?

amoBKA
wir sind dabei. aber warum helfen sie uns nicht mal ein bisschen auf die sprünge?

aglaeca
ich dachte, das hätte ich getan. vielleicht sind sie doch nicht so gut, wie ich dachte

amoBKA
sparen sie sich ihr arrogantes gerede. wenn sie mir nichts neues zu berichten haben, kann ich den chat genauso gut abschalten

aglaeca
sie sind sehr aggressiv. hat ihnen ihr chef befohlen, mich härter ranzunehen?

amoBKA
den brauche ich dazu nicht

aglaeca
warum steht er dann hinter ihnen?

Alenka blickte die anderen an. Kiran schüttelte den Kopf. »Nicht verrückt machen lassen, er blufft.«

Nach dem ersten Chat hatten sie jedes Kabel und jeden kleinsten Winkel des gesamten Reviers überprüfen lassen. Keine Elektronik, keine Funkverbindung von außen, keine Löcher oder andere Brüche im Mauerwerk, in denen Kameras oder drahtlose Modems versteckt werden konnten.

amoBKA
das gesamte team steht bei mir. wie immer, wenn ich mit serienmördern chatte. sie arbeiten ja auch nicht allein

aglaeca
ich brauche nichts und niemanden. deshalb werden sie mich auch nicht finden

amoBKA
weil sie sich unerkannt in mein netz gehackt haben? darauf würde ich mich an ihrer stelle nicht verlassen

aglaeca
sie scheinen das ganze nicht sehr ernst zu nehmen

amoBKA
ich nehme sie sehr ernst. nur deshalb rede ich noch mit ihnen. also, was ist, haben sie etwas zu sagen?

aglaeca
sie müssen es mir sagen, wenn sie wissen, warum ich das alles mache

amoBKA
das weiß ich jetzt schon. sie haben eine schlimme jugend gehabt und jetzt müssen andere dran glauben, weil sie kein rückgrat hatten

aglaeca
mit beleidigungen erreichen sie bei mir gar nichts

amoBKA
das ist keine beleidigung, das ist eine diagnose

aglaeca
ich habe gelitten und daraus gelernt. jetzt agiere ich anstatt zu leiden. ich habe diese sorte mensch analysiert und jetzt bekämpfe ich sie. aber was wissen sie schon von schmerz oder dem mut zu handeln?

amoBKA
mehr als sie ahnen

aglaeca
es wäre spannend, wenn wir uns darüber mal unterhalten könnten

amoBKA
kein problem, kommen sie vorbei

aglaeca
too busy. es wird bald sehr viel mehr zu besprechen geben. dann werden wir uns unterhalten. nur sie und ich

Damit endete der Chat. Aglaeca hatte sich wieder in seine Höhle zurückgezogen.

Bolko sah Kiran an. »Was war das denn? Droht er Alenka jetzt ganz direkt?«

Kiran schüttelte den Kopf. »Nein, das glaube ich nicht, aber er hat die nächste Tat angekündigt, und das ist schlimm genug. Offenbar will er ausführlicher reden, wenn er sich von der Tat aufgeputscht fühlt. Und das wird kein freundlicher Plausch werden, egal, wie kultiviert er sich im Chat gibt.«

»Und was machen wir jetzt?«

»Wir müssen endlich herausfinden, was es mit den ersten Opfern in den USA und hier auf sich hat. Wir müssen dringend mehr über Sharon Collins und Patricia Masterson erfahren.«

Bolko nickte. »Okay, schließ dich mit Quantico kurz und vereinbare für den späteren Abend eine Videositzung.«

Das Signal des eingehenden Anrufs hatte inzwischen den gleichen Effekt wie eine Pausenglocke in der Schule. Das Team versammelte sich umgehend am Bildschirm.

Kiran begrüßte alle in Quantico, brachte sie auf den neuesten Stand, dann war Steve an der Reihe.

»Also, ihr wolltet mehr über das erste Opfer wissen.« Er sah auf sein Tablet. »Wir haben da Folgendes gefunden. Sharon Collins ist im vergangenen Jahr von der Polizei aufgegriffen worden. Das stand nicht in den Akten, weil der Vorfall gar nicht erst vor den Richter kam und in derselben Nacht gleich wieder gelöscht wurde. Offenbar hat ihr Army-Dad ein paar alte Kumpels auf dem Revier. Gefunden habe ich das nur, weil die Bereitschaft ihn nachts angerufen hat. Sharon hatte in einer etwas wilderen Gegend eine Auseinandersetzung. Die Gegner waren ebenfalls junge Frauen. Allerdings war das kein x-beliebiger Zickenkrieg. Das hier war laut den Beamten, die ich befragt habe, eine brutale Schlägerei. Warum es nicht zur Anklage kam, weiß keiner. Die anderen Mädchen sind verschwunden und haben auch später keine Anzeige erstattet. Ich nehme aber nicht an, dass Sharon vier Mädels allein verprügelt hat.« Er blickte zur Seite. »Erv hat sich der Sache angenommen.«

Jones übernahm. »Ich bin noch mal zur Abteilung Jugendkriminalität des Central District von Richmond gegangen und habe ein paar Fragen gestellt. Zuerst war man sehr hilfsbereit. Als ich dann mit den Namen rausrückte, vor allem dem von Miss Masterson, gingen die Rollläden sofort runter. Ein deutlicheres Signal ›Bitte hier graben‹ gibt es wohl nicht. Jetzt sitzt einer unserer Spezialisten dran und wird heute Nacht mal nachschauen, ob Patricia Masterson da mitgemischt hat. Macht euch aber nicht allzu viel Hoffnung, ihr Vater ist verdammt gut vernetzt. Solche Delikte verschwinden zu lassen ist eine leichte Übung für den. Aber wir suchen trotzdem.«

»Sehr gut. Wie weit seid ihr mit den eingereisten Deutschen?«, fragte Bolko.

Margie schüttelte bedauernd den Kopf. »Da gibt es noch einige Probleme. Nach euren Angaben haben wir das Täterprofil noch einmal modifiziert. Dazu haben wir jetzt zwar endlich Zugang zu den Listen, aber es ist schwer, das Gebiet einzukreisen. Wir müssen einen Radius rund um Richmond ziehen, aber der muss hundert Meilen betragen, und dann sind wir schon bei der Greater Washington Area. Bei Männern zwischen achtzehn und fünfundzwanzig kommen wir da auf fast fünftausend Personen, die in der fraglichen Zeit eingereist sind. Und das sind nur die, die hier in Washington eingereist oder gemeldet sind. Wie ihr wisst, haben wir keinen Schüler aus Xanten und Umgebung gefunden, der hier in Virginia gemeldet war. Das heißt, der Junge in Raleigh hat vielleicht gelogen, vielleicht ist er Student oder Auszubildender. Wir versuchen daher, alle Einreisenden mit der Herkunft aus eurer Gegend dort abzugleichen. Aber auch da sind ein paar größere Städte mit dabei, und das macht es nicht leichter. Zumal diese Daten inzwischen nicht mehr bei uns, sondern bei der Homeland Security liegen. Und wie hilfsbereit die sind, wisst ihr ja sicher.«

Kiran nickte zustimmend. »Schon okay, Margie. Bleibt einfach dran. Wir erwarten dann als Nächstes deinen Bericht, Erv, was diese Schlägerei betrifft. Das Gewaltmotiv ist, wie es scheint, die große Konstante in allen Fällen.«

23

Der Besprechungsraum im Xantener Polizeirevier erstrahlte im morgendlichen Sonnenlicht. Alenka hatte die Fenster geöffnet, während sich Enzo und Bolko um das Frühstück kümmerten.

Die Tür öffnete sich, und Birte Halbach trat ein, gefolgt von Eleonore Roellinghoff, die vom Team herzlich empfangen wurde. Kiran hatte die anderen bereits von ihrer bevorstehenden Ankunft unterrichtet.

Bolko eröffnete die Besprechung, indem er auch für die beiden Neuankömmlinge noch einmal die Ergebnisse der letzten 24 Stunden referierte.

Als er fertig war, sah Birte Halbach ernst in die Runde.

»Also, wir gehen davon aus, dass die letzten Chat-Äußerungen unseres großen Unbekannten die Ankündigung eines weiteren Mordes sind. Das ändert die Lage dramatisch. Und nach wie vor haben wir keine heiße Spur.« Sie sah Kiran an. »Was ist mit dem Ami in der JVA? Sind Sie da weiter?«

Kiran schüttelte den Kopf. »Wir können ihm nur seine Umtriebe auf ungesetzlichen Websites nachweisen. Aber was unseren Fall betrifft, mehr als die Tatsache, dass er auf zwei Partys war, auf denen auch Lynn Farnsworth war, verbindet ihn nichts mit den Morden. Seine Computer hier und in den Staaten sind inzwischen komplett durchleuchtet worden. Nirgends eine Spur zu unserem deutschen Täter im Chat. Der hat im Übrigen betont, dass er allein arbeitet.«

»Und das glauben Sie ihm?«

Bolko ergriff das Wort. »Nicht unbedingt, aber bis wir mehr herausfinden, bleibt Adams in Untersuchungshaft.«

»Gut. Was sind unsere nächsten Schritte?«

Bolko räusperte sich. »Wir nehmen noch einmal den örtlichen Sportverein unter die Lupe. Morgen findet dort außerdem ein großer Wettkampf statt. Wir werden uns dann die Sportler vornehmen und auch die Gäste, jedenfalls so viele wie möglich. Wir müssen auch der Schule noch einmal einen Besuch abstatten.« Er endete und sah dabei nicht besonders überzeugt aus.

Birte Halbach sah ihn an. »Das ist nicht gerade viel. Wenn ich das dem zuständigen Staatsanwalt in Düsseldorf erzähle, reißt der mir den Kopf ab.«

Eleonore legte ihr die Hand auf den Arm. »Macht euch nicht zu viele Gedanken. Ich habe mit meinem Kollegen gesprochen. Er ist bislang zufrieden mit eurer Arbeit, obwohl er natürlich auch sehr unsicher ist, was aus dieser Sache werden wird. Ich weiß, dass er sich auf dem Sprung nach Berlin oder Karlsruhe befindet. Das bedeutet, dass er im Zweifelsfall sich selbst schützen wird, falls es eng wird. Aber bis es so weit ist, lässt er uns machen. Das hat er mir versichert, und ich glaube ihm, immerhin schuldet er mir was.« Sie sah lächelnd in die Runde.

»Also schön. Weitere Ideen?«, fragte Halbach.

Bolko sah Kiran an, der nickte.

»Ich hätte da einen Vorschlag, aber ich denke mal, dass der Ihnen nicht gefallen wird. Ich würde vorschlagen, eine Pressekonferenz einzuberufen. Um die Medien und auch die Bevölkerung gezielt zur Mithilfe aufzufordern.«

Halbach dachte nach. »Könnten wir machen. Eins gebe ich aber zu bedenken: Bisher war die Berichterstattung zwar gnädig mit uns. Wenn wir dann aber nicht bald Erfolge vorzeigen können, fallen die Medien über uns her.«

»Richtig, das heißt, wir sollten vielleicht etwas mehr Informationen rausgeben, als wir das sonst tun würden. Ein detailliertes psychologisches Profil und auch Details zu den Morden. Wir outen die wirkliche Beschreibung des Mörders – das fürchtet er am meisten. Wir führen ihn in der Öffentlichkeit vor. Vielleicht verleitet ihn das zu Fehlern …«

»Und reizt ihn bis aufs Blut, schon klar«, unterbrach ihn Halbach und machte eine bedeutungsvolle Pause. »Ich werde darüber nachdenken und im Laufe des Tages entscheiden. Und Oberstaatsanwältin Roellinghoff wird auch ein Wort mitzureden haben, denn sie muss dem leitenden Staatsanwalt diese Kamikaze-Taktik schließlich nahebringen.«

Kiran nickte zustimmend. Er wusste, dass beide Chefinnen ihm und dem Team rückhaltlos vertrauten. Sie würden ihnen grünes Licht geben, wenn es die Situation verlangte.

Sie beendeten die Sitzung. Birte Halbach und Eleonore Roellinghoff begaben sich in ihr behelfsmäßiges Büro, während Bolko und Enzo zum nächsten Befragungsmarathon aufbrachen.

Alenka, die ab jetzt zu ihrer Sicherheit nicht mehr im Feld ermitteln würde, setzte sich an ihre mobile Arbeitsstation, um sich mit Anzeigen häuslicher Gewalt zu beschäftigen.

Kiran hatte beschlossen, den Nachmittag mit der Durchsicht der von Alenka ausgewählten Befragungsprotokolle zu verbringen. Am Abend würde er sich im Restaurant ihres Hotels mit Eleonore treffen. Es war die Ruhe vor dem kommenden Sturm.

24

Der alte Industriebau sah bedrohlich aus in der Dunkelheit. Ein beinahe postnukleares Szenario. Zerfallende Treppen und Stahlkonstrukte, verbeulte Metalltüren, zerbröckelnder Teer, endlose Hallen voller Düsternis und alter Gerüche.

Zuerst hatte er gedacht, er hätte von ihr eine falsche Adresse bekommen. Dann aber sah er dunkle Gestalten in die gleiche Richtung gehen. Im selben Moment hörte er die ersten akustischen Signale. Ein dumpfes Stampfen, das sich zu einem bohrenden Lärm steigerte, je näher er kam.

Er folgte den anderen eine Treppe hinab. Unten angekommen, tastete er sich durch einen modrigen Gang, immer wieder ineinander verschlungenen Paaren ausweichend. Der Gestank nach Urin, Schweiß, Alkohol, Rauch und Abfall umhüllte ihn und vernebelte seine Sinne.

Der Krach wurde immer lauter, wummernde Bässe, Trommelschläge wie von einem Presslufthammer, verzerrte Gitarren. Über allem grollte eine kehlige Stimme, die direkt aus der Unterwelt zu kommen schien.

Dann kam er um die Ecke und fand sich inmitten der Ekstase. Schwarzlicht wurde von gleißenden Scheinwerfern durchbrochen, die den Exzess von unten beleuchteten. Zuckende Leiber warfen sich durch den gnadenlos peitschenden Rhythmus. Hier und da wurde der Tanz zu einer Attacke auf andere. Hart, brutal, rücksichtslos. So musste die Hölle sein.

Er verlor den Überblick und versuchte, eine Wand oder irgendeinen Halt zu finden. Schließlich sah er den Gang, der tiefer in die Eingeweide der alten Fabrik führte.

Er drängte sich durch den immer dichter werdenden Wust aus stinkenden Körpern. Leere Blicke wechselten mit aufgeputschtem und zornigem Aufblitzen tierischer Energie, als er in die vorübergleitenden Gesichter schaute. Er ging durch Räume unterschiedlicher Größe, sah Ausschweifungen in jeder Spielart.

Dann endlich hatte er sie gefunden.

Sie stand auf einer Art Podest in einem alten Maschinenraum, umgeben von drei weiteren Gestalten. Dort war es kaum leiser. Sie unterhielten sich brüllend. Es schien Unstimmigkeiten zu geben.

Er beobachtete die Gestik, sah in ihre harten und ausgemergelten Gesichter. Auch ohne zu hören, begriff er, dass hier gehandelt wurde. Offene Handflächen bedeuteten Flehen, nach vorn peitschende Handrücken Forderung, hackende Gesten Widerspruch. Sie scharten sich um sie wie Tiere, die angriffen und sofort wieder zurückwichen. Provokation im ständigen Wechsel mit Respekt und Angst vor dem Stärksten im Rudel.

Dann kamen sich die Hände näher, tauschten Gegenstände gegen Geldscheine. Im nächsten Moment war es vorbei, die Gruppe driftete auseinander. Die Gestalten wurden von der Dunkelheit verschluckt. Wie Hyänen, die sich davonmachten. Nur sie stand noch da und blickte den anderen nach. Dann drehte sie sich mit einem kalten Lächeln um und ging zur Bar, wo sie bereits erwartet wurde.

Er lehnte still an der Wand und beobachtete. Er hatte alle Zeit der Welt, und er würde sie nicht mehr aus den Augen lassen.

25

Eleonore setzte das Weinglas ab und sah Kiran nachdenklich an.

»Du siehst gut aus dafür, dass du wahrscheinlich seit zwei Wochen nicht mehr ordentlich geschlafen hast.«

Kiran lächelte. Es tat gut, Eleonore wieder um sich zu haben. Sie war die Tochter seines alten Mentors beim BKA, Horst Roellinghoff. Dieser hatte seinerzeit Kiran unter seine Fittiche genommen und ihn in allen Bereichen moderner Ermittlungstechniken und Strategien geschult. Damals hatte Kiran mit Eleonore eine enge Freundschaft geschlossen, die bis heute anhielt. Daher war sie auch vor etwas mehr als einem halben Jahr zu ihm gekommen, als sie einen brisanten Fall zu lösen hatte, der sie beinahe ihre Karriere gekostet hätte. Ihr zuliebe hatte er zugestimmt, nach jahrelanger bewusster Abstinenz wieder in die aktive Ermittlung einzusteigen.

Ihre Freundschaft war seither tiefer und beunruhigend intensiver geworden. Das Erlebte hatte ihn aus seiner Erstarrung befreit, und niemand schien sich darüber mehr zu freuen als Eleonore. Doch ihm war ebenso klar, dass sie ihn besser kannte als irgendjemand sonst und sich deshalb auch Sorgen machte. Ihr nächster Satz bestätigte diese Vermutung.

»Birte hat mir von deinem USA-Trip erzählt. Das hat mich ziemlich umgehauen. Was in Gottes Namen ist in dich gefahren? Der Kiran, den ich kenne, hat seine Emotionen verriegelt und unter Verschluss. Aber dann fliegst du in die Staaten und gehst mal eben zu einem Medizinmann?«

»Die heißen nicht Medizinmänner. Blackwater hat mir fast einen Fisch übergezogen, als ich das Wort in den Mund genommen habe.«

Er trank einen Schluck Wein, während sie wartete.

»Das Ganze hat mich selbst überrascht. Und ich hatte auch keine Chance, mich da rauszuwinden. Steve hat sich hinter meinem Rücken mit Blackwater zusammengetan.« Er drehte nachdenklich das Glas in der Hand. »Ich habe in den Tagen viel Neues über meinen indianischen Ausbilder gelernt. Er war wohl derjenige, der als Erster erkannt hat, was damals geschehen ist.«

»Das hat mein Vater auch. Und dein Meister in Kyoto. Was war dieses Mal anders?«

Kiran zögerte, obwohl die Antwort auf der Hand lag. »Ich war anders. Und das ist deine Schuld«, fügte er lächelnd hinzu.

Sie schaute ihn fragend an.

»Du hast mich wieder in die Welt rausgeschickt. Ich hatte zunächst gedacht, ich müsste an meinem Leben nicht viel ändern, nur weil ich jetzt wieder im Feld arbeite. Aber in den Staaten ist mir klar geworden, dass eines nicht ohne das andere geht. Komisch, bei anderen fällt mir so eine Diagnose leicht. Mir selbst war das nicht klar. Steve und Blackwater haben das sofort erkannt. Die haben mich nur kurz angeschaut und den Flug nach Arizona organisiert.«

»Was ist dort mit dir passiert, Kiran?«

Er dachte eine Weile nach, unschlüssig, wie er ihr erklären sollte, was er selbst noch nicht vollständig begriffen hatte. Und weil die Erfahrung derart tiefgreifend und emotional gewesen war, dass ihm einfach die Worte dafür fehlten.

Sie sah ihn mit einem entschuldigenden Lächeln an. »Tut mir leid, ich wollte nicht …«

»Quatsch, du musst dich nicht entschuldigen. Es ist nur schwer zu beschreiben. Ich war bei einem Treffen weiser Männer. Es war eine Art Heilzeremonie, unterstützt durch indianische Trommelrituale. Du hast vielleicht davon gehört. Die hypnotische Art, bei der man irgendwann komplett losgelöst von allem ist.«

»Ehrlich gesagt, du bist der letzte Mensch, den ich mir losgelöst vorstellen kann«, sagte sie lachend.

»Ging mir auch so. Aber es ist passiert. Ich habe einen Ort betreten, von dem ich nicht wusste, dass er existiert. Oder wenn, dann hätte ich nicht geglaubt, dass jemand wie ich da Zutritt hat.«

Er wusste, dass das nicht annähernd ausdrückte, was er empfunden hatte. Schon gar nicht, was ihn seitdem beschäftigte. Dass da auch in ihm Emotionen steckten, die nicht kontrollierbar waren. Ein schönes, aber auch verwirrendes Gefühl.

Eleonore schien ihn trotz allem zu verstehen. Ihr Schweigen war nicht unangenehm oder verlegen. Sie wusste, was er meinte, und wartete, dass er weitersprechen würde. Das war ein weiterer Grund, warum Kiran ihr so vollständig vertraute. Sie wusste immer, wann es etwas zu sagen gab und wann die Stille zwischen zwei Freunden wichtiger war als jedes Wort.

»Ich habe erkannt, warum mich das alles damals so umgeworfen hat. Was ich weder damals noch später gesehen habe. Mir war nicht klar, dass ich einfach nur anders bin, anders empfinde.«

»Und ich nehme mal an, den Analytiker Kiran Mendelsohn hat es etwas mitgenommen, sich selbst so gar nicht durchschaut zu haben«, sagte sie lächelnd und hob das Glas.

»Ja, hat es.«

Da war er wieder, der Mendelsohn'sche Schutzwall. Gebaut aus Höflichkeit, Unverbindlichkeit und ehrlichen, wenngleich sparsamen Worten. Und der Weigerung, einer verbalen Verlockung zu erliegen.

Der neue Kiran hätte jetzt vielleicht darüber philosophiert, warum man sich nicht selbst therapieren konnte. Der alte hielt es für unangebracht, darüber zu reden. Aber das ging in Ordnung. Man musste ja nicht gleich mit allen Eigenarten brechen.

»Und jetzt bist du wieder hier, um einige mentale Steine leichter, und ein Serienmörder aus Xanten bekommt die geballte Energie eines Schamanenwochenendes zu spüren?«

»Ich sehe, die Skeptikerin lässt sich nicht so leicht beeindrucken.«

»Okay, ernsthaft. Glaubst du, dass dein Treffen mit einem weisen Indianer deine Arbeit irgendwie beeinflussen wird?«

»Vielleicht. Ich mache nichts anders als in unserem letzten Fall. Ich denke nach, ich agiere. Vielleicht mit mehr Instinkt, keine Ahnung. Das wird die Zeit zeigen. Dann können Birte Halbach und du gerne diskutieren, warum ich wie gedacht und gehandelt habe.«

Das war natürlich nicht die ganze Wahrheit. Ihm war klar, warum sie diese Frage gestellt hatte. Wie zuvor schon Greenberg und Halbach machte sich Eleonore offensichtlich Gedanken, ob Kiran womöglich einen Teil seines so ruhigen und bedachten Wesens über Bord geworfen hatte und ob dieser neue Kiran mehr Risiken eingehen würde. Und ob er, wenn er auf seinen Gegner traf, immer noch jederzeit so beherrscht sein würde, wie man das von ihm kannte.

Er lächelte Eleonore beruhigend an und trank sein Glas aus. Auf diese Frage würde er heute keine Antwort geben, das wussten beide. Die Zeit würde zeigen, welche Wesenszüge aus Kirans Leben verschwinden und welche neuen hervortreten würden.

26

Der Gang im Kellergewölbe zog sich endlos dahin. Es war dunkel hier unten. Der Lärm von oben war nur noch entfernt zu hören. Die letzten versprengten Gestalten hatte sie vor mehr als fünf Minuten gesehen. Hier, tief im Innern des Kellergewölbes, war niemand mehr zu finden. Ein passender Ort für ein Treffen mit dieser Kreatur, die alles kaputtzumachen drohte.

Rena Kolski war stinksauer. Über Monate hatte sie sich einen Kundenstamm höriger Teenies aufgebaut, die derart heiß auf Drogen waren, dass sie dafür alles zu tun bereit waren. Einbrüche, Mitschüler ausrauben, alte Leute überfallen, Eltern beklauen, sich von irgendwelchen Typen vögeln lassen, um das Geld für die Trips aufzutreiben, die sie ihnen verkaufte. Rena war es egal, wo die das Geld auftrieben. Die wollten Dröhnung, Spaß und Nervenkitzel. Konnten sie haben.

Die meisten der Kids kamen aus der Oberschicht. Drogen waren für sie ein Ausbruchsversuch, raus aus dem Luxuskäfig. Aber die hatten wenigstens eine Chance gehabt. Und hatten sie weggeschmissen. Rena musste allein überleben. Sie kam aus dem Dreck und blieb im Dreck, egal, was sie versucht hatte. Und diese Vollidioten wollten so sein wie sie. Dann würden sie eben dafür bluten müssen. Rena verdiente, überlebte, und das war gut so.

Bis dieser Mensch wie aus dem Nichts aufgetaucht war und ihre Untergebenen in Panik versetzt hatte. Der Kickboxer, den sie ausgeschickt hatte, war nicht mehr aufgetaucht. Sehr seltsam.

Diese Person sah so ungefährlich aus, hübsch sogar. Aber die Augen verrieten es. Das hier war eine Schlange. Jetzt also sollte es zum Treffen kommen. Kein Problem. Rena hatte ihren Elektroschocker dabei. Sie wusste, wie man damit umging.

Sie trat in den Kellerraum, der ihr beschrieben worden war. Alles dunkel, nur in der Mitte gab es ein wenig Licht. Dort stand ein Stuhl.

Rena versuchte, ruhig zu atmen. »Jemand da?«

»Natürlich«, ertönte es aus dem Dunkel hinter ihr.

Sie fuhr herum. »Was soll der Scheiß? Wo bist du? Ich bin hier, wie verabredet.«

»Das sehe ich. Und ganz allein. Mutig …«

Rena versuchte, das Dunkel mit Blicken zu durchdringen, aber die Stimme war beim zweiten Mal aus einer anderen Richtung gekommen. Oder war das Einbildung? Vielleicht der letzte Shot von diesem neuen Crystal. Kam unfassbar stark und ging schnell wieder, aber bei dem Zeug blieb so ein grauer Matsch zurück. Sie riss sich zusammen, packte ihren Schocker in der Jackentasche fester.

»Was hast du mit meinen Chicas zu schaffen? Oder willst du mitmachen?«

»Ich will es beenden, Rena.«

In diesem Moment fiel die Tür ins Schloss.

»Tickst du noch sauber? Komm her!«

Rena hatte sich unwillkürlich dem Lichtschein genähert, als würde er ihr Schutz gewähren.

Als sie ihn erreicht hatte, stand der andere plötzlich hinter ihr.

Er sah komisch aus, dachte Rena. Fein geschnittene Züge. Eine Frau, die aussah wie ein Mann. Nein, umgekehrt. Lange Haare, schlanker Körper. Und diese Augen. Dem Typen mussten die Mädels reihenweise hinterherlaufen. Was verdammt noch mal wollte so jemand von ihr?

»Ich bin hier, wie abgemacht. Was willst du?«, fragte sie schließlich.

»Habe ich dir gerade gesagt. Dein kleines Business zerschlagen.«

»Was geht dich das an? Wer bist du überhaupt?«

»Tut nichts zur Sache. Du wirst mit meinem Namen nichts anfangen können.«

»Und was interessiert dich dann mein Geschäft?«

»Ich habe mir deine Girlies angeschaut. Dann dich. Die sind verzweifelt. Und dumm. Du dagegen bist ein kleiner Parasit. Aber ein gefährlicher. Was hast du mit der Kleinen vorhin gemacht, die ihren Schuss nicht bezahlen konnte?«

»Geht dich einen Scheiß an. Ich mach mein Ding, und du hältst dich raus. Oder du machst mit, dann sag, was du dafür abdrücken willst.«

»Dein Leben.«

»Was?«

»Der Preis ist dein Leben.«

Rena hatte genug gehört. Der Typ war vollkommen irre. Sie beschloss, ihre älteste und beste Taktik anzuwenden. Sie trat näher, legte den Kopf zur Seite und grinste unterwürfig. Das wirkte bei Männern immer, obwohl ihr zerfallenes Gesicht dabei noch rattenartiger aussah.

»Hör mal, das ist nicht mehr cool jetzt. Lass uns das draußen besprechen, wenn wir zusammen abgegangen sind.«

Sie tat so, als würde sie eine Tüte mit Trips aus der Tasche ziehen, neigte sich etwas zur Seite. Dann drehte sie sich blitzschnell, ihre Hand mit dem Elektroschocker fuhr in den Körper des anderen.

Nur stand er nicht mehr vor ihr. Ihr Arm ging ins Leere. Ihr Handgelenk wurde von einem Schraubstock zusammengepresst und verdreht. Ihr Körper bog sich nach unten. Im nächsten Moment explodierte ihr gesamter Arm. Sie brüllte vor Schmerz. Aber dann war da auch eine unheimliche Klarheit. Sie musste weiterkämpfen. Oder sterben. Noch nie war ihr etwas so deutlich gewesen.

Der andere hatte sie losgelassen. Rena zog ihr Messer mit der linken Hand aus dem Stiefel. Fuhr herum. Der rechte Arm schmerzte höllisch. In ihrem Kopf aber war es taghell. Der andere stand da und wartete. Dann schüttelte er den Kopf langsam und bedauernd. Wie ihr Vater damals. Sie verkrampfte vor Zorn und stieß zu. Dann war auch ihr linker Arm ein einziges Schmerzinferno.

Etwas stach sie in den Hals. Sie knickte ein, blickte nach oben, direkt in sein Gesicht. In den Augen sah sie den Hass. Kalt und absolut entspannt. Aber trotzdem Hass, verachtender Hass.

Da wusste sie, dass sie sterben würde.

Sie erwachte, weil sie fror.

Es dauerte eine Ewigkeit, bis sie ihren Kopf heben konnte. Ihre Sicht war verschwommen, die Schärfe kehrte nur ganz langsam zurück. Dann erkannte sie, dass sie nackt war. Sie wollte diesen Perversling anschreien, aber aus ihrem Mund kamen nur Wortfetzen. Was war das für eine Scheißdroge? Ihr Kopf war seltsam klar, sie fühlte Schmerz in den Armen, fühlte die Fesseln und den Stuhl, auf dem sie saß. Aber ihr Mund konnte keine Worte formen.

Plötzlich sah sie ihn. Bleich geschminkt, oder war das helle Haut? Wer oder was in aller Welt war dieser Typ?

»Du solltest dich etwas zusammenreißen. Immerhin ist das hier für die Nachwelt. Meine erste und deine letzte Botschaft.«

Sie wollte schreien, heraus kam nur ein animalischer Laut.

Er näherte sich ihr. In beiden Händen hielt er Gegenstände. Sie erkannte, welche – und schrie.

Das glühende Eisen fühlte sich kalt an auf der Haut. Der Schmerz kam einige Sekunden später. Er stand da und wartete, betrachtete sie wie ein Versuchstier.

Dann das Messer. Auch das war nur so ein kurzer Moment. Als ob sie gestreichelt würde. Dann begriffen ihre Nerven, was geschah, und ein anderer Schmerz kam, formte sich in ihrem Gehirn. Ihr wurde klar, wo er geschnitten hatte. Etwas in ihrem Kopf brannte durch. Sie schrie ihn wieder an. Worte waren jetzt egal.

Er hörte nicht. Machte einfach weiter. Sie ertrank in Schmerz und Panik, während er ruhig blieb. Das machte alles nur noch schlimmer. Immer wieder Schmerz, in immer kürzer werdenden Wellen, bis sich alles zu einem lodernden Feuer verband.

Dann wurde ihr schwarz vor Augen.

Als sie wieder zu sich kam, blickte sie direkt in gleißendes Licht. Er hielt ihren Kopf an den Haaren. Sie war erstaunt, das überhaupt fühlen zu können. Der Rest ihres Körpers sandte so viele Schmerzsignale aus, dass ihr Gehirn damit nicht mehr zurechtkam. Etwas Kaltes war an ihrem Hals. Sie versuchte hinzusehen, aber im nächsten Moment verwandelte sich die Kälte in Hitze. Vor ihren Augen explodierte ein roter Farbball. Wunderschön …

Als sie erkannte, was wirklich geschah, war es zu spät zum Schreien.

27

Kirans Mobiltelefon klingelte. Es war der Klingelton, den Bolko für seine Anrufe bei ihm eingestellt hatte. Ein alter Rocksong der norddeutschen Kultband Bauer, Garn & Dyke. Tagsüber eine gute Art, angeklingelt zu werden, nicht aber um sechs Uhr an einem Sonntagmorgen.

Er setzte sich auf und griff nach dem Telefon.

»Wir haben ein neues Opfer.«

»Wo?«

»Duisburg, eine alte Industrieanlage.«

»Wo bist du?«

»Vor deiner Tür.«

Zehn Minuten später waren sie unterwegs. Enzo und Alenka waren bereits aufgebrochen. Vor Ort befanden sich bislang nur die Duisburger Kollegen von der Polizei und sicherten den Tatort.

Die alte Sinteranlage befand sich nördlich des Hafens. Eine weitere Industrieruine, die von jugendlichen Nachtschwärmern und Freunden düsterer Lokalitäten geschätzt wurde. Auch letzte Nacht hatte es hier eine wilde Party gegeben, zu der sich vornehmlich die Anhänger des Industrial Metal und der Neuen Deutschen Härte eingefunden hatten.

Kiran und Bolko liefen durch marode Gänge, verlassene Fertigungshallen und alte Maschinenräume, die von längst vergangenen Tagen deutscher Stahlindustrie zeugten. Die Kulisse war atemberaubend. Kiran konnte den dunklen, stampfenden Rhythmus förmlich spüren. Nachts musste das Szenario großartig wirken. Er selbst war kein Freund dieser Musik, aber er verstand gut, warum viele dem Reiz dieser Parallelwelt erlagen. Die schmutzige Romantik des vor Generationen angebrochenen Industriezeitalters mischte sich mit der harten Desillusion des Jetzt. Eine von Düsternis untermalte, glorifizierte Endzeit. Das perfekte Ambiente für all jene, die dem Leben mit Härte begegneten und die Welt samt deren Bewohnern in Sepiafarben sahen.

Sie erreichten den Hauptraum. Der Boden war mit Dosen, Flaschen und Plastikmüll übersät. Letzte Überreste des Schwermetallgottesdienstes, der hier stattgefunden hatte. Ein Beamter der Landespolizei wartete auf sie, um sie zum Tatort zu führen. Dieser lag weiter entfernt in einem Kellergewölbe, das zu der unterirdisch angeschlossenen Bunkeranlage gehörte.

Während sie durch die endlosen Gänge liefen, erfuhren sie von den logistisch perfekt organisierten Gruppen, die hier und anderswo Events organisierten, zu denen in geheimen Foren eingeladen und selbst vor Ort noch akribisch aussortiert wurde. Hierher gelangte nur, wer gute Kontakte zu dieser Untergrundwelt hatte.

Sie waren jetzt in einem Gang angekommen, an dessen Ende sich eine schwere Stahltür befand. Die Tür stand offen, davor waren die Utensilien der Kriminaltechnik aufgebaut.

Kiran begrüßte den Leiter des Forensikerteams, der bereits die Tatorte in Xanten und Osnabrück untersucht hatte, und erkundigte sich nach dem Stand der Untersuchung.

Der Täter hatte diesmal auf Plastikplanen verzichtet. Stattdessen hatte er seine Schuhe mit Plastiküberzügen geschützt, wie sie jetzt auch jeder im Team trug. Der Gang unmittelbar vor dem Keller war mit Fußspuren übersät, auch in den weiteren Gängen mischten sich Abdrücke tausender schwerer Schuhe. Im Raum selbst jedoch hatten sie nicht einen Fußabdruck gefunden.

Das Bild, das sich ihnen im Keller bot, glich dem der anderen Tatorte: ein zentral aufgestellter Stuhl, darauf die Leiche einer blutüberströmten jungen Frau. Der Tatort wurde von den aufgestellten Halogenstrahlern erleuchtet und warf morbide Schatten an die Wand.

Kiran und Bolko näherten sich vorsichtig von der Seite, um die Arbeit der Spurensicherung nicht zu stören. Der Boden rund um den Stuhl sah aus wie mit braunroter Farbe gestrichen. Konturlose Fußspuren verliefen um den Stuhl und formten einen erbarmungslosen Kreis um das Opfer. Die junge Frau saß nackt und aufrecht an Lehne und Stuhlbeine gefesselt, ihr Kopf hing zurück, der Mund geöffnet vom letzten gurgelnden Schrei. Verschmierte schwarze Schminke vermischte sich mit Blut, das beim Schnitt durch die Kehle in alle Richtungen geschossen war. Ihr Körper war übersät mit Brandwunden und Schnitten.

Ein Forensiker winkte sie zu sich.

»Hier hat eine Art Stativ gestanden. Sehen Sie hier die drei Abdrücke.«

»Wie weit sind Sie mit dem Boden, können wir uns die Leiche näher ansehen?«

»Geben Sie uns noch ein paar Minuten, wir sind gleich so weit mit der Umgebung des Stuhls.«

Kiran ging zu Bolko, der die Situation mit verkniffenem Mund betrachtete, und legte ihm die Hand auf die Schulter.

»Das hier ist anders. Es fehlt nicht nur die Plane, sondern auch der Spiegel und die Kerzen. Aber vor allem: Schau dir das Opfer an. Ihre Glieder sind verrenkt, sie hat sich gewehrt, war nicht passiv wie die anderen beiden. Und wenn mich mein Eindruck nicht täuscht, ist sie ein ganz anderer Typ. Ich habe das Gefühl, sie ist älter.«

Bolko betrachtete die Tote. »Sehe ich ähnlich. Schau dir den ausgemergelten Körper an. Sieht mir eher nach einem älteren Semester aus. Crack-Junkie würde ich sagen. Aber das werden wir erst wissen, wenn der Gerichtsmediziner Blut und Dreck weggewaschen hat.«

»Wenn sie an der Party teilgenommen hat, und davon würde ich mal ausgehen, dann hat der Mord erst vor wenigen Stunden stattgefunden. Das bedeutet, der Täter muss sie getroffen, hierhergelockt und dann überwältigt haben. Weil oben Leute waren, hat er sich mit einer reduzierten Variante begnügt. Keine große Requisite. Aber das Nötigste hatte er dabei.«

»Also wieder eine vorbereitete Tat, keine plötzliche Anwandlung.«

»Ja, wie angekündigt. Und er hat sich diese Frau ausgesucht, irgendwann während er mit uns kommuniziert hat.«

Inzwischen hatten die Forensiker die Aufnahme der Spuren rund um die Leiche abgeschlossen, und auch Kiran und Bolko traten näher. Der untersuchende Mediziner blickte auf.

»Auf den ersten Blick das Gleiche wie bei der Leiche in Xanten. Kreisförmige Brandwunden und kleine Schnitte an nervenintensiven Körperstellen, schließlich der Schnitt durch die Kehle. Aber es gibt ein paar Abweichungen.« Er wies auf ihren rechten Arm.

»Das Handgelenk ist zwar durch die Fessel fixiert, aber der Knochen steht schräg hervor, ähnlich am Ellenbogen. Dazu starke Hämatome. Ich würde sagen, ihr sind beide Gelenke gebrochen worden. Er muss sie fachmännisch überwältigt haben. Die Betäubung ist aber wieder an der rechten Schulter gesetzt worden.«

Er wies mit dem behandschuhten Finger auf die Schulter, aber mit bloßem Auge war nichts zu sehen.

»Übrigens ist das nicht die einzige Injektion. In der Armbeuge finden sich weitere, ältere Einstiche. Vielleicht Heroin, aber Mund und Zähne sehen mir eher nach Crack oder Crystal Meth aus, und zwar schon über längere Zeit konsumiert. Das Alter ist daher schwer bestimmbar, aber das Mädchen ist auf keinen Fall jünger als zwanzig. Für alles Weitere brauche ich noch eine Weile.«

Kiran und Bolko bedankten sich, und der Mediziner ließ sie allein.

»Schau dir diesen akkuraten Kreis an«, sagte Kiran und wies auf die Blutspur rund um den Stuhl. »Er ist keinen Moment von seinem Kurs abgewichen. Mich würde es Wundern, wenn wir trotz all des Bluts Spuren von ihm finden.«

Bolko nickte ergeben. »Wahrscheinlich nicht.«

»Könnt ihr bitte mal schnell herkommen?« Alenka war durch die Tür getreten. Sie sah angespannt aus.

Bolko und Kiran sahen sich an. Dann gingen sie zu ihr. Alenka hatte ihr Tablet in den Händen. Sie hielt es ihnen hin.

»Das hier habe ich eben bekommen. Absender unbekannt, die E-Mail-Adresse existiert nicht.«

Das Video war nur sehr kurz, wenig mehr als eine Minute. Die aber hatte es in sich.

Den Anfang machte eine Texttafel. »Rena Kolski wurde als Schädling entlarvt.« Dann sah man die bereits aus einigen Wunden blutende junge Frau, die mit schmerzverzerrtem Gesicht in die Kamera schrie. Ihre Worte waren kaum zu verstehen.

Sie wurde gefoltert, die linke Hand des Täters hielt einen glühenden Lötkolben mit einer Art Aufsatz, die rechte das Messer. Abwechselnd und mit eiskalter Präzision näherten sie sich und brachten das vor Wut und Schmerz geifernde Opfer zum Schreien.

Dann der letzte Bildschnitt. Ihr Gesicht füllte das gesamte Bild aus, an ihrem Hals saß das blitzende große Kampfmesser. Ihr Gesichtsausdruck zeigte wehrlose Apathie. Sie hatte sich aufgegeben. Ihr Kopf wurde nach hinten gerissen, die Kehle durchschnitten. Blut spritzte auf und überblendete im nächsten Moment zu einer letzten Texttafel: »Urteil gesprochen und vollzogen.«

Dann wurde das Bild schwarz, nur im Zentrum schimmerte in Runenschrift der Name des Täters: AGLAECA.

Alenka blickte auf. »Es kommt noch schlimmer. In der E-Mail-Signatur finden sich vier Links. Die Datei ist im Netz, hier sind die betreffenden Foren, und wie ihr seht, steigt die Hit-Rate sekündlich.«

Bolko blickte auf. »Verdammt, können wir das stoppen?«

»Ich habe bereits die Kollegen in Wiesbaden und Quantico alarmiert. Aber es ist aussichtslos. Diese Videos werden von Server zu Server gereicht, quer über den

Globus. Der Film ist kurz und daher keine große Datei, das macht die Verteilung besonders leicht.«

Enzo kratzte sich am Kopf. »Das ändert alles. Er tritt damit praktisch selbst an die Öffentlichkeit. Das, was er vorher streng vermieden hatte.«

Kiran nickte unglücklich. Er war sich sicher gewesen, den Gegner mit der Pressekonferenz aus der Reserve locken zu können. Vielleicht hatte der Mörder das geahnt und war ihnen zuvorgekommen. Die Aufmerksamkeit gehörte jetzt ihm.

28

Um 9 Uhr traf sich das gesamte Team inklusive Leitung im Besprechungsraum in Xanten. Die Leiche war in die Düsseldorfer Gerichtsmedizin überstellt worden. Die erste Auswertung der Spurensicherung vom Tatort lag vor. Alenka hatte bereits mit der IT-Abteilung des BKA telefoniert. Dort hatte man mit allen Mitteln versucht, das Video vom Netz zu nehmen, doch wie befürchtet war es dafür längst zu spät. Aglaeca hatte das Video auf diversen Kanälen im gesetzlosen Teil des Internets veröffentlicht, von dort war die Datei wie befürchtet von unzähligen Usern weitergereicht worden. Dazu hatte er sich die Freiheit genommen, mit den ersten begeisterten Zuschauern zu chatten, bevor er von der Bildfläche verschwunden war. Als Abschiedsgruß hinterließ er eine weitere Bombe: die Signatur Aglaeca aus Xanten.

Die ersten Boulevardblätter berichteten bereits in ihrer Online-Ausgabe darüber und zeigten gerade noch vertretbare Ausschnitte aus dem Video. Die Schlagzeilen dazu schrieben sich von allein. Der Mörder und seine Heimatstadt erlangten in wenigen Minuten bundes- und weltweiten Ruhm. Es war abzusehen, dass der Montag in den Medien nur ein Thema kennen würde: Aglaeca, Xantener Richter und Urteilsvollstrecker in einem.

Der mediale Sturm war losgebrochen.

Birte Halbach sah aus wie ein Fußballtrainer kurz vor der Explosion, als sie die Besprechung eröffnete.

»Ihr habt sicher alle mitbekommen, was sich heute Morgen in den Nachrichten abspielt. Ich muss sicher nicht erwähnen, dass der jüngste Vorfall die BKA-Leitung in Panik versetzt hat, ebenso die Staatsanwaltschaft. Dass es einen weiteren Mord geben würde, hatte ja keiner ganz ausgeschlossen, aber das hier geht zu weit. Dazu haben wir bisher angenommen, dass unser Mörder das Licht der Öffentlichkeit scheut, nur um jetzt festzustellen, dass er uns auch da völlig an der Nase herumführt. Wir wissen also eigentlich nichts. Trotzdem müssen wir bis heute Nachmittag glaubhaft darlegen können, dass wir auf der richtigen Spur sind, sonst wird das schnell eine riesige Sonderkommission mit allem, was das Bundesland aufzubieten hat. Ich bitte um Vorschläge.«

Bolko übernahm. »Okay, wir sehen gerade nicht besonders gut aus. Aber wir wissen auch sehr viel mehr. Vor allem, dass wir einem Killer gegenüberstehen, der keiner gängigen Definition entspricht. Das wird Kiran gleich näher erläutern. Nur so viel: Er hat sich bislang sehr typisch verhalten, jetzt aber handelt er, als ob er eine neue Droge entdeckt hätte. Der bisherige Modus Operandi verändert sich, seine Geschwindigkeit hat zugenommen, seit er wieder in Deutschland ist, und vor allem seitdem wir ermitteln. Ich will Kiran nicht vorgreifen, aber es dürfte klar sein, dass er sich als eine Art Mischung aus Rächer und Richter sieht. Das durften wir ja gerade im Netz bestaunen.«

Birte Halbach nickte. »So viel habe ich begriffen. Was wissen wir über die Tote?«

»Das aktuelle Opfer ist keine Schülerin und auch ein gutes Stück älter. Renate Kolski war sechsundzwanzig Jahre alt, arbeitslos, Jugend- und Vorstrafen von Einbruch über Körperverletzung bis hin zu schweren Drogendelikten. Laut den Kollegen von der Duisburger Kripo hat sie sich zuletzt eine Art persönliche Einbruchstruppe zusammengestellt, die Geld- und Sachwerte beschaffte und von ihr in Drogen bezahlt wurde. Nichts wirklich Neues, aber für uns ein guter Hinweis, dass es unserem Lone Ranger inzwischen nicht mehr ausschließlich um Gewalt- und Sexualdelikte geht. Natürlich gibt es keine Namen von ihren Handlangern. Offenbar wechselte die Mannschaft ständig, aber es gibt auch ein wichtiges Detail: Es sind vorwiegend junge Mädchen, Schülerinnen und ein paar Aussteigerinnen. Alenka sichtet derzeit die Video-Uploads der letzten Nacht, um Bilder von diesem Metalfest zu bekommen. Vielleicht können wir bessere Bilder erwarten als von der Überwachungsanlage der Osnabrücker Disco. Außerdem haben wir endlich einen Zeugen, der sich bei Enzo gemeldet hat.«

Birte Halbach blickte nach diesen Informationen etwas entspannter und wandte sich Enzo zu.

»Ich habe vorhin einen Anruf von einem Sportler aus dem Xantener Leichtathletikverein erhalten, den ich bei meinem ersten Besuch dort befragt hatte. Der Junge heißt Jochen Leistner, ist Anhänger der Gothic-Metal-Szene und war letzte Nacht auch auf dieser Party. Gemeldet hat er sich, weil er einen jungen Mann aus Xanten gestern in der Nähe des Opfers wiedergesehen zu haben glaubt. Er hat ihn allerdings nicht viel besser beschreiben können als die anderen Zeugen bisher. Gut austrainiert, breite Schultern, aber schlank, lange Haare, feminines Gesicht. Ob unser Mann diesmal wieder geschminkt war, konnte Leistner nicht mit Sicherheit sagen, weil der Verdächtige eine Sonnenbrille trug. Aber er stand direkt neben ihm an der Bar und ist sich sicher, dass er ihn schon einmal vor etwa einem Monat im hiesigen Leichtathletikverein gesehen hat. Einen Namen kennt er nicht, da er vor kurzem erst mit seiner Familie nach Xanten gezogen ist. Er hat den Verdächtigen seinerzeit auch nur dieses eine Mal gesehen. Aufgefallen war er ihm damals, weil er wie Leistner schwarze Kleider und eine Art Gothic-Schmuck am Ohr trug. Die Körperhaltung hatte etwas Eigenartiges. Auf irgendeine Weise männlich und in gleicher Weise weiblich. Eine Art zähe Stärke wie bei Läufern, er konnte es nicht anders beschreiben, fand es aber interessant.« Enzo sah in die Runde.

»Alenka und ich werden gleich mit ein paar Kollegen vom Xantener Revier zu den Bezirksmeisterschaften des Leichtathletikclubs aufbrechen. Mit etwas Glück können wir dort auch schon mit einem Bild von der Duisburger Party arbeiten.«

»Sehr gut«, sagte Birte Halbach und wandte sich Kiran zu. »Gibt es inzwischen Neuigkeiten aus den USA?«

Kiran nickte: »Unser Kollege Stephen Rollins hat seine Befragungen in Richmond abgeschlossen. Zuerst hat er sich genauer mit besagter Schlägerei vor einem Nachtclub in Richmond befasst, in die Sharon Collins und ihre Clique verwickelt waren. Obwohl die Polizeiakten darüber auf magische Weise verschwunden sind, hat er die in jener Nacht zuständigen Beamten befragen können.«

Befragung war in diesem Zusammenhang eine eher schmeichelhafte Bezeichnung. Steve hatte den Kollegen auf dem Revier einen derartigen Schrecken eingejagt, dass sie nur zu gern alle Details ausgeplaudert hatten. Im Gegenzug hatte er ihnen die Fortsetzung ihrer Karrieren und absolute Verschwiegenheit versprochen. Zu weit reichte der Arm von Patricia Mastersons Vater. Als Rollins den Kollegen von der Polizei zuhörte, wurde ihm sofort klar, warum die Väter in Richmond so verzweifelt versucht hatten, die ganze Angelegenheit zu vertuschen.

Kiran sah in seine Unterlagen, bevor er fortfuhr. »Wie es aussieht, war nicht nur Lynn Farnsworth aus Raleigh, sondern auch Sharon Collins aus Richmond und mit ihr Patricia Masterson in Fälle von drogeninduzierter Gewalt verwickelt. Die Schlägerei in jener Nacht involvierte zunächst zwei Mädchen aus Sharons Clique und einen Außenseiter. Dieser wurde von den beiden Mädchen angegriffen und hat sie mit extremer Brutalität zusammengeschlagen. Kollege Erwyn Jones hat sich im Krankenhaus umgetan und die Namen der Opfer ermittelt, ihre Befragungen stehen noch aus. Nach allem, was wir schon wissen, ist im Verlauf der Auseinandersetzung Sharon Collins dazugekommen. Sie hat diesen Außenseiter wohl nicht mehr zu fassen bekommen, aber inzwischen waren auch andere Personen beteiligt, es kam zu einer Massenschlägerei. Aufschlussreich ist, dass die unter Drogen stehende Sharon die ganze Zeit und auch während ihrer Festnahme in unkontrollierter Rage übelste Beschimpfungen und Drohungen gegen einen »Scheißnazi« von sich gegeben hat. Wir können also annehmen, dass dieser Vorfall unseren deutschen Täter zum ersten Mal in den Blickpunkt gerückt hat. Vielleicht war dies sogar der Auslöser für alles Weitere. Der Mord an Sharon geschah nur wenige Wochen später.«

»Und mehr haben wir nicht?«, fragte Halbach. »Ich

meine, wenn wir jetzt von einem deutschen Schüler in Richmond wissen, dann müssen unsere Kollegen dort doch den Kreis der Verdächtigen einengen können.«

Kiran machte eine skeptische Miene. »Bisher noch nicht. Margie und Erwyn haben sämtliche junge Deutsche im Umkreis von hundert Meilen überprüft, die in der fraglichen Zeit in die Staaten gereist sind. Aber die kommen alle aus anderen Teilen Deutschlands, niemand aus Xanten oder Umgebung. Wir können uns das nur so erklären, dass unser Verdächtiger nicht per Visum eingereist ist. Ermittelt wurde bislang auch nur in den öffentlichen Schulen, für private Schulen braucht es richterliche Verfügungen, die noch nicht vorliegen. Das braucht Zeit, die wir nicht haben.«

Birte Halbach trommelte mit den Fingern auf dem Tisch. »Gut, dass Sie das erwähnen. Was machen wir mit der Presse? In drei Stunden stehen die auf der Matte und wollen Ergebnisse sehen.«

Das Team schwieg. Alle Blicke wanderten zu Kiran.

»Ich sehe da nur eine Möglichkeit. Wir sollten keine Informationen zurückhalten. Wir müssen den Medien reinen Wein einschenken. In Xanten und Umgebung ist ein Killer unterwegs, und es steht zu befürchten, dass er erneut zuschlägt. Ich würde auch auf die enge Zusammenarbeit mit dem FBI hinweisen. Das wird allen deutlich machen, mit welchem Hochdruck wir diesen Mörder verfolgen, und zugleich die Last auf mehrere Schultern verteilen. Wenn es Kritik gibt, dann trifft sie uns nicht allein. Anders als bei den üblichen Fällen sonst würde ich hier auch nicht mit drastischen Details geizen.«

»Und Sie meinen, damit kann ich die Meute ruhigstellen?«, fragte Halbach.

»Keine Bange, das müssen nicht Sie tun. Ich werde diese Fakten präsentieren.«

Eleonore hob den Kopf. »Meinst du, das ist wirklich nötig?«

»Ja, meine ich. Wir müssen uns aus der Schusslinie nehmen und zugleich den Mörder aus der Reserve locken. Dazu braucht er einen anderen Reizpunkt. Den werde ich ihm liefern. Und wir müssen uns die Öffentlichkeit zum Komplizen machen, bevor der Täter sie erneut für seine Zwecke benutzt. Im Grunde tun wir das Gleiche wie er. Für ihn muss das den Eindruck erwecken, als würden wir eine Treibjagd auf ihn starten. Ich hoffe, das wird ihn mehr als bisher dazu verleiten, mit uns Kontakt aufzunehmen.«

Es trat Stille ein. Schließlich sprach Birte Halbach.

»Wenn ich Ihre Worte richtig verstehe, gehen wir da raus und setzen alles auf eine Karte? Offensiv auftreten, um den Mörder in die Defensive zu treiben, in Wahrheit aber zu kaschieren, dass wir nach fünf Morden noch keinen Namen haben?«

Sie sah alle an und holte tief Luft. »Machen wir's so. Aber damit gehen wir ein verdammt großes Risiko ein, Leute. Nur damit das allen klar ist: Es wird später niemanden kümmern, ob und wie dieser Irre weitergemordet hätte. Wenn Kiran ihn an den Pranger stellt, werden zunächst alle begeistert zur Jagd blasen. Wenn dann aber weitere Mädchen und vielleicht auch Unbeteiligte sterben, wird es um uns alle verdammt einsam werden. Dann werden sie uns jeden weiteren Mord anlasten. Wahrscheinlich auch alle bisherigen Morde auf deutschem Boden. Bedenkt das alle, bevor ihr Kirans Idee in die Tat umsetzt.«

Alle nickten entschlossen und erhoben sich. Es war wie seinerzeit vor der ersten Festnahme, die das Team in Berlin vorgenommen hatte und bei der ein Wimpernschlag darüber entschieden hatte, ob es ein gutes Ende oder ein Massaker geben würde.

Die Gemeindehalle platzte aus allen Nähten. Zu der in aller Eile anberaumten Pressekonferenz waren Medienvertreter aus dem In- und Ausland nach Xanten gereist. Der Andrang war so groß, dass der Bürgermeister die Stadthalle zur Verfügung gestellt hatte. Auch er stand unter Druck, ihm liefen die Bürgervereine und sämtliche Honoratioren der Stadt die Tür ein. Birte Halbach eröffnete die Konferenz, indem sie mit dem Mord an der Austauschschülerin Patricia Masterson hier in Xanten begann, und dann die anderen Fälle aufrollte, die alle im Zusammenhang mit demselben mutmaßlichen Täter gebracht wurden. Es wurden Bilder der Tatorte gezeigt. Schließlich endete Halbach und lud zu Fragen ein.

»Frau Halbach, wenn ich Sie richtig verstehe, dann hat diese Mordserie in den USA begonnen. Wie kann es sein, dass hier in Deutschland niemand darüber unterrichtet wurde?«

»Wir gingen wegen der vorangegangenen Taten in den Vereinigten Staaten zunächst davon aus, dass der Täter Amerikaner ist. Unser Fallanalytiker Kiran Mendelsohn hier zu meiner Rechten ist daraufhin in die USA geflogen, um dort gemeinsam mit dem FBI zu ermitteln. Zu diesem Zeitpunkt konnten wir aus ermittlungstechnischen Gründen keine Informationen an die Öffentlichkeit geben.«

»Aber jetzt können Sie es? Ist es denkbar, dass das BKA einfach keine heiße Spur hat und jetzt auf Hinweise aus der Bevölkerung hofft?«

Ein Bürger im hinteren Bereich des Saals erhob sich. »Genau, wie ist es möglich, dass Sie alldem tatenlos zuschauen und unsere Kinder hier der Gefahr aussetzen?«

Das zustimmende Getuschel wuchs schnell zu lauten Diskussionen innerhalb der Vertreter der Bürgerschaft. In die allgemeine Unruhe hinein stellte ein TV-Reporter am Saalmikrofon die nächste Frage.

»Was macht Sie so sicher, den Täter hier in Xanten zu vermuten? Warum nicht in Osnabrück oder Duisburg?«

Birte Halbach wandte sich ihm zu. »Dafür gibt es eine einfache Erklärung. Zuerst mal hat er das ja selbst in seinem Video behauptet. Wir wissen das allerdings schon etwas länger, denn wir stehen mit dem Mörder in Kontakt. Er chattet mit uns, und zwar immer dann, wenn wir uns im Revier befinden.«

Das saß. Während die Reporter aufgeregt durcheinanderzurufen begannen, erhob sich in der Bürgerschaft eine Art kollektiver Protestschrei.

Halbach nickte Kiran zu. Kiran nahm das vor ihm liegende Mikrofon und stand auf. Er überblickte den Saal und wartete, bis sich der Tumult etwas legte. Dann ging er um den Tisch, an dem sie saßen, und stellte sich vor die Zuhörer.

»Meine Damen und Herren, mein Name ist Kiran Mendelsohn. Ich bin der leitende Ermittler und Fallanalytiker. Lassen Sie mich die Lage kurz erklären. Dann werden Sie alle verstehen, warum wir so handeln, wie wir es tun, und vor allem, wie Sie alle uns dabei helfen können.«

»Helfen, wieso helfen? Wofür bezahlt man Sie eigentlich?«, erscholl es aus dem Hintergrund.

»Wir werden für unsere Ermittlungsarbeit bezahlt, die aber schnell an ihre Grenzen stößt, zum Beispiel dort, wo die Privatsphäre der Bürgerinnen und Bürger betroffen ist. Wir haben weder das Recht noch das Personal, sämtliche Häuser im Landkreis durchsuchen zu lassen. Trotzdem sind wir dem Täter sehr nahe, und jetzt brauchen wir Ihre Hilfe, um ihn zu fassen. Und deshalb sollten Sie mir jetzt genau zuhören.«

Der Unmut ebbte ab. Kiran wartete einen Moment, bis wieder Ruhe eingekehrt war, dann fuhr er fort.

»Gut. Ich will Ihnen kurz erläutern, womit wir es hier zu tun haben. Wir jagen einen Serienmörder. Charakteristisch für Serientäter ist, dass sie lange Zeit unerkannt in der Gesellschaft ein scheinbar ganz normales Leben führen können. Niemand, auch nicht die unmittelbare Nachbarschaft, kann ahnen, dass es sich bei dem unauffälligen Mann oder dem flippigen Studenten von nebenan um einen psychopathischen Gewaltverbrecher handelt.«

Er blickte sich um. Der gesamte Saal hörte gebannt zu, selbst die Vertreter der Presse waren verstummt und schrieben unablässig mit.

»Der Stand der Dinge ist folgender. Der Mörder ist vor etwa einem Jahr in die Vereinigten Staaten übersiedelt. Dort hat er eine Weile unauffällig gelebt, bis er schließlich seine erste Tat beging. Das Opfer war eine Schülerin, die einer Jugendgang angehörte, die weibliche Mitschüler terrorisierte. Auch das zweite Opfer bewegte sich in dieser Szene. Das erste Opfer auf deutschem Boden, Patricia Masterson, gehörte ebenfalls zu der Gang des ersten Opfers auf amerikanischem Boden. Wir nehmen an, dass sie ermordet wurde, weil sie als Austauschschülerin nach Xanten kam und der Mörder sie oder sie ihn wiedererkannt hat. Wir gehen vor allem deshalb davon aus, dass der Mörder aus Xanten stammt.«

Wieder erhob sich Gemurmel, jetzt vor allem unter den Xantener Bürgern.

»Woher wollen Sie das wissen?«, wurde gerufen.

»Das hat er uns verraten, als er nach seinem zweiten Mord per Internet-Chat mit uns Kontakt aufnahm.«

»Ist das der Kontakt, von dem Frau Halbach eben berichtete?«, rief ein Pressevertreter, und als Kiran bejahte: »Wie genau ist es zu dem Kontakt gekommen?«

»Der Mörder ist mit unserer weiblichen Ermittlerin in Verbindung getreten. Ganz offensichtlich, weil er auf junge Frauen fixiert ist, die in seinen Augen Dominanz ausüben. Seitdem steht unsere Mitarbeiterin dem mutmaßlichen Täter als Kontaktperson zur Verfügung. Das hat zwar bislang nicht geholfen, Morde zu verhindern, weil wir es mit einem äußerst verschlossenen Menschen zu tun haben. Aber wir haben viel über ihn erfahren. Ich muss sicher nicht betonen, welches Risiko dabei vor allem meine Kollegin eingeht.«

Damit hatte er auch die letzten Zweifler auf seiner Seite. Die Journalisten hatten diese Information ohnehin mit Begeisterung aufgesogen und tippten hektisch in ihre Laptops.

Kiran sprach weiter. »Der Mörder sucht sich, wie gesagt, junge Frauen aus. Sowohl in den USA als auch hier in Deutschland haben sich all diese jungen Frauen in Kreisen der Jugendkriminalität bewegt. Bei den Morden handelt es sich ganz offensichtlich, auch nach den Bekundungen des mutmaßlichen Täters, um eine Art Rachefeldzug – um den Rachefeldzug eines sexuell und psychisch gestörten jungen Menschen, der, so ist zu vermuten, selbst Opfer solcher Gewalt geworden ist.«

Ein Vertreter der Regenbogenpresse meldete sich zu Wort: »Das heißt, Sie suchen einen Perversen, der ein Problem mit Frauen hat.«

»Nein. Wir suchen einen Psychopathen, einen deformierten jungen Mann, der zum Außenseiter wurde und sich in seine Wahnwelt zurückgezogen hat. Dort reagiert er seine Frustration und seinen Zorn ab.«

»Und wie glauben Sie, so jemanden stoppen zu können?«

»Wir sammeln Informationen und kreisen ihn ein. Deswegen sind wir auch auf Hinweise aus der Bevölkerung angewiesen. Ich werde Ihnen daher jetzt zeigen, nach wem wir suchen.«

Enzo rief auf seinem Laptop ein Foto auf, das per Beamer auf eine Leinwand projiziert wurde. Es zeigte eine Aufnahme des Täters im Halbporträt. Die Haare verdeckten einiges, die Gesichtszüge waren jedoch trotz der Sonnenbrille deutlich zu erkennen. Nach Durchsicht aller Videoaufnahmen der Duisburger Party war man endlich auf dieses eine Bild gestoßen. Es war etwas unscharf, aber es erfüllte seinen Zweck: dem Täter ein Gesicht zu geben.

In die erstaunten Ausrufe des Publikums hinein sprach Kiran schnell, hart und emotionslos jene Worte, mit denen die Jagd eröffnet wurde: »Wir suchen einen jungen Mann zwischen achtzehn und einundzwanzig Jahren, wahrscheinlich Schüler, sehr schlank, breite Schultern, sportlich trainiert, dunkles langes Haar, feine Gesichtszüge. Er trug zuletzt dunkle Kleidung, die sich an die Mode der Gothic- und Metal-Rock-Fangemeinde anlehnt. Ziel sind ausnahmslos kleinkriminelle und gewaltbereite weibliche Jugendliche und junge Frauen. Er bewegt sich in der Party- und der Leichtathletikszene. Seiner introvertierten Art entsprechend wird er dabei wohl die Rolle des außenstehenden Beobachters spielen. Der Täter ist mobil, besitzt einen Wagen und ist im gesamten Bundesland unterwegs. Wir bitten also die Bevölkerung um erhöhte Wachsamkeit. Wer den hier gezeigten jungen Mann zu erkennen glaubt, möge sich bitte bei der eingeblendeten Nummer melden oder bei der örtlichen Polizeidienststelle. Vielen Dank.«

Birte Halbach, Enzo und Bolko erhoben sich, traten zu Kiran. Zusammen verließen sie das Podium, ohne auf weitere Fragen zu reagieren.

29

Einige Stunden später saß Kiran am Konferenztisch der Xantener Einsatzzentrale und überflog auf seinem Laptop die neuesten Schlagzeilen der Presse. Während sich der Boulevard an blutrünstigen Details und dem Duell zwischen dem Bluträcher von Xanten und dem charismatischen Psychojäger vom BKA ergötzte, wurde in der seriösen Presse etwas differenzierter berichtet. Auch hier wurde jedoch ausgiebig spekuliert, wie viel das Ermittlerteam wirklich wusste, und der Verdacht geäußert, dass das BKA keinesfalls Herr der Lage war, auch wenn Chefermittler Kiran Mendelsohn einen anderen Eindruck zu vermitteln versucht habe.

Kiran beachtete die Kritik nicht. Sein einziges Ziel war es gewesen, den Druck auf den Mörder zu erhöhen, indem er die Bevölkerung zur Mithilfe aufforderte. Wenn ihn das ins ungeliebte Rampenlicht stellte oder sogar zum Ziel von Kritik machen würde, dann sollte es eben so sein. Er wusste, dass Halbach und das Team hinter ihm standen.

Nur Eleonore schien unglücklich mit der Pressekonferenz gewesen zu sein. Sie hatte ihn und Bolko gebeten, sie am Abend zu treffen, und der Unmut in ihrer Stimme war deutlich herauszuhören gewesen. Kiran hatte nach der Pressekonferenz kaum Zeit für sie gehabt, denn zusammen mit Bolko war er gleich zum Leichtathletikverein aufgebrochen, wo Enzo und Alenka bereits mit der Befragung der Zuschauer und der Sportler begonnen hatten.

Leider konnte selbst auf dem neuen Fahndungsfoto niemand einen feminin wirkenden jungen Mann wiedererkennen. Sie hatten auch Jochen Leistner, ihren ersten Zeugen dort, erneut befragt. Aber er wiederholte nur, dass er den Verdächtigen außer gestern auf der Untergrundfete nur das eine Mal kurz gesehen habe. Niemand anderem war dieser Junge aufgefallen.

Später auf dem Revier schrieben sie ihre Berichte der Befragungen am Vormittag, und Kiran widmete sich der Online-Presse.

Der Signalton an Alenkas Computer ließ alle hochfahren. Kiran hatte sich bereits gefragt, wie lange es wohl dauern würde, bis der morbide Chat wieder zum Leben erwachte. Sie versammelten sich mit gespannten Mienen um Alenka und betrachteten den Bildschirm.

aglaeca
sind sie da?

amoBKA
ja

aglaeca
was wollten sie mit diesem auftritt heute erreichen?

amoBKA
wir tun alles, um sie zu fassen. was haben sie denn erwartet?

aglaeca
mich kann niemand finden

amoBKA
das sehe ich anders

aglaeca
wer ist dieser mendelsohn?

amoBKA
mein chef. er ist fallanalyst

aglaeca
offensichtlich kein guter. er hat keine ahnung, wer ich bin

amoBKA
er kennt sie besser, als sie ahnen

aglaeca
sie werden mich vielleicht kennenlernen und besser verstehen

amoBKA
sicher, wenn ich ihnen handschellen anlege

aglaeca
das wird nicht geschehen. aber sie können mich treffen

amoBKA
wo? wann?

aglaeca
das werde ich ihnen beizeiten mitteilen

»Lass das nicht so stehen, Alenka. Er versucht, die Initiative wieder an sich zu reißen. Fordere ihn auf, sich zu stellen«, sagte Kiran.

amoBKA
stellen sie sich jetzt, bevor es zur katastrophe kommt

aglaeca
es wird so weit kommen, das wird niemand verhindern. steht ihr profiler wieder hinter ihnen und diktiert ihnen, was sie zu schreiben haben?

amoBKA
natürlich ist er da, aber ich schreibe selbst

aglaeca
das glaube ich ihnen nicht, sie

Der Text brach ab. Im nächsten Moment erschien die Mitteilung, dass sich der User Aglaeca aus dem Chat abgemeldet hatte.

Sie sahen sich verwirrt an.

»Was ist passiert? Hast du ihn verjagt?«, fragte Bolko.

»Nein«, antwortete Alenka. »Ich glaube nicht, dass er vorhatte abzubrechen. Kann alles Mögliche sein, abgestürzter PC, löchriges Mobilnetz, Stromausfall …«

»Oder er ist von jemandem unterbrochen worden«, mutmaßte Kiran.

Bolko legte den Kopf schief. »Unterbrochen? Von wem?«

»Keine Ahnung. Aber er lebt wahrscheinlich nicht allein, wie wir in den USA schon vermutet haben. Bisher hat er alles trotzdem ungestört erledigen können. Dieser Abbruch aber ist bestimmt nicht der souveräne Abgang, den er sich vorgestellt hat. Vielleicht hat er die Dinge tatsächlich nicht mehr so unter Kontrolle, wie er uns glauben machen will.«

»So schnell? Das wäre ja mal was«, sagte Bolko. »Was tun wir wegen seiner Einladung an Alenka?«

»Warten wir ab, was da noch kommt«, meinte Kiran. »Zwecklos, sich darüber jetzt Gedanken zu machen. Wenn er tatsächlich ein Treffen vorschlägt, werden wir sehen, wie gut er planen und unter Druck agieren kann. Bis dahin behalten wir uns gegenseitig ständig im Auge. Keine Risiken, keine Alleingänge. Ist das klar?«

Er war außer sich. Die Welt um ihn herum geriet ins Wanken. Zuerst die Polizei in der Schule, jetzt dieser Medienhype und dann auch noch Polizisten auf dem Sportfest. Warum um alles in der Welt hatten sie ausgerechnet ihn angesprochen? Er hatte, so ruhig er konnte, geantwortet, das Gespräch so bald wie möglich abgebrochen und sich entschuldigt. Das musste funktioniert haben.

Nichts war mehr wie vorher. Überall waren sie und stellten Fragen. Das Bild kam auf allen Kanälen, niemand sprach über etwas anderes. Er lief durch die Menge, als wäre er nicht vorhanden. Und doch war es jetzt anders. Er war anders. Er fühlte die Verfolgung.

Die anderen hatten ihn nie beachtet. Jetzt aber glaubte er, dass sie ihn von der Seite ansahen, über ihn nachdachten. Dabei konnten sie es gar nicht wissen, die Abschlussklasse war ja nicht mehr auf dem Gymnasium. Er sah in die tratschenden Gesichter. Es würde nicht mehr lange dauern, bis sie schließlich doch Zusammenhänge erkannten, an deren Ende er stehen würde. Er hörte, wie sie über die Morde sprachen und völlig absurde Theorien aufstellten. Dabei war die Wahrheit schlimmer.

Viel schlimmer.

Er stand vor seinem Zimmer und erkannte, dass er den letzten Schritt tun musste. Entweder jetzt handeln oder untergehen.

Er öffnete die Tür und sah sie an seinem Computer sitzen. Sie erschrak, drückte ein paar Tasten und drehte sich um. Sie wollte ihn ansprechen, etwas Belangloses sagen, doch er schüttelte den Kopf. Er sah sie nur entsetzt an.

Sie verstand.

In ihren Augen konnte er es sehen. Entsetzen auch bei ihr. Und Trauer. Sie legte ihm die Hand auf die Wange. Noch nie hatte sie ihn berührt. In ihrem Blick lag etwas Weiches. Dann war es plötzlich weg.

Er sah ihre linke Hand nicht kommen. Im nächsten Moment spürte er einen stechenden Schmerz im Hals.

30

Am frühen Abend begaben sich Kiran und Bolko zu dem geplanten Treffen mit Eleonore in eine Kneipe unweit des Polizeireviers. Es war nur eine kleine Gruppe von jungen Männern anwesend, als die beiden den Schankraum betraten. Sie wurden abschätzig beäugt, und es wurde nicht besser, als Eleonore eintrat. Begleitet von unflätigen Kommentaren und grunzenden Balzgeräuschen der Provinzgang, kam sie zu ihnen an den Stehtisch. Bolko ging Getränke holen, während Kiran grübelnd die Halbwüchsigen am Billardtisch betrachtete. Eleonore blickte ihn an. »Lass doch die Idioten. Sag mir lieber, was das heute Morgen für ein Auftritt war.«

»Ich dachte, wir hatten uns auf dieses Vorgehen geeinigt. Wir wollten Initiative zeigen, ihm das Heft aus der Hand nehmen«, antwortete er verwundert.

»Ich weiß nicht. Es ist einfach nicht deine Art, dich derart offensiv zu verhalten und in den Mittelpunkt der Ermittlung zu stellen. Glaubst du wirklich, das wird etwas bringen?«

»Ich hoffe es. Wir stehen einem Gegner gegenüber, den wir in die Enge treiben müssen, bevor er das mit uns tut. Das ist in so einer Situation nicht anders zu machen.«

»Das ist mir schon klar, aber musst du dich so direkt als Gegner anbieten?«

Kiran begriff, was sie eigentlich meinte. Sie kannte

diese Seite von ihm nicht. Obwohl sie wusste, dass Ermittlungen draußen im Feld solche Aktionen bisweilen mit sich brachten, schien sie diesen Aspekt der Arbeit nicht mit ihm zu verbinden. Für sie war er immer der liebenswerte und verschlossene Theoretiker gewesen. Das hier musste für sie neu und nur schwer zu verstehen sein. Er vermutete, dass da auch Schuldbewusstsein mit im Spiel war. Immerhin war er nur ihretwegen wieder in die aktiven Ermittlungen jenseits seines Schreibtisches eingestiegen.

»Du musst dir keine Sorgen machen, dass …

»Du musst dir keine Sorgen machen«, ertönte es in diesem Moment hinter Eleonore. Einer der Jungen hatte sich hinter sie gestellt und fuhr ihr durch das Haar, die anderen kamen höhnisch grinsend näher. Einer von ihnen baute sich vor Kiran auf.

»Was los, Alter, Angst? Und das hier ist deine Schnecke oder was?«

Kiran schob ihn zurück und wollte sich gerade ausweisen, als ein Zweiter aus der Gruppe den Billardqueue umdrehte und auf ihn losging. Der Pöbler nahm das als Startschuss und schlug ebenfalls sofort zu.

Kiran griff die heranrasende Faust und verdrehte seinem Gegner dabei den Arm, wodurch dieser genau in die Bewegung des ersten Angreifers geriet und den Queue mitten ins Gesicht bekam. Kiran rammte dem Aufheulenden den Unterarm unter das Kinn. Der nächste Angreifer bekam einen Schlag mit der Handwurzel direkt auf den Brustkorb und flog nach hinten. Der Queue-Schwinger starrte entsetzt die Platzwunde im Gesicht seines Freundes an, sammelte sich aber sofort wieder und griff erneut an. Kiran wich dem Schlag aus und versetzte ihm einen Hieb seitlich in die Rippen, sodass dem Jungen pfeifend der Atem entwich.

Im nächsten Moment hatte er ihn mit eisernem Griff gepackt, als er von seinem herbeistürmenden Partner zurückgerissen wurde.

»Mensch, lass ihn am Leben, Kiran …«, keuchte Bolko. Er riss den entsetzten Jungen herum und legte ihm Handschellen an. Die beiden anderen lagen röchelnd am Boden.

Kiran nickte seinem Partner zu und ging zurück zum Stehtisch, während Bolko die Kollegen von der Streife anrief. Erst jetzt nahm er die Reaktionen der Umstehenden wahr. Diverse Handys waren gezückt worden, das Klicken der Fotoapplikationen klang wie ein Schwarm aufgeschreckter Insekten. Zum Glück hatte sich der gesamte Vorgang derart schnell abgespielt, dass niemand den Kampf an sich hatte aufnehmen können. Trotzdem würde das Kirans neu gewonnener Prominenz nicht gerade zuträglich sein. Er konnte Birte Halbach schon mit den Zähnen knirschen hören.

Eleonore musterte Kiran mit undurchdringlicher Miene. Sie wusste natürlich, dass er ein erfahrener Nahkämpfer war, aber ihn derart unmittelbar in Aktion zu erleben hatte sie erstarren lassen. Gänzlich neu war auch seine Reaktion, Kiran war nach dem Kampf so entspannt wie vorher. Das selbstverständliche Nebeneinander von Intellekt und brutaler Aktion musste beängstigend wirken.

Eine Stunde später saßen Kiran und Eleonore auf der Treppe vor dem Polizeirevier. Die Angreifer waren noch im Krankenhaus. Kiran hatte seine Aussage gemacht und bei den Kollegen von der örtlichen Polizei erstaunlicherweise vollstes Verständnis geerntet. Die drei Jugendlichen waren stadtbekannte Schläger. Dass sie an diesem Abend mit ihren Pöbeleien an einen Profi geraten waren, erfüllte die leidgeprüften Streifenpolizisten mit unverhohlener Genugtuung.

Anders verhielt es sich mit Eleonore. Ihr Schweigen während des gesamten weiteren Abends war beredter als jeder Vorwurf. Kiran machte sich dennoch nicht die Mühe, ihr sein Verhalten zu erklären. Ihm war klar, warum er so schnell und hart reagiert hatte. Verwunderlich war eher, dass er in der Kneipe keinen Gedanken an den Vorfall verschwendet hatte. Schon gar nicht über seine eigene Verwicklung in einen Faustkampf. Das wäre vor einigen Monaten noch ganz anders gewesen.

Seine Grübeleien wurden von Bolko unterbrochen, der mit zwei Beamten aus dem Revier kam.

»Wir haben einen Notruf reinbekommen. Ein junger Mann, achtzehnjährig, Jonas Petersen, wurde vor einer Stunde leblos in seinem Zimmer aufgefunden. Der Notarzt konnte nur noch den Tod feststellen. Wir fahren mit den Kollegen hin.«

»Todesursache?«

»Keine Ahnung, aber der Junge hat einen Einstich am Hals.«

Kiran stand sofort auf, sie stiegen in Bolkos Auto und fuhren los.

Keine zehn Minuten später erreichten sie einen noblen Außenbezirk Xantens. Die Häuser hier zeugten von Wohlstand und Sicherheit, doch die zuckenden Blaulichter vor einem der Luxusbungalows tauchten diese Illusionen in ein kaltes, erbarmungslos reales Licht.

Der Vorgarten des Hauses war bereits mit Flatterband abgesperrt. Davor hatten sich aufgeregte Nachbarn und die ersten Vertreter der Presse versammelt.

Kiran und Bolko parkten und traten durch die Absperrung. Eine Kakophonie gebrüllter Fragen und Verwünschungen begleitete ihren Auftritt. Neben der Polizeistreife stand der Notarztwagen. Sie blickten hinein und stellten sich dem Arzt vor, der auf ihre Anweisung hin gewartet hatte.

»Guten Abend, die Herren.«

Kiran grüßte zurück und stieg in den Wagen. »Sie sagten, da sei ein Einstich?«

Der Arzt nickte. »Direkt am Ansatz des Halses. Muss in großer Eile zugefügt worden sein. Was immer man ihm verabreicht hat, er war wohl allergisch dagegen. Sie sehen ja den geschwollenen Hals. Höchstwahrscheinlich anaphylaktischer Schock. Er muss in wenigen Minuten erstickt sein. Armer Kerl, er hatte absolut keine Chance. Ich habe den Einstich am Hals wegen der Schwellung und Rötung überhaupt erst wahrgenommen. Sonst hätte ich vorerst nur Tod durch Erstickung diagnostiziert.«

Kiran bedankte sich bei dem Arzt und ging ins Haus, während sich Bolko von den örtlichen Beamten über die allgemeine Lage unterrichten ließ. Alenka und Enzo waren schon im Zimmer des Jungen zugange. Die verstörten Eltern saßen stumm im Wohnzimmer.

»Guten Abend, Herr Petersen, Frau Petersen. Kiran Mendelsohn, vom BKA. Ich weiß, wie schwer es für Sie sein muss, in dieser Situation unsere Fragen zu beantworten, aber bitte erzählen Sie mir möglichst genau, was vorgefallen ist.«

Der Vater starrte apathisch vor sich hin. Die Frau starrte Kiran an.

»Sie kenne ich doch. Sie waren heute Vormittag bei dieser Pressekonferenz dabei. Und jetzt ist unser Junge tot! Was geht in Menschen wie Ihnen vor? Sie kommen einfach hierher, wie ein Großwildjäger, und …« Ihre Stimme versagte.

Das brachte ihren Mann zurück in die Realität. Er nahm seine Frau in den Arm, versuchte sie zu beruhigen.

Bolko, der in diesem Moment hereinkam, setzte sich in einen der Sessel. Er beugte sich zu dem Ehepaar vor. »Bitte – um den Mörder Ihres Sohnes zu finden, müssen wir so schnell wie möglich über die Umstände der Tat Klarheit haben. Wir gehen davon aus, dass Ihr Junge den Täter gekannt hat. Wir wissen, dass niemand gewaltsam in Ihr Haus eingedrungen ist. Hatte Jonas heute Besuch?«

In diesem Moment betraten auch Enzo und Alenka das Wohnzimmer. Das Ehepaar blickte irritiert auf. Sie schienen Bolkos Frage bereits vergessen zu haben.

»Können Sie uns die Namen seiner Freunde nennen?«, setzte Kiran nach.

Schließlich sprach die Mutter. Die Sätze kamen langsam, tonlos.

»Er hatte kaum Freunde. Eigentlich gar keine. Er ist im Sportverein gelaufen, sonst hat er sich mit seinem Computer beschäftigt, in seinem Zimmer, und er hat viel für die Schule gelernt. Manchmal ist er ausgegangen. Immer allein.« Sie schlug die Augen nieder, sammelte erneut Kräfte. »Aber heute hatte er mal Besuch. Das Mädchen aus der Nachbarschaft ist wieder zurück, Melina Vorberg. Sie ging gerade, als ich nach Hause kam.«

Kiran und Bolko sahen sich an. Enzo nickte den beiden zu und ging nach draußen, um Melinas Eltern zu finden.

»Hat sie irgendetwas zu Ihnen gesagt, Frau Petersen?«

In ihr Gesicht trat Entsetzen. Jetzt erst wurde ihr klar, dass Melina ihren Sohn als Letzte lebend gesehen hatte.

»Nein, sie hat nicht mit mir gesprochen. Sie war immer still. Und ernst, so ernst immer. Hat mit Jonas am Computer gesessen, stundenlang. Und dann ist sie gegangen. Aber nicht nach Hause. Ihre Eltern haben angerufen. Wollten wissen, wo sie ist. Da bin ich nach oben gegangen …«

Wieder verstummte sie, Tränen liefen ihr über die Wangen.

Die Ermittler erhoben sich, gingen leise in den Hausflur und bedeuteten einem Beamten, dass er sich um das Ehepaar kümmern solle. Enzo kam zurück durch die Haustür.

»Die Eltern des Mädchens stehen draußen bei einem Kollegen. Sie wissen nicht, wo ihre Tochter ist. Sollen wir sie zur Fahndung ausschreiben?«

Bolko nickte. »Hol dir alle Details von den Eltern und lass sie in Gewahrsam nehmen, bis wir hier durch sind.«

Dann folgte er Kiran, der mit Alenka noch einmal nach oben in den ersten Stock gegangen war.

Die Einrichtung von Jonas Petersens Zimmer sprach eine deutliche Sprache. Eine schmale Schlafkoje war der einzige Platz, der nicht mit Computern vollgestellt war – Geräte jeder Art, von neu bis vorsintflutlich, teilweise in Einzelteile zerlegt. Der Schreibtisch war die Schaltzentrale. Ein topmoderner Tower, angeschlossen an unzählige Peripheriegeräte, davor ein großer Flachbildschirm.

Der Tower war aufgebrochen, das Innenleben herausgerissen worden. Kiran sah Alenka an.

»Sein PC ist nur noch Schrott«, sagte sie. »Ein Blick reicht, um zu sehen, dass die Hauptplatinen fehlen. Und jemand hat ganz offensichtlich weitergesucht, aber nichts gefunden. Hatte wohl kein Messgerät wie ich. Hinter der Wand am Schreibtisch habe ich eine ganze Batterie von Servern entdeckt. Alle intakt. Ich suche noch nach seinem Versteck für die Passwörter. Und aus Wiesbaden sind bereits die IT-Spezialisten unterwegs. Aber so viel kann ich jetzt schon sagen: Das hier ist die Anlage, von der aus der Chat mit uns gelaufen ist.« Sie wies auf einen Zettel auf dem Schreibtisch. »Hier steht meine Netzwerkkennung. Der Junge ist einfach mal eben in den Datenstrom eingestiegen und hat sich in mein Netzwerk reingecodet. Keine Ahnung, ob er unser Mörder ist, aber eins ist er mit Sicherheit: eines der brillantesten Hackertalente, das mir je untergekommen ist.«

Bolko sah verblüfft zu Kiran. »Und, ist er das? Unser Mörder, der freiwillig abtritt?«

Kiran schüttelte den Kopf. »Nein, Jonas Petersen ist nicht unser Mörder. Er ist der Gehilfe.«

»Ach, und das weißt du woher?«

»Schau dich um. Nichts, was nur entfernt auf eine wie auch immer geartete Störung hinweist. Alles hier ist auf eine Sache fixiert: Jonas war ein Computergenie und sonst nichts. Du hast ihn im Krankenwagen gesehen, nicht feminin, keine langen Haare, ein ganz normaler junger Mann. Zwar sportlich, aber ziemlich schmächtig. Ein Läufer, kein Nahkämpfer. Das hier ist ein Kind. Kein harter, sich schminkender Szenetyp. Und er hat sich nicht selbst getötet – er ist an einer allergischen Reaktion auf die Spritze gestorben. Die fehlt ja auch hier. Es würde mich nicht wundern, wenn der Mörder ihn nur betäuben wollte. Alles spricht dafür, dass er ein ahnungsloser Helfer gewesen sein muss. Bis ihm irgendwann aufgegangen ist, wozu seine Anlage benutzt worden ist. Und da hat er kurzerhand den Chat unterbrochen.«

Bolko schüttelte ungläubig den Kopf. »Das heißt, wir suchen nach diesem Mädchen? Aber du hast doch gesagt …«

»Ich weiß, was ich gesagt habe«, unterbrach ihn Kiran gereizt. »Du hast es doch gehört: Sie ist nach längerer Zeit erst vor kurzem wieder hierher zurückgekommen. Wir müssen schnellstens mit ihren Eltern reden. Und noch mal mit Jonas' Eltern. Wir müssen alles erfahren, was es über diese Melina zu wissen gibt. Wenn da niemand sonst im Spiel ist, dann ist sie unser Mörder. Und sie ist auf der Flucht.«

Bolko nickte stumm und ging aus dem Zimmer. Alenka sah Kiran an.

»Ein junges Mädchen? Warum haben wir das nicht gesehen?«

Kiran schwieg eine Weile, bevor er wieder sprach.

»Weil es so etwas noch nicht gegeben hat, Alenka. Gewalt von Frauen gegen Frauen – das schon. Aber eine derart brutale Mordserie? Ein Mörder mit Nahkampfkenntnissen, professionelle Tatausführung. Nichts davon spricht für ein junges Mädchen. Was immer in ihrer Kindheit vorgefallen ist, es muss unvorstellbar grausam gewesen sein. Genauso unvorstellbar wie eine eiskalte und präzise Tötungsmaschine, die gerade mal volljährig ist.«

Er wandte sich ebenfalls ab und ging nach unten,

während sich Alenka an das Terminal setzte, um Zugang zu Jonas' virtuellem Heiligtum zu erlangen.

Unten im Hausflur konnte er die Mutter aufheulen hören. Es klang wie ein tödlich verwundetes Tier. Ihr Schmerz berührte ihn tief im Innern. Schmerz, der einem Kind und in der Folge anderen Kindern angetan worden war und jetzt seinen Weg ins Haus dieser unschuldigen Familie gefunden hatte.

Er ging durch den Flur und traf auf Enzo, der sich seine Notizen durchlas. Er blickte auf und sah schuldbewusst aus.

»Melina Vorberg, achtzehn Jahre, Tochter von Peter und Regine. Er ist Finanzmanager, sie Erbin. Wohnen direkt nebenan. Und die Tochter war bis vor zwei Monaten als Austauschschülerin in den USA.«

Kiran schloss die Augen. Ihm war klar, dass er lange gut und richtig analysiert hatte. Und doch war da vielleicht ein Hinweis gewesen, den er einfach beiseitegewischt hatte. Weil die Erfahrung und die gängige Theorie über Serienmörder dagegen sprachen. Und weil dieses Mädchen in keiner Überprüfung von Amerikareisenden aufgetaucht war. Verdammt, dachte er. Verdammt, verdammt …

Enzo erkannte die Frage, die im Raum schwebte, und beantwortete sie.

»Niemand wusste davon. Es war ein Austausch über so einen exklusiven Club, Rotarier oder sonst was. Sie ist vor anderthalb Jahren von der Schule genommen worden. Dann hat ihr Papi sie in den Flieger gesetzt und bei seinen Clubkollegen in Richmond, Virginia, abgeladen. Ich habe eben noch mal in unseren Daten nachgesehen. Stand in keiner lokalen Akte, auch nicht in den Dateien der Schule oder der Meldebehörde. Haben wir ja alles überprüft in den letzten Tagen. Den Rest hat wohl der Club vor Ort geregelt. Perfekt organisiert. Und niemand hat Fragen gestellt« Er sah Kiran an und legte ihm die Hand auf den Arm. »Und nach einem jungen Mädchen haben wir nicht gesucht.« Er zuckte mit den Schultern. »Unfassbar. Wie kann ein junges Ding so etwas durchziehen?«

Das war die entscheidende Frage. Was um alles in der Welt musste geschehen sein, um aus Melina Vorberg ein Monster zu machen?

Kiran atmete tief durch und ging nach draußen.

31

Es war sechs Uhr morgens, Kiran und Bolko saßen bereits seit einer Stunde an ihren Schreibtischen. Alenka war immer noch im Haus der Petersens, um nach den entscheidenden Dateien und nach dem Versteck zu suchen, in dem Jonas seine Passwörter aufbewahrte. Kiran las Enzos aktuellen Bericht der ersten Befragung von Melinas Eltern am gestrigen Abend.

Demnach war sie von ihren Eltern ohne Begründung von der Schule abgemeldet worden. Niemand hatte gewusst, wohin das Mädchen geschickt worden war. Auch deshalb hatte sich wahrscheinlich niemand im Xantener Gymnasium an sie erinnert. Sie war tatsächlich vor neunzehn Monaten, mitten im Schuljahr, in die USA eingereist. Wie auch immer das vonstattengegangen sein mochte, es mussten einige Verbindungen und Anwälte beteiligt gewesen sein, um die Meldepflicht zu umgehen. Hinzu kam, dass sie über Boston eingereist war, eine Touristin unter tausenden. Sie hatte noch nicht einmal ein Visum, wie das bei Austauschschülern üblich war, sondern mit Hilfe einer Visabefreiung nur das übliche Sicherheitsformular bei der Einreise nach Boston ausgefüllt. Dazu war Melina auf keiner öffentlichen Schule gemeldet gewesen, sondern auf einer Eliteschule, die keinerlei Daten freigab. Ohnehin war sie bereits zu lange in den USA gewesen, um in das vermutete Zeitfenster zu passen. Ihr

Aufenthalt in Richmond musste von gut vernetzten Helfern organisiert worden sein. Gleichzeitig war Melinas Austausch anscheinend nicht geplant gewesen. Die ganze Aktion wirkte eher wie eine Kurzschlusshandlung.

Kiran schloss das Dokument im Computer und lehnte sich in seinem Stuhl zurück. Wieder mal war deutlich geworden, wie gnadenlos man in die Irre ging, wenn man unzureichende Informationen hatte und die entscheidenden Parameter des Täters falsch einschätzte, sei es das Alter oder, wie in diesem Fall, sogar das Geschlecht. So etwas kam vor, doch es ärgerte Kiran, dass er beim entscheidenden Hinweis, der femininen Ausstrahlung des Täters, nicht irgendwann geschaltet hatte: Der Täter hatte eine weibliche Ausstrahlung, weil er weiblich war.

Das Ehepaar Vorberg war gestern nach der ersten Befragung unter Hausarrest gestellt worden und beriet sich derzeit mit einem Anwalt. Nach dem Frühstück würde das ganze Team dort vorstellig werden und das Haus auf den Kopf stellen. Es gab noch eine ältere Schwester, die bei Freunden in Düsseldorf übernachtete. Enzo war bereits auf dem Weg zu ihr.

Birte Halbach hatte sich noch vergangene Nacht eingefunden und sich von Kiran und Bolko einen Überblick geben lassen. Jetzt koordinierte sie die Fahndung nach Melina Vorberg, während Eleonore sich mit dem zuständigen Staatsanwalt um den Durchsuchungsbeschluss für das Vorberg'sche Anwesen kümmerte.

Weder sie noch Birte Halbach hatten den Vorfall in der Kneipe mit einem Wort erwähnt. Kiran nahm an, dass das Donnerwetter noch folgen würde. Jetzt aber galt es, eine Mörderin zu fassen. Und das möglichst schnell, bevor sie weiteres Unheil anrichten konnte.

Von der Gerichtsmedizin war inzwischen die Bestätigung gekommen: Jonas Petersen war an einer allergischen Reaktion auf Ketamin gestorben. Was immer zwischen ihm und Melina Vorberg vorgefallen sein mochte, es stand zu vermuten, dass ihm erst nach der Pressekonferenz klar geworden war, was es mit seiner Freundin auf sich hatte. Vielleicht hatte er die Nerven verloren und sie zur Aufgabe gedrängt.

Kiran war nur zu bewusst, dass ihm viele vorwerfen würden, genau diese Reaktion durch sein direktes Vorgehen ausgelöst zu haben. Aber die Ermordung dieses Jungen war ganz offensichtlich keine Absicht gewesen, sondern eine üble Verkettung von Unsicherheit und Panik.

Kiran stand vom Schreibtisch auf. Er hatte in den vergangenen Wochen definitiv zu viel Kaffee in sich hineingeschüttet, deshalb brühte er sich jetzt eine Kanne grünen Tee.

Kurz darauf meldete sich Alenka. Sie hatte ein Notizbuch gefunden, das ihr endlich den Zugang zu den Servern ermöglichte. Bis dahin waren selbst die Spezialisten des BKA an den Codes des Jungen verzweifelt. Jetzt flossen die Datenströme, auch jene aus Melinas Speicherplatz im Netz, den sie via Jonas' PC benutzt und den dieser offenbar nicht angerührt hatte.

Kiran winkte Bolko zu sich, und zusammen sahen sie sich die ungeschnittenen Videos der Morde auf deutschem Boden erneut an.

Melina Vorberg war dabei nur selten voll im Bild. In jenen kurzen Momenten aber bewegte sie sich mit furchteinflößender Anmut. Ein Todesengel, der kalt und methodisch seinem Handwerk nachging. Ihr stoischer Gesichtsausdruck, ihre emotionslose Stimme, wenn sie zu ihren Opfern sprach, die Gleichgültigkeit des Henkers beim finalen Schnitt, all das war derart verstörend, dass sich selbst der erfahrene Bolko kopfschüttelnd abwandte und nach draußen ging.

Zwei Stunden später trat Kiran den Gang zu seinen Chefinnen an. Die beiden betrachteten ihn mit ernstem Gesicht, als er sich zu ihnen an den kleinen Arbeitstisch setzte.

Birte Halbach kam umgehend zur Sache. »Normalerweise müsste ich ein Untersuchungsverfahren einleiten und Sie suspendieren. Wie mir meine juristische Beraterin und Ihre beste Freundin hier aber versichert, handelte es sich bei Ihrem Ausraster um reine Notwehr. Wie durch ein Wunder scheinen das Ihre drei Opfer ebenso zu sehen, nachdem sie zuerst von Ihrem Partner und dann von den hilfsbereiten Kollegen der Xantener Polizei verhört worden sind. Alles, was ich jetzt zu meinem Glück noch brauche, ist Ihre Versicherung, dass Sie die nächsten Verdächtigen nicht gleich wieder in die Notaufnahme befördern. Geht das?«

Kiran nickte verblüfft und schwieg.

»Damit wir uns richtig verstehen: Ich vertraue darauf, dass Sie den Spielraum, den ich Ihnen gebe, nicht weiter ausnutzen und dass Sie mit Ihrer neu entdeckten Energiequelle irgendwie zurande kommen. Wie Sie das anstellen, überlasse ich Ihnen. Sonst müssen Sie zum BKA-Psychiater, und das kann niemand wollen, der den Mann näher kennt. Also, haben wir alles unter Kontrolle, Kiran?«

Er nickte abermals.

»Schön, kommen wir also zu den wichtigen Dingen …«

Birte Halbach sprach über das weitere Vorgehen. Eleonore hatte inzwischen Rückmeldung von der Staatsanwaltschaft, die jetzt, da sie über die Beweislast der Mordvideos unterrichtet war, umgehend alle nötigen Vollmachten ausstellen würde.

Die Fahndung nach Melina Vorberg lief bereits auf vollen Touren. Sie hatten ein offizielles Passfoto und die Personenbeschreibung. Auf eine Pressemitteilung hatte Halbach verzichtet, eine ungesteuerte Medienhetze erhöhte nur die Gefahr eines dramatischen und blutigen Showdowns.

In der Villa Vorberg fröstelte es Kiran trotz des herrlichen Sommermorgens draußen. Das Haus wirkte wie ein perfekt gestaltetes Kunstobjekt ohne jedes Leben. Stahl und Glas, wo Holz, Stoffe und Farben wenigstens den Anschein von Wärme hätten erzeugen können. Die keimfreie Sauberkeit hätte einem Versuchslabor gut zu Gesicht gestanden. Kein Staubkorn, keine herumliegenden Gegenstände zeugten davon, dass hier eine Familie lebte. Sie saßen in einem leblosen Immobilienkatalog.

Ein Blick in die Gesichter des Ehepaars Vorberg genügte, um zu begreifen, dass Wärme und Herzlichkeit in diesem Biotop keine Überlebenschance hatten. Hier regierten der Schein und ein unerbittlicher Ordnungssinn, der jeden Anflug von Spontaneität im Keim erstickte.

Zusammen mit Bolko und der vom Nachbarhaus herübergekommenen Alenka saß Kiran im Wintergarten dem Ehepaar Vorberg und ihrem Anwalt gegenüber. Bislang war nicht mehr als das übliche juristische Prozedere besprochen worden. Offensichtlich glaubten die

Vorbergs noch immer, das Geschehen unter Kontrolle zu haben. Das würde sich jedoch schnell ändern.

»Herr Vorberg, nachdem wir nun geklärt haben, dass Sie sich gegen jegliche Nachforschung unsererseits juristisch wehren werden, lassen Sie mich erklären, was als Nächstes passieren wird«, begann Kiran.

»Es ist bereits alles gesagt, und Sie werden unverzüglich …«, begann der Anwalt aufs Neue, nur um sogleich von Bolko unterbrochen zu werden.

»Nichts ist gesagt. Dies hier ist keine Vernehmung, dies ist eine Durchsuchung. Und bevor Sie sich weiter echauffieren, hier sind der Durchsuchungsbeschluss, die Bestätigung des Hausarrests und eine weitere Vollmacht, die uns zur Befragung ermächtigt.«

Bolko warf die Dokumente erbost auf den Glastisch. Der Anwalt schwieg erschrocken. Dann war Kiran wieder an der Reihe.

»Ich schlage vor, Sie alle schauen sich ein kurzes Video an, während sich Ihr Rechtsbeistand die Papiere durchliest.«

Alenka stellte ihren Tablet-Computer vor den Eltern auf den Tisch und startete den Filmausschnitt, den sie an Jonas' Computer vorbereitet hatte.

Die Reaktionen waren bezeichnend. Peter Vorberg starrte entsetzt auf den Bildschirm und versuchte unter Aufbietung aller Kräfte, seinen Mund unter Kontrolle zu halten. Seine Gattin dagegen verzog keine Miene. Die Kälte in diesem Haus hatte ihren Ursprung ganz offenbar in dieser Frau, der Emotionen vollkommen fremd zu sein schienen. Das Kinn des Anwalts war längst nach unten geklappt.

»Ihnen dürfte klar sein, was das bedeutet«, sagte Kiran, als die Tortur endlich vorüber war. »Gegen Melina liegt ein Haftbefehl vor. Oberkommissarin Motte wird jetzt das Zimmer Ihrer Tochter durchsuchen, während Sie uns Antworten auf unsere Fragen geben werden. Und damit das klar ist: Wenn Sie nicht kooperieren, überführen wir Sie in Untersuchungshaft. Und dort halten wir Sie so lange fest, wie wir es für nötig halten.«

Während Alenka mit ein paar Beamten der Kriminaltechnik nach oben ging, meldete sich Enzo per SMS. Er hatte die ältere Tochter der Vorbergs bei sich und befand sich auf dem Rückweg.

Kiran wartete ab, sah den Anwalt an, der eine hilflose Geste in Richtung seiner Mandanten machte.

Schließlich sprach Regine Vorberg. Ihre Stimme war kalt und hart wie alles in diesem Haus.

»Ich verstehe nicht, was man uns vorwirft. Das da in diesem Film könnte jeder sein. Ich glaube nicht, dass ich Ihnen bei Ihren Fragen behilflich sein kann.«

Bolko hatte genug. »Gut, dann rufe ich jetzt mal die Presse an. Wir werden dieses Gespräch im Polizeirevier fortsetzen. Kiran, besorg dir ein paar Handschellen von Alenka. Wir führen beide ab, sobald sich alle vor dem Haus versammelt haben.«

Peter Vorberg hob abwehrend die Hände. »Moment mal, Sie können uns doch nicht einfach …«

»Natürlich können wir. Sie wollen nicht mit uns zusammenarbeiten? Gut, dann müssen wir Bedingungen schaffen, unter denen Ihnen die Kooperation womöglich leichterfällt.«

Der Anwalt beugte sich zu den Eheleuten vor. »Peter, Regine, bitte … Es ist wohl besser, wenn ihr Rede und Antwort steht. Man kann euch zu keiner Aussage zwingen, aber Kooperation ist in dieser Situation vielleicht die bessere Strategie.«

Die Vorbergs schwiegen. Dann nickte Regine Vorberg. »Also gut. Was wollen Sie wissen?«

Kiran öffnete sein Notizbuch. »Ihre Tochter ist vor anderthalb Jahren überstürzt in die USA gereist, nachdem Sie sie von der Schule genommen haben. Was ist da vorgefallen?«

»Gar nichts ist vorgefallen. Sie hatte Probleme im Unterricht, beim Sport, bei allem, was sie tat. Sie war ein schwaches Individuum und brauchte eine andere Umgebung als hier.«

»Schwach?«, fragte Bolko. »Sie haben Ihre Tochter auf dem Video gesehen, und Sie haben sie erkannt, Frau Vorberg. Macht das, was Sie da gesehen haben, auf Sie den Eindruck von Schwäche?«

»Ich muss mich nicht wiederholen und ich muss mich ebenfalls nicht vor Ihnen rechtfertigen. Sie müssen die Identität nachweisen, von mir werden Sie das nicht hören.«

Kiran begann zu begreifen, was hier vorging. Von dieser Eiskönigin würden sie nichts erfahren. Er wandte sich daher ihrem Gatten zu.

»Herr Vorberg, ich nehme an, der Austausch ist durch Ihre Beziehungen zustande gekommen. Verraten Sie mir, warum Sie glaubten, dass die Schulprobleme Ihrer Tochter ausgerechnet auf einer amerikanischen Eliteschule gelöst werden könnten?«

Peter Vorberg blickte ihn verwirrt an. »Wieso meine Beziehungen? Wir sind Mitglied im Rotary-Club, das wurde von denen und meiner Frau organisiert. Ich ...«

»Mit anderen Worten, Sie haben sich nicht darum gekümmert? Und Sie haben auch nicht bemerkt, was im Leben Ihrer Tochter vorgefallen ist?«

»Was wollen Sie damit sagen? Wir führen ein vollkommen normales Leben. Ich arbeite bis zum Umfallen, um allen hier eine Zukunft zu ermöglichen. Meine Frau kümmert sich um die Dinge im Haushalt.«

»Also gut, Frau Vorberg. Ihr Mann schiebt die Verantwortung auf Sie. Ich gebe Ihnen eine letzte Chance, bevor ich mich an Schule, Sportverein, Stadtverwaltung, lokale Honoratioren und natürlich sämtliche Nachbarn wende. Was ist vorgefallen, dass Ihre Tochter quasi über Nacht in die Vereinigten Staaten überführt wurde, ohne Visum und ohne Vorbereitung?«

»Sie wissen gar nichts, und unsere familiären Entscheidungen gehen niemanden etwas an.«

»Bis zu dem Moment, wo andere Menschen sterben, Frau Vorberg. Derzeit ist das FBI dabei, das Leben Ihrer Tochter in den USA komplett zu durchleuchten. Anders als hier gibt es dort keine Grenzen der Informationsbeschaffung. Wir werden Melinas Leben in Virginia aufs Genaueste nachzeichnen, ihre Besuche in einschlägigen Clubs, ihre Kontaktaufnahmen auf Partys, ihren Drogenkonsum. Und zwar lückenlos. Glauben Sie wirklich, Sie können diese Fassade dann noch aufrechterhalten? Spätestens wenn die Presse von der Sache Wind bekommt, ist der schöne Schein nichts mehr wert. Also, reden Sie jetzt mit uns?«

Es entstand ein langes Schweigen. Peter Vorberg sah seine Frau hilflos an, doch die schüttelte nur widerwillig den Kopf.

»Ich weiß nicht, warum Melina im Verdacht steht. Ich kann auch nicht sagen, was sie hier oder dort drüben getan haben soll. Das müssen Sie sie selbst fragen. In diesem Haus ist nichts geschehen, was für Sie von Bedeutung wäre. Mehr habe ich Ihnen nicht zu sagen.«

Bolko stand auf. »Wie Sie wollen.« Er wandte sich an den Beamten, der an der Tür zum Wintergarten Posten bezogen hatte. »Abführen aufs Revier zur Befragung. Verdunkelung und Beihilfe. Falls der Anwalt weitere Fragen hat, wird Oberstaatsanwältin Roellinghoff die Belehrung und alle rechtlichen Belange klären.«

Der Anwalt sah Bolko mit trotzigem Blick an. »Ich hoffe, Sie wissen, was Sie tun.«

Bolko ignorierte ihn und ging zu Alenka ins obere Stockwerk. Während die Vorbergs ihre Mäntel nahmen und zum Polizeiwagen geführt wurden, war Kiran bereits nach draußen gegangen. Freies Atmen war in diesem Haus kaum möglich.

Er sah dem abfahrenden Polizeiwagen hinterher. Peter Vorberg, das war ihm klar geworden, hatte Angst. Nicht um seine Tochter. Er hatte Angst um seinen Ruf. In seinen Augen hatte es aufgeblitzt, als Kiran von einschlägigen Clubs in den USA gesprochen hatte. Dieser Mann war feige, ein zweideutiger Opportunist. Anzeichen, die vermuten ließen, dass er starke, vielleicht auch sexuell geprägte Emotionen hatte, die er hinter seinem Bankiersgesicht verbarg. Unter bestimmten Umständen aber würde er reden. Seine Reaktionen hatten Kiran auf den Gedanken gebracht, dass Peter Vorberg vielleicht noch mehr als die Mutter der Auslöser allen Unheils in dieser Familie war. Regine Vorberg gab die unnachgiebige Verwalterin und Bewahrerin einer nach außen perfekt organisierten kleinen Welt. Sie hatte vielleicht nichts anderes getan, als ein hartes Regime zu führen und jegliche innerfamiliären Vorkommnisse zu übertünchen. Dabei hatte sie mit Sicherheit keinerlei mütterliche Nachsicht walten lassen. Ihre Gefühllosigkeit musste der Katalysator gewesen sein, der ihre Tochter gelehrt hatte, wie man mit Schwierigkeiten umging. Nur hatte Melina einen weitaus direkteren und grausameren Weg gefunden, Schmerz zu besiegen und Hindernisse aus dem Weg zu räumen.

Mit diesen Gedanken war er wieder ins Haus und nach oben gegangen, wo er nach kurzer Suche Bolko und Alenka in Melinas Zimmer fand.

Sie standen vor einer vergrößerten Fotografie, die zentral an der Wand angebracht war.

Melina im Xantener Sportverein, mit offenen langen Haaren und gewinnendem Lächeln im Gespräch mit einer attraktiven und sportlichen jungen Frau. Alenka.

32

Alenka wandte sich zu Kiran um. »Ich weiß es wieder. Und es ist glasklar in der Erinnerung, auf einmal. Davor war es weg.«

Kiran sagte nichts, sah sie nur an und wartete.

»Du warst in den Staaten«, fuhr Alenka fort. »Ich habe zusammen mit Bolko die Sportler befragt. Sie hat mich auf dem Sportplatz angesprochen, als ich Patricia Mastersons Foto rumgezeigt habe. Sie hat einfach nur zugehört. Ich weiß noch nicht mal, wie und wann sie dazugekommen ist. Stand nur da und verfolgte das Gespräch. Dann ging das andere Mädchen weg. Sie hat mich angeschaut und eine ganz einfache Frage gestellt.«

»Was für eine Frage?«, fragte Kiran.

»Wie das sei, wenn man als weibliche Polizistin Macht über andere hätte. Und welche Art Charaktereigenschaften man dazu brauche. Sie hat ganz normal gefragt. Hat freundlich gelächelt. Eine interessierte junge Frau. Ich war froh, endlich mal mit jemandem zu reden, der uns nicht feindselig begegnet. Vielleicht habe ich deshalb keinen Verdacht geschöpft. Sie sah einfach nur normal und gut aus, überhaupt nicht androgyn oder abgedreht wie auf dem Video. Kein Wunder, dass sie die Aufmerksamkeit anderer Mädchen erregt hat.«

Kiran nickte bedächtig. Das ergab Sinn. Melina war ein hübsches, ansonsten aber unauffälliges Mädchen. Sie musste es meisterhaft verstanden haben, sich in andersartige Gestalten zu verwandeln. Die Einzigen, die durch diese Verkleidung hindurchgesehen hatten, waren ihre Opfer gewesen.

Das Foto sah aus wie von einem Mobiltelefon geschossen. Wahrscheinlich hatte Jonas Petersen die Aufnahme gemacht. Er musste seiner Freundin wie ein Schatten gefolgt sein.

»Da ist noch was«, sagte Alenka. »Ich würde gerne die Schwester verhören. Enzo müsste jeden Moment mit ihr hier sein.«

Bolko nickte zustimmend. »Nichts dagegen einzuwenden. Vielleicht kannst du schneller etwas aus den weiblichen Bewohnern dieses Gefrierschranks hier herausbekommen.«

Als Kiran und Bolko zurück ins Erdgeschoss gingen, hielt vor dem Haus gerade ein Polizeiwagen. Enzo stieg aus und führte eine junge Frau ins Haus. Adriana Vorberg hatte nichts von der elfenhaften Schönheit ihrer Schwester, sie kam ganz nach ihrer Mutter. Bereits jetzt, im Alter von kaum zwanzig, waren ihre Mundwinkel vor Missbilligung und Negativität herabgezogen. Gesicht, Körper, Kleidung, alles gepflegt, teuer und doch unscheinbar. Der Blick, den sie ihnen zuwarf, sprach Bände. Und doch war da noch etwas anderes. Angst.

Kiran und Bolko instruierten Enzo, die Schwester nach Alenkas Verhör ebenfalls auf das Revier zu bringen. Dann gingen sie zu Bolkos Jaguar.

Sie fuhren schweigend zurück ins Stadtinnere. Jeder hing seinen Gedanken nach. Bolkos Telefon klingelte, er nahm ab und lauschte.

»Was? Wir kommen.«

Er beendete das Gespräch und warf das Telefon auf die Ablage.

»Sie haben ein weiteres Opfer gefunden. In Arnheim.«

»In Holland?«

»Natürlich in Holland, wo sonst? Scheiße verdammte!«

Dann stieg er aufs Gas und ließ die Reifen quietschen.

Eine halbe Stunde später waren sie einigermaßen im Bilde. Kiran hatte sich die nötigen Namen, Daten und Dokumente auf sein Telefon schicken lassen, eine E-Mail mit ersten Tatortfotos, Kontaktdaten des zuständigen holländischen Kriminalamts und einen vorläufigen Bericht des zuständigen Ermittlers vor Ort. Demnach hatte gegen elf Uhr der Besitzer eines heruntergekommenen Mietshauses im Zentrum von Arnheim seine wöchentliche Inspektionsrunde gemacht. Im Obergeschoss stand eine Wohnungstür offen. Auf dem ohnehin nicht sehr sauberen Boden erkannte er schon von weitem frische Blutspuren. Widerwillig hatte er den unvermeidlichen Anruf bei der Polizei getätigt. Erst danach hatte er den Raum betreten und wäre beinahe in Ohnmacht gefallen, als er die junge Frau sah, die dort blutüberströmt auf dem Bett lag. Die ankommenden Kriminalbeamten hatten bereits über Funk von ihren Kollegen aus der Einsatzzentrale den Hinweis bekommen, dass im grenznahen Bezirk Xanten in Deutschland eine gewisse Melina Vorberg gesucht würde, die ihren Opfern die Kehle durchschnitt. Als sie am Tatort angekommen waren, hatten die Kollegen der Verkehrspolizei durchgegeben, dass ein Wagen, gemeldet auf einen Peter Vorberg aus Xanten, auf der A73 bei Nijmegen geblitzt worden war.

Das brachte die Kollegen von der internationalen Fahndung auf den Plan. Man unterrichtete das Bundeskriminalamt und wartete nun auf die Kollegen aus Deutschland, während der Tatort untersucht wurde.

Bolko schaffte die kurze Strecke in Rekordzeit. In Arnheim brauchte er ebenfalls nicht lange, um die holländischen Kollegen ausfindig zu machen, Hoofdinspecteur Henk Viersma und Brigadier Frans Leeuw, die sie im zentralen Arnheimer Polizeirevier erwarteten.

Viersma war ein gemütlicher Mann Ende fünfzig und begrüßte sie herzlich mit Handschlag. Leeuw, der es offenbar nicht so mit den Deutschen hatte, hob kurz die Hand und ging voran zu ihrem Dienstwagen.

»Keine Sorge wegen Frans, er hat das letzte Spiel gegen eure Nationalmannschaft noch nicht verdaut. Es ist gut, dass ihr hier seid. Furchtbare Sache. Glaubt ihr, euer Serienmörder macht jetzt bei uns weiter?« Viersma sprach mit starkem Akzent, aber sein Deutsch war perfekt.

Bolko, der mit Viersma auf der Rückbank des Wagens Platz genommen hatte, zuckte mit den Schultern. »Ganz ehrlich, ich hoffe es nicht für euch.«

»Ich habe gehört, es ist ein Mädchen? Erst achtzehn Jahre alt? Vreselijk.«

»Ja, die ganze Sache ist entsetzlich«, pflichtete ihm Bolko bei. Er war in seiner Jugend oft in Amsterdam gewesen und verstand Holländisch ohne große Probleme.

Sie erreichten das Mietshaus und begaben sich in das Obergeschoss. Ein Beamter öffnete ihnen das Apartment. Viersma und Leeuw ließen ihren deutschen Kollegen den Vortritt.

Die Einrichtung war primitiv. Ein Bett mit einer kleinen Kommode und eine schmutzige Kochecke. Blutgetränkte Kleider lagen verteilt auf dem Boden herum. In der Luft hing der intensive, klebrige Duft von Haschisch.

Kiran sah sich um und wandte sich an Viersma. Er zuckte mit den Schultern.

»Schwer zu sagen, Henk. Unsere Mörderin war bisher absolut kontrolliert und hat keine Spuren hinterlassen. Das hier ist eigentlich nicht ihre Art. Allerdings hat sie gestern wohl unbeabsichtigt ihren besten Freund umgebracht. Sie kann also emotional sehr aufgewühlt sein. Wir müssen mehr über das Opfer wissen. Vor allem darüber, wo sie sich gestern Abend und Nacht aufgehalten hat. Vielleicht hat jemand sie zusammen mit ihrem Mörder gesehen.«

Viersma nickte und rief nach seinem Brigadier, der inzwischen die benachbarten Mieter befragte. Leeuw erschien einige Minuten später und sprach auf Holländisch zu seinem Vorgesetzten. Bolko übersetzte Kiran, was gesprochen wurde.

Mari Bakker, dreiundzwanzig Jahre alt und arbeitslos, verdiente sich ihr Geld im quasi-legalen Drogenhandel. Sie verkehrte in den Bars der benachbarten Kneipenstraße und verkaufte in erster Linie Haschisch an Touristen und jugendliche Nachtschwärmer. Die Kneipe, in der sie privat am häufigsten verkehrte, würde in etwa einer halben Stunde aufmachen.

Viersma drehte sich um und wollte übersetzen, doch Bolko winkte ab. »Kom, we zijn weg.«

Auf dem Weg blieben sie kurz bei einer Snackbar stehen, wo sich Bolko eine doppelte Portion Frikandel Special besorgte. Kiran nahm nach kurzer Überlegung einen Satayspieß mit Erdnusssauce.

Nach dem Imbiss begaben sie sich direkt zu der Kneipe, die soeben geöffnet hatte. Der Wirt des kleinen gemütlichen Lokals war indonesischer Abstammung. Er kannte Mari schon lange und reagierte auf die Nachricht von ihrem Tod mit großer Bestürzung. Er rief seine Frau Martha herbei, die gestern an der Bar gearbeitet hatte. Sie konnte sich sehr gut daran erinnern, dass Mari gestern Abend noch ziemlich spät bei ihnen gewesen war, und sie hatte beobachtet, dass sie sich irgendwann an den Tisch zu einer jungen Frau mit dunklen langen Haaren gesetzt hatte. Letztere war ihr aufgefallen, weil sie bis dahin sehr abweisend gewirkt hatte. Später war es ziemlich voll geworden, und sie hatte auf die beiden nicht mehr geachtet. Jedenfalls waren beide irgendwann verschwunden.

Als Bolko ihr das Foto zeigte, konnte die Wirtin Melina Vorberg einwandfrei identifizieren.

Henk Viersma fluchte ausgiebig in seiner Muttersprache. Dann sah er sie entschuldigend an.

»Eine Serientäterin in meinem Revier, das ist das Letzte, was ich jetzt gebrauchen kann.« Er holte tief Luft. »Na schön, dann gehen wir mal zur Gerichtsmedizin.«

Kiran und Bolko atmeten tief durch, als der Pathologe die Leiche aufdeckte. Maris Körper war regelrecht zerhackt worden. Keine Brandspuren, keine exakten Schnitte. Vielmehr schien es, als wären ihr die Kleider vom Leib gerissen und als wäre währenddessen bereits zugestochen worden. Wie bei den anderen Morden war der todbringende Schnitt aber wiederum der durch die Kehle gewesen. Diesmal jedoch musste Melina rittlings auf ihrem Opfer gesessen und das Messer wie ein Schwert benutzt haben. Etwas musste in der Wohnung vorgefallen sein, das bei Melina alle Sicherungen hatte durchbrennen lassen, nachdem sie vorher so ruhig und kontrolliert in der Kneipe gesessen hatte.

Zurück in der Hauptwache wurden Bolko und Kiran von der Agentin Sjaan begrüßt, jung, blond, mit einem freundlich-offenen Gesicht. Sie führte sie in einen Medienraum, um ihnen die Aufnahme der Überwachungskamera der Fußgängerzone gleich neben Maris Wohnhaus zu zeigen, die die holländischen Kollegen inzwischen ausgewertet hatten. Die Aufnahme zeigte Mari und Melina, die um 00.45 Uhr gemeinsam in Richtung des Miethauses gingen.

Kiran und Bolko reservierten mit Sjaans Hilfe ein Zimmer in einem Hotel im Norden der Stadt. Bis sie am Abend dort Quartier beziehen würden, wollten sie in einem der Büros der Wache ihre Berichte schreiben und sich mit Enzo und Alenka kurzschließen. Die beiden sollten am kommenden Morgen die Familie Vorberg verhören.

Nach getaner Arbeit schlug Bolko vor, die Gunst der Stunde zu nutzen und sich in eines der vielen hervorragenden indonesischen Restaurants zu begeben, um Hollands heimliches Nationalgericht – eine üppige Reistafel – zu genießen. Umgeben von Bami, Nasi und einer Unmenge an Töpfen und Tiegeln, aus denen es herrlich duftete, saßen sie zum ersten Mal seit langer Zeit in Ruhe beieinander und genossen die Gelegenheit, ausführlicher miteinander zu reden.

»Göttlich, dieses Rendang hier«, schwärmte Bolko. »Und dann diese herrlichen scharfen Eier dazu. Ich könnte mich davon ernähren. Und wir werden die

Energie brauchen. Bringt mich zum Thema. Auch wenn die Leading Ladies dich schon beackert haben, aber ich möchte jetzt gerne mal wissen, was gestern Abend in dieser Kneipe los war. Ich finde, als dein Partner steht mir das zu.«

»Das stimmt. Tut mir leid, dass wir bisher gar keine Zeit hatten zu reden. Auch nicht nach den USA.«

»Schön, dass du das erwähnst. Eleonore meinte, du wärst dort auf einen kleinen Trip gegangen.«

»Ich war nicht auf einer Plantage, wenn du das meinst. Aber du hast Recht, es wird Zeit, dir von allem zu erzählen.«

»Wovon? Von deinem neu entdeckten Spaß am Bürger-Bashing oder von der amerikanischen Geschichte?«

»Das und alles andere auch.« Kiran sah Bolko an. Dessen spöttischer Gesichtsausdruck verschwand umgehend. Er schenkte beiden Wein aus der Karaffe nach und lehnte sich zurück.

Es war das erste Mal, dass Kiran jemand anderem als seinen Mentoren oder Eleonore erzählte, was damals in Quantico vorgefallen war. Das Erzählen fiel ihm leichter als gedacht. Ein letzter Beweis dafür, wie wichtig Bolko für ihn geworden war. Gerade jetzt, wo er einen Freund und Partner brauchte, der ihn verstand und sich dazu mit Gefühlsausbrüchen bestens auskannte.

Als Kiran geendet hatte, schwiegen sie eine Weile. Dann endlich sprach Bolko.

»Was ist nach dem Schuss in dir vorgegangen?«

»Nichts. Gar nichts.«

»Ging mir genauso.« Bolko sah Kiran in die Augen. »Da war ganz lange kein Gefühl da. Ich wusste nicht mehr, ob ich noch ich selbst war. Oder wer ich überhaupt war. Ein normaler Bulle oder ein Killer mit Dienstmarke.« Bolko machte eine Pause. »Dann ist der Hund meiner Eltern plattgefahren worden, als ich mit ihm rausging. War nichts mehr zu machen, außer ihm den Gnadenschuss zu geben. Ich bin heulend zusammengeklappt und musste für Wochen auf die Couch. Und das, obwohl ich das Scheißvieh schon seit Jahren um die Ecke bringen wollte.«

Bolko prustete, er konnte das Lachen nicht mehr unterdrücken, Kiran ebenfalls. Sie konnten kaum aufhören. Ihre Anspannung musste sich wohl auf irgendeine Weise entladen.

»Verarsch mich nicht, Bolko.«

»Das ist die Wahrheit, Bruder. Der Mistköter hat mich gerettet.«

Sie lachten, bis ihnen die Tränen kamen und sich bereits die Gäste umdrehten. Heißhungrige Esser mit hysterischen Lachanfällen waren in den besseren Restaurants Hollands nicht gern gesehen.

Auf dem Weg zu ihrem Hotel kamen sie an der Kneipe vorbei, in der Melina Vorberg ihr jüngstes Opfer getroffen hatte. Sie sahen sich kurz an und gingen auf einen Absacker hinein.

»Glaubst du, dass sie noch hier in Holland ist?«, fragte Bolko, nachdem er das erste schaumlose Bier auf einen Zug leergetrunken hatte.

»Keine Ahnung. Dazu müssten wir wissen, was sie überhaupt hierherverschlagen hat. Ich hoffe, Enzo und Alenka können die Familie morgen endlich zum Sprechen bringen.«

»Meinst du, sie hat die Orientierung verloren?

»Nein, das glaube ich nicht. Das gestern Nacht war eine Eruption, ein emotionaler Wutschrei wegen des

Mordes an ihrem Freund. Daher dieses Abschlachten, das Vernichten dessen, was sie für ihren Zustand verantwortlich macht. Sie ist dafür aber eigentlich viel zu klug und umsichtig. Im Moment verachtet sie sich wahrscheinlich vor allem selbst. Und sie weiß, dass wir hinter ihr her sind. Ich könnte mir vorstellen, dass sie sich reinwaschen will, das alles vielleicht sogar beenden.«

»Und wie? Indem sie sich in einem SM-Club in die Luft sprengt?«

Kiran schüttelte den Kopf. »Melina muss ihre Kontrolle zurückerlangen. Und sie muss das alles abschließen. Das kann sie nur auf vertrautem, selbstgewähltem Terrain. Vielleicht mit einer ähnlichen Zeremonie wie bei den früheren Morden. Xanten ist es nicht, sonst wäre sie nicht geflohen.«

»Alternative?«

»Vielleicht gibt es hier einen Ort, an dem sie sich sicher fühlt. Den nur sie kennt.«

Kiran dachte nach. Sie – und ihre Familie womöglich. Es musste eine Verbindung zwischen Xanten und Arnheim geben. Kiran schickte eine Kurznachricht an Alenka, morgen in aller Frühe als Erstes die Schwester, Adriana Vorberg, in die Mangel zu nehmen. Hoffentlich konnte Alenka jemanden aus dieser Familie zum Sprechen bringen.

33

Ein heiserer Esel schrie aus Bolkos Mobiltelefon, als sie gerade beim Frühstück saßen. Nach dem exzellenten Essen am Vorabend war das Frühstück eine ziemliche Enttäuschung. Als Brotersatz dienten feuchtweiche, gummiartige Toastscheiben, und statt Kaffee gab es eine braune Brühe, die in Jugendherbergen nicht mal als Kinderkaffee durchgegangen wäre. Vielleicht waren sie durch Enzos italienische Kaffeekünste zu verwöhnt. Kiran hatte sich lieber einen Tee bestellt.

Bolko meldete sich. Kiran konnte hören, dass es Enzo war. Er sprach eine ganze Weile.

»Wo seid ihr jetzt?«, unterbrach ihn Bolko schließlich. »Unterwegs? Gut, wir fahren ebenfalls los.«

Er steckte das Telefon ein, stand auf und zog seine Jacke an.

»Wir müssen die beiden Holländer einsammeln und aufs Land.« Damit lief er los, Kiran hatte Mühe, ihm zu folgen. Im Laufen rief Bolko Henk Viersma an. Auf dem Weg zur Hauptwache informierte er Kiran.

Alenka hatte Adriana Vorberg wie abgesprochen in aller Frühe verhört. Allerdings nicht um 7 Uhr, sondern bereits eine Stunde früher und das, ohne Enzo Bescheid zu geben. Der war wie abgesprochen um 7 Uhr im Revier eingetroffen und hatte im Verhörraum die ungeduldige Alenka und eine in Schockstarre befindliche Insassin vorgefunden. Offenbar hatte Alenka die verstörte Adriana wachgerüttelt und ihr eine viertelstündige Zusammenfassung von Melinas erstem Video vorgeführt. Fesselung, Folter und zum Schluss die Großaufnahme der durchschnittenen Kehle von Patricia Masterson. Das schien gewirkt zu haben, denn nachdem Alenka sie für eine halbe Stunde mit ihren Dämonen allein gelassen hatte, war der Widerstand der am Vortag noch so unnahbaren jungen Dame gebrochen. Sie wurde weinerlich, Alenka hatte jedoch nicht aufgegeben und schließlich das einzig Sinnvolle aus Adriana zutage gefördert.

In ihrer frühen Kindheit waren die Kinder mit den Eltern oft ins nahe Holland gefahren. Dort, an einem schönen Flusslauf nahe der Grenze lag das beschauliche Örtchen Gendt. In einem kleinen Häuschen außerhalb des Ortes hatte die Familie ihre Wochenenden verbracht. Der Besitz war inzwischen längst verkauft worden. Dennoch konnte dies vielleicht der Ort sein, den Melina aufsuchen würde. Mehr wusste Adriana nicht zu sagen. Alenka und Enzo waren umgehend aufgebrochen.

Kiran und Bolko erreichten die Hauptwache, dort warteten Viersma und Leeuw bereits an ihrem Wagen. Kurze Zeit später rasten zwei Autos in Richtung Gendt. Ein bewaffnetes Spezialteam würde folgen und sich auf Kirans Bitte hin vorerst außerhalb von Gendt bereithalten. Die erste Suche musste unauffällig geschehen. Es war nicht auszudenken, was Melina anrichten würde, wenn sie eine anrückende Spezialeinheit erblickte.

Sie erreichten den kleinen Ort keine halbe Stunde später. Auf der Fahrt war Kiran klar geworden, warum

Melina zunächst nach Arnheim gefahren war. Das Wochenendhaus, so hatte die schnell recherchierende Sjaan ermittelt, gab es nicht mehr. Melina musste also umdenken.

Sjaan hatte daher eine Liste der örtlichen Hotels und Pensionen aufgestellt, die jedoch allesamt im viel besuchten Umland lagen und beim Einchecken mit Sicherheit Reisepass oder Ausweis verlangten. Zu nachtschlafender Zeit hatte Melina in Gendt wohl kein privates Zimmer mehr bekommen und war daher nach Arnheim gefahren, wo man ohne Probleme anonym Unterkunft gegen Barzahlung finden konnte. Nur deswegen hatte Mari Bakker sterben müssen. Vielleicht hatte Melina die gestrige Nacht im Wagen verbracht, nachdem sie ihren brutalen Mord begangen hatte. Sie schien am Ende ihres Weges angekommen, und Gendt war tatsächlich eine denkbare Endstation.

Als sie Gendt erreichten, ertönte erneut Enzos Klingelton.

Bolko meldete sich. Enzo sprach eine ganze Weile. Bolkos Miene durchlief ein komplettes Spektrum, von interessiert über ernst bis hin zu wütendem Unmut.

»Aha … aber sonst geht's euch noch gut … bitte WAS???«

Kiran hörte das flehende Gequake aus Bolkos Telefon, während er Schlimmes ahnend zuhörte.

»Das ist mir scheißegal, ob Madame ein schlechtes Gewissen hat, ihr habt gefälligst zusammen zu agieren! Egal jetzt, fang an zu suchen, wir sind schon unterwegs …«

Wütend informierte er Kiran. In Gendt hatten sich Alenka und Enzo aufgeteilt und die beiden örtlichen

Makler befragt. Während Enzo nichts erfahren hatte, war Alenka auf das Maklerbüro getroffen, in dem sich Melina vor nicht allzu langer Zeit erkundigt hatte. Alenka war umgehend aufgebrochen und hatte ihren Partner an den Ortsrand beordert, anstatt auf ihn zu warten. Als Enzo dort ankam, war von Alenka nichts zu sehen. Ihr Handy war ausgeschaltet.

Auf einem Parkplatz vor dem Ortseingang trafen sie auf Enzo. Bolkos Halsadern schwollen bedenklich an.

»Hast du eine Ahnung, wo sie ist?«

»Sie hat vor einer Stunde zum letzten Mal eine SMS geschickt und geschrieben, dass sie die Hausvermietung gefunden hat, wo Melina sich nach einem freien Haus erkundigt hat. Ich wollte gerade dorthin.«

Das kleine, typisch holländische Haus lag am Rand des Ortes und überblickte die Uferwiesen des Flussarms, der Gendt umschmiegte. Während Viersma und Bolko die Maklerin befragten, standen Kiran, Enzo und Leeuw draußen und sahen sich um.

»Sie kann überall sein«, sagte Leeuw plötzlich – zu Kirans Überraschung auf Deutsch. »Sie kennt sich hier aus?« Er sah Kiran an, der nickte. »Dann sollten wir uns aufteilen und sofort mit der Suche anfangen.«

Bolko kam aus dem Haus gelaufen. »Melina war hier, aber das einzig verfügbare Wochenendhaus ist noch bis heute Nachmittag vermietet. Sie hat gesagt, dass sie bis dahin am Fluss spazieren würde. Und die Maklerin hat Alenka genau das Gleiche erzählt. Los, wir müssen zum Fluss.«

Die nächsten zwei Stunden durchkämmten sie das offene Uferland. Sie gingen verteilt, trafen sich in Abständen beim Auto, um sich auszutauschen und neu zu koordinieren. Es war beim dritten Treffen, als Enzo mit leichenblasser Miene das Mobiltelefon vom Ohr nahm und seine Vorgesetzten anstarrte.

»Aglaeca ist im Netz. Mit einem Livestream.«

»Was? Können wir das irgendwie sehen?«

»Ich bekomme gerade den Link von der Zentrale in Wiesbaden.«

Enzo holte seinen Laptop hervor, öffnete das Mail-Programm. Er klickte den Link an.

Das Bild war dunkel und unscharf. Aber sie erkannten Alenka. Sie schien gefesselt zu sein und saß mit hängendem Kopf bis zur Hüfte im Wasser. Hinter ihr eine Backsteinmauer. Offensichtlich ein altes Wasserreservoir. Der Titel des Livestreams sprach für sich: »Abgang.« Darunter sah man eine Zeitangabe. Es folgten die Kommentare der live zugeschalteten Zuschauer, die bereits frohlockend mutmaßten, auf welche Weise sich die beiden wohl von dieser Welt verabschieden würden. Die ersten begannen damit, Wetten auf Gift, Wasser oder Messer abzuschließen.

Kiran wandte sich ab. In seinem Kopf rasten die Gedanken.

»Was sollen wir jetzt machen?«, fragte Enzo.

Bolko wandte sich an Viersma. »Wir brauchen jemanden, der sich hier auskennt. Den Dorfpolizisten, den Bürgermeister … Irgendwo muss es hier ein Wasserreservoir geben, was weiß ich …«

»Mein Kollege macht das«, sagte Viersma. Während Leeuw zu einem der Wagen ging, zog Viersma sein Telefon hervor. »Ich hole schon mal meine Leute hierher. Wir brauchen jetzt jeden Mann.«

Bolko nickte.

Kiran, der auf den Fluss gestarrt hatte, kam eine rettende Idee.

»Da unten legt gerade die Fähre an. Gehen wir hin und fragen, ob der Fährmann jemanden gesehen hat.«

Der Bootsführer hatte während der vergangenen drei Touren keine einzelne Frau an Bord gehabt, nur Touristengruppen und eine Schulklasse. Aber er rief seinen Kollegen weiter flussaufwärts an. Er nickte den Polizisten zu, noch während er sprach.

Tatsächlich hatte vor etwa anderthalb Stunden dort eine junge Frau in einem Geländewagen übergesetzt, neben sich ihre schlafende Freundin. Auf der anderen Uferseite befand sich offenes Land, mit Wiesen, Feldern, Wäldchen, von kleinen Seen durchsetzt.

Viersma wies sein Team über Funk an, die andere Fähre zu benutzen und sich dem Suchgebiet von Nordwesten zu nähern. Dann setzten sie in Viersmas Wagen ebenfalls über.

Sie fuhren über Feldwege und in jede kleine Einfahrt, die zu Häusern oder alten Gemäuern führte. Noch immer gab es keine Nachricht von Leeuw, wo in dieser Gegend ein Wasserreservoir zu finden sein könnte. Sie mussten weitersuchen, während die Zeit verrann.

Der Funkspruch riss sie aus ihren hektisch umherirrenden Gedanken. Genau vor dem Suchteam war ein Range Rover aus einem Seitenweg auf die Straße gefahren und bewegte sich jetzt unterhalb des Flusses nach Südosten. Einer der Wagen hatte die Verfolgung aufgenommen, der Rest war ausgeschwärmt. Viersma reagierte sofort und wies seine Leute an, nicht einzugreifen, alle Wege abzusperren und vorläufig weitere Befehle abzuwarten. Von dem Wagen, der die Verfolgung aufgenommen hatte, ließ er sich darüber informieren, welchen Feldweg der Range Rover genommen hatte. Viersma hielt und konsultierte das Navigationsgerät, fand den Weg und wendete. Er bog in einen anderen Feldweg ein, fuhr einige Meter weiter, bis er den Wagen schließlich mitten in einer Kurve quer auf der Straße parkte. »Der Wagen muss hier entlangkommen. Er kann nicht ausweichen«, sagte er und stieg aus. Zusammen mit Enzo bezog er dort Stellung. Bolko und Kiran gingen weiter vorn seitlich am Straßenrand in die Hocke und warteten.

Kurze Zeit später erschien der Geländewagen. Sie warteten, bis er nah genug herangekommen war, dann sprangen sie auf die Straße und legten ihre Waffen an.

Das Auto verlangsamte zuerst, um dann plötzlich wieder Gas zu geben. Bolko schoss in die Luft und hob die Hand, Kiran aber zielte und entleerte sein Magazin auf die Autoreifen.

Der Wagen geriet ins Schleudern, flog an ihnen vorbei und krachte in die seitliche Böschung.

Sie rannten los. Im selben Moment hatte sich die Tür geöffnet, und eine schlanke Gestalt sprang aus dem Wagen.

Kiran drehte ab und rannte ihr seitlich hinterher auf die Kurve zu, hinter der Viersma und Enzo auftauchten. Sie sprang mit zwei mächtigen Sätzen über Straße und Graben und sprintete auf das offene Feld.

Bolko hatte ebenfalls reagiert, über den Graben gesetzt und rannte schreiend von der rechten Seite auf die Flüchtende zu. Aber auch er war chancenlos, das Tempo dieser Läuferin war unfassbar schnell.

Kiran lud im Laufen seine Waffe nach. Während er abbremste und zum Schießen in die Knie ging, ertönte ein Schuss. Kiran schaute nach rechts. Bolko war ebenfalls in Schussposition gegangen, hatte angelegt und geschossen. Vor ihm warf das Mädchen die Arme in die Luft.

Etwas in Kiran zuckte zusammen, als er sie wie ein verletztes junges Reh fallen sah.

Er startete, während Bolko noch wie erstarrt am Boden kauerte. Von hinten kamen Viersma und Enzo herbeigelaufen.

Als Kiran die junge Frau erreichte, starrte sie ihn mit weit aufgerissenen Augen an. Sie atmete. Ihr Gesicht drückte wehrloses Erstaunen und Zerbrechlichkeit aus. Im nächsten Moment verschwand dieser Ausdruck vollständig, und an seine Stelle trat eine Härte, die Kiran bisher nur bei Soldaten gesehen hatte. Ihr Blick verdunkelte sich und wurde eiskalt.

Sie presste eine Hand auf ihren Oberschenkel, aus dem Blut quoll. Kiran erwachte aus seiner Trance und band ihr das Bein oberhalb der Wunde ab.

Die Männer standen keuchend um sie herum, wie um ein erlegtes Wild. Kiran fühlte sich schmutzig und steif, als wäre ein fremder stinkender Jäger aus der Steinzeit in seinen Körper gefahren.

Schließlich brach Bolko den Bann, beugte sich hinunter zu Melina und zischte sie an.

»Wo ist Alenka?«

34

Der kleine Bauernhof lag still zwischen den Bäumen. Sie befanden sich in einem Waldstück auf halbem Wege zwischen dem Flussufer und dem Feld, auf dem sie Melina gestellt hatten. Enzo hatte keine Zeit verloren und sie kurzerhand in den Wagen getragen. Dann waren sie losgefahren. Das nächste Krankenhaus lag zu weit entfernt. Kiran hatte den Hof als Erster gesehen. Viersma war schleudernd in den Zuweg eingebogen und auf das Haus zugerast. Sie mussten improvisieren. Und sie mussten Alenka finden.

Da die Haustür offen stand, hatten sie Melina ins Wohnzimmer verfrachtet, wo ihnen die erschrockene Hausfrau entgegenkam. Bolko und Viersma hatten ihre Ausweise gezeigt und sie gebeten, Verbandszeug zu holen.

Nach der Erstversorgung verhörten Viersma und Bolko das Mädchen.

Kiran stand mit Enzo draußen. Er wollte vorerst im Hintergrund bleiben. Zusammen mit Enzo warf er einen Blick auf den Videostream. Alenka war nach wie vor ohnmächtig. Das Wasser reichte ihr inzwischen bis an die Brust. Ihnen blieb nicht mehr viel Zeit.

Bolko und Viersma bearbeiteten Melina nach allen Regeln der Kunst, von leiser Eindringlichkeit bis hin zu mühsam unterdrückter Wut. Sie starrte sie an, als erblicke sie zwei besonders hässliche Insekten. Ansonsten zeigte sie keinerlei Regung.

Selbst als man sie nicht ins Krankenhaus, sondern hierhergebracht hatte, war sie nicht erstaunt gewesen. Ihre Beherrschung war zum ungünstigsten Zeitpunkt zurückgekehrt.

Auf dem Hof trafen Leeuw und sein Team ein. Viersma kam nach draußen und drängte den laut schimpfenden Brigadier zurück zu dessen Wagen. Ganz offensichtlich war Leeuw mit dieser Form der Befragung nicht einverstanden.

Kiran blickte über Enzos Schulter auf das Videobild, dann wieder nach drinnen. Der Zeitpunkt war gekommen.

Bolko trat aus der Tür. Er blickte Kiran kurz an und schüttelte wortlos den Kopf. Enzos Blick ging zwischen beiden hin und her. Er wollte etwas sagen, doch Kiran kam ihm zuvor.

»Ruf die Dateien zu den Xantener Morden auf. Ich brauche die letzte Dokumentation der Gerichtsmedizin.«

Enzo schaute verwirrt drein, beeilte sich aber, als er die Miene seines Vorgesetzten sah. Dann nahm Kiran den Laptop und ging ins Haus.

Melina thronte auf dem Sofa, als erwartete sie den Nachmittagstee.

Kiran schloss die Tür. Dann setzte er sich auf einen Stuhl ihr gegenüber, stellte den Laptop auf den Sofatisch und sah ihr in die Augen. Gleichgültigkeit, Härte, Kälte. Es gab kein Wort, das ihre gefühllose Ruhe annähernd beschreiben konnte. Er gab sich unbeeindruckt. Es gab noch einen anderen Kiran, ohne Rücksicht und ohne Mitgefühl. Nur der konnte ihren Schutzwall durchbrechen.

In ihren Augen hatte er es für einen Moment sehen können. Auch sie wusste, dass ihr jetzt ein gefährlicher Gegner gegenüberstand.

»Wir haben den Weg deiner Taten nachgezeichnet, Melina. Von Sharon Collins über Lynn Farnsworth, Patricia Masterson, Verena Stobek, Rena Kolski bis hin zu Mari Bakker. Allesamt hingerichtet.«

Sie zeigte keine Regung.

»Aglaeca wird keinen heroischen Abgang haben. Keine Öffentlichkeit, kein finaler Opfergang mit der Schwester, die du gerne gehabt hättest.«

»Sie wissen gar nichts. Ich brauche keine …«

»Du bist es, die nichts weiß! Du nennst dich Aglaeca, die Kriegerin, aber anders als Aglaeca kämpfst du nicht gegen einen ebenbürtigen Gegner. Du folterst und tötest wehrlose Opfer. Damit bist du nicht besser als diejenigen, die dich gequält haben.«

»Was wissen Sie denn von Qual, ich …«

»Ich weiß verdammt gut, was es bedeutet, Qualen zu erleiden. Aber du scheinst zu glauben, es sei für Aglaeca ein würdiger Abgang, wenn eine Unschuldige kläglich ertrinkt? Du bist vielleicht geschlechtslos, aber du bist nicht Aglaeca. Du bist eine kleine Sadistin wie die anderen auch.«

»Du mieses …«, fuhr sie ihn an und sprang auf. Er stieß sie zurück auf das Sofa.

»Sei still!«, herrschte er sie mit eiskalter Stimme an und zeigte mit dem Finger auf ihr Gesicht. »Du wirst nicht reden, du wirst hinsehen.«

»Wenn Sie Ihre Frau Motte meinen, ich …«

Er hob warnend die Hand. Dann nahm er den Laptop und drehte ihn um.

»Was ist das?«

»Das, Melina, ist eine verhüllte Leiche. Das nächste Bild zeigt sie vor der Obduktion.«

Er klickte die Bildfolge weiter, und der Bildschirm zeigte Jonas, der bleich und kalt auf dem Stahltisch lag.

»Du Scheißkerl!«

»Du wirst hinsehen. Zwing mich nicht, deinen Kopf in den Bildschirm zu halten.«

Er klickte weiter. Jonas' geöffnete Leiche.

»Er hatte keine Chance auf ein Leben. Er muss wohl sehr glücklich gewesen sein, dich wiederzusehen. Bis ihm aufging, dass jemand wie du keine Freunde hat, nicht haben darf.«

Sie starrte auf den Bildschirm und schluckte zornig.

»Das hier ist Jonas ohne Magen. Und das hier das Gefäß mit seinem Mageninhalt. Er hatte sich zu Mittag einen Burrito gegönnt, dazu Guacamole und etwas, das aussieht wie ein Taco-Salat. Hier sieht man noch die Chilibohnen, den Eisbergsalat und die Reste von den Nachos. Ich nehme an, das war seine Henkersmahlzeit.«

Melinas Aufschrei ging in eine Art gurgelnden Laut über, als sie sich neben das Sofa übergab.

Kiran wartete ungerührt ab.

»Habt ihr das etwa zusammen gegessen? Was habt ihr noch zusammen gemacht? Am Computer gesessen. Wieso war Jonas der einzige Mensch, dem du Vertrauen geschenkt hast?«

Husten, Schniefen. Er gab ihr kein Taschentuch, sie musste den Ärmel ihrer Jacke benutzen.

»War Jonas auch auf diesen Partys? Er war Mitglied

im Leichtathletikverein, ein sehr guter Läufer. Keine Freunde dort oder in der Schule, aber ein verdammt guter Sportler. Und ein Genie in der Informatik. Bis seine Zuneigung zu dir sein Licht für immer ausgeblasen hat.«

»Hören Sie auf!«, keuchte sie.

»Nichts wird aufhören. Aglaecas Worte. Deine Worte. Es wird weitergehen, bis zum bitteren Ende. Deinem Ende. Bis dahin wirst du dieses Bild und den ganzen Rest der Obduktion vor Augen haben, weil ich es dir auf die Netzhaut brennen werde. Jonas, blutleer, ohne Organe. Leblos, genau wie du. Nur dass er das nicht verdient hat. Nicht nach all dem, was er für dich getan hat.«

Sie heulte auf, ein animalischer Schrei, der in ein langgezogenes Wimmern überging.

Kiran griff ihr ans Kinn und bohrte seinen Blick in ihre Augen.

»Wo ist Alenka?«

Sie starrte ihn an wie einen Dämon.

Ihre Lippen bebten.

Dann begann sie kaum hörbar zu flüstern.

Die Tür zerbarst unter Bolkos wuchtigem Tritt. Sie stürmten die Treppe hinunter, den schmalen Gang entlang. Dann verschwanden die Wände und gaben ein großes Bassin frei. Alenka saß an der Wand, ihre Augen hatten in stummer Verzweiflung in die Ferne gestarrt und dann auf ihre Freunde. Die Langsamkeit, mit der das Entsetzen der Erleichterung wich, war bestürzend.

Dann hatten sie sie befreit. Enzo nahm sie in die Arme. Sie konnte noch nicht wieder gehen. Er trug sie nach oben, ihre Last nichts im Vergleich zu der, die von seinen Schultern gefallen war.

Bolko stützte sich an die Wand, atmete tief ein und aus. Es dauerte eine Weile, bis er sich beruhigt hatte. Kiran fühlte seine Anspannung gemeinsam mit der seines Freundes entschwinden. Er klopfte ihm sanft auf den Rücken, dann gingen sie nach oben.

Draußen trafen sie auf Viersma, Leeuw und den Rest des Einsatzteams. Alenka war bereits im Krankenwagen. Sie nahmen die Glückwünsche entgegen und bedankten sich bei ihren holländischen Kollegen. Hände wurden geschüttelt oder schlugen freundlich auf Schultern. Enzo stieg zu Alenka in den Wagen.

Viersma ging zu Bolko, sie umarmten sich kurz und herzlich, während Leeuw ausdruckslos vor sich hin starrte. Nach einer Weile ertönte neben Kiran wieder das weiche, holländisch gefärbte Deutsch, das ihn endgültig entspannte. Menschen wie Viersma hatten eine solche Wirkung auf ihn, und er war zutiefst dankbar dafür.

»Ich weiß nicht, wie wir das unseren Chefs erklären sollen«, meinte Viersma. »Aber vielleicht werden die uns nicht feuern, wenn wir das hier präsentieren. Keine weitere Leiche, die Mörderin gefasst, eure Alenka am Leben und nur ein bisschen verkühlt. Armes Mädchen, aber sie sieht stark aus.«

»Das ist sie. Zu stark für meinen Geschmack manchmal.«

»Kann sein. Aber die Frauen müssen stärker sein als wir Männer. Sonst können sie in dieser Scheißwelt nicht überleben.«

35

Drei Tage später saß Kiran im Xantener Polizeirevier und schrieb an seinem Abschlussbericht. Die Aufgabe erwies sich als recht komplex. Es galt, Melinas Werdegang von einem liebenswerten jungen Mädchen hin zu einer brutalen Serienmörderin detailliert und nachvollziehbar darzulegen.

Gleich nach Melinas Festnahme und Überstellung in den Hochsicherheitsbereich des Düsseldorfer Krankenhauses hatte Enzo ihren Wagen durchsucht und neben ihrer gesamten Ausrüstung auch eine Stahlschatulle mit Tagebüchern gefunden. Melina hatte sich ein sicheres und mobiles Refugium für ihren Feldzug geschaffen.

Bolko hatte schon früher damit begonnen, den offiziellen Ermittlungsbericht zu schreiben und Enzo dafür zu verschiedenen Nachbefragungen zu schicken. Dabei war er bemüht, Alenkas fatalen Alleingang in Gendt, der sie fast das Leben gekostet hätte, herunterzuspielen und in Absprache mit Enzo als ein bloßes Missverständnis bei der Absprache hinzustellen.

Sie hatten Alenka im Krankenhaus besucht und, abgesehen von einer schnell abklingenden leichten Unterkühlung, gut erholt vorgefunden. Sie konnten sie nur mit Mühe dazu überreden, die Zeit der Beobachtung durchzustehen, ohne ihren Bewegungsdrang am unschuldigen Personal auszulassen.

Alenka war wegen ihres Fehlers immer noch sehr geknickt gewesen. Bolko hatte dagegen längst eingesehen, dass er hart genug zu seinen Jungkommissaren gewesen war. Er hatte sie daher beruhigt und seinen Schützlingen für diese Aktion eine eigens angefertigte Jokerkarte überreicht. Die seelische Verarbeitung der Ereignisse würde allerdings noch etwas länger dauern.

Nach einigen Tagen der Befragung der Nachbarn, Freunde und Bekannten der Vorbergs hatte Kiran zusammen mit Bolko und Enzo das Familienbild nachgezeichnet. Dieser einleitende Text hatte sich vergleichsweise leicht schreiben lassen.

Peter Vorberg, Investmentbanker in Düsseldorf, hatte sich zusammen mit seiner Frau in deren Heimatort Xanten ein perfektes Leben aufgebaut. Sein Einkommen ermöglichte ein sorgenfreies Leben in einer ultramodernen Villa, die rege Teilnahme an den zahllosen Aktivitäten der besseren Kreise Xantens und die Pflege des Hobbys Pferdesport im nahe gelegenen Reit- und Rennstall, an dem Vorberg ebenfalls beteiligt war.

Regine Vorberg, reiche Erbin und fest verankert in der Gesellschaft Xantens, war eine ebenso elegante wie unnahbare Frau. Das mochte an ihrem exponierten gesellschaftlichen Status liegen, war aber nach Ansicht aller auch die Ursache dafür, dass ihr Gatte nur selten zu Hause war. Die Gründe dafür waren ein offenes Geheimnis. Peter Vorberg hatte im Gegensatz zu seiner asketischen Gattin eine Vorliebe für ausschweifende Nächte, in denen er sämtliche Aspekte seiner wohlverdienten Dekadenz weidlich auskostete. Im Laufe der Jahre war die Betriebstemperatur ihrer Ehe daher merklich abgekühlt, und Regine Vorberg hatte sich ganz auf ihre sozialen Verpflichtungen und die Erziehung ihrer Töchter konzentriert.

Auch hier hatte sie es keinesfalls leichter. Ihre ältere Tochter Adriana schien sämtliche negativen Aspekte eines reichen und versnobten Kindes in sich zu vereinen. Trotz einer nach außen sorglos wirkenden Kindheit entwickelte sie sich zunächst zu einem latent gewalttätigen Wildfang. Nach dem mit Mühe bestandenen Abitur hatte sie jedoch von einem Tag auf den anderen jegliche Rebellion über Bord geworfen und eine eher unscheinbare Stelle im Büro des örtlichen Reitverbands übernommen.

Ihre Schwester Melina war dagegen ein in sich gekehrtes Kind. Sie entwickelte sich schnell zu einem hübschen, aber sehr stillen Mädchen. Seit ihrer frühesten Kindheit war sie im von ihrer Mutter energisch geführten Turnverein aktiv gewesen. Eine hochtalentierte Sportlerin, die bald als kommendes Talent auf Landesniveau gehandelt wurde.

Zu Beginn ihrer Pubertät jedoch hatte Melina den Turnverein überraschend verlassen. Einige Zeit später hatte sie dann mit der Leichtathletik begonnen, zuerst im örtlichen Verein, dann war sie zu einem Verein außerhalb Xantens gewechselt.

Von ihrer bis dahin omnipräsenten Mutter aber fehlte in dieser neuen Sportkarriere jede Spur.

Ein letzter Einschnitt hatte vor etwa anderthalb Jahren stattgefunden, als Melina ebenso überstürzt vom Gymnasium genommen und ins Ausland geschickt worden war, wohin wusste niemand. Auch als sie zurückkehrte, blieb sie allen ein Geheimnis. Sie ging weder zurück auf die Schule noch nahm sie an irgendwelchen öffentlichen Veranstaltungen teil. Man sah sie nirgends, nicht als Zuschauerin auf dem Sportplatz und ebenso wenig bei den Treffs der Jugend. Dass sie wieder zu Hause war, erfuhr man durch den nachbarlichen Tratsch.

Dies war das äußere Bild, das von den Vorbergs vorlag. Jetzt musste Kiran es mit Leben füllen und die Brücke zu ihrem Fall schlagen, wozu er Melinas Aufzeichnungen benutzen würde.

Melina hatte von klein auf akribisch dokumentiert, was in ihrer Familie vorgefallen und ihr selbst widerfahren war. Ihre Stille nach außen war so konsequent wie ihre mikroskopisch genauen Beobachtungen, die sie ihren Tagebüchern anvertraute. Kiran wurde schnell klar, dass dieses Kind nicht nur sehr sportlich war, sondern dass ihr Intellekt ihrem bereits zu Kinderzeiten gestählten Körper in nichts nachstand.

Zu Anfang beschrieb sie in erster Linie ihr Leben als Schülerin und Turnerin. Eigentlich ein introvertiertes Kind, genoss Melina dennoch den Kontakt zu Gleichaltrigen, der sich vor allem durch ihre Begabung im Sport ergab. Diese kurzen Jahre des Friedens endeten, als Melina zum ersten Mal mit der gesamten Härte ihrer familiären Herkunft konfrontiert wurde.

Ihre Mutter, selbst als Kind aktive Turnerin und von jeher eine auf Perfektion getrimmte Frau, führte den Verein mit unnachgiebiger Härte. Ihre großzügigen Investitionen in Infrastruktur und Trainerstab geschahen jedoch keinesfalls aus reiner Liebe zum Sport. Regine Vorberg hatte eine klare Vorstellung von Erfolg. Ihr Regime strapazierte Toleranz und Leidensfähigkeit aller Mitglieder bis aufs Äußerste. Es verstand sich von selbst, dass die eigene Tochter nicht zuletzt wegen ihrer Begabung mit bestem Beispiel voranzugehen hatte.

Melinas Kindheit endete, als ihr Schulplan dem Trainingsplan angepasst wurde. Ihre wenigen Freundinnen aus dem Turnverein wandten sich von ihr ab, indem sie ihren gesamten Missmut über das unangreifbare Feindbild der Mutter auf die Tochter übertrugen. Dies gab Regine Vorberg Gelegenheit für eine erste Lektion, die da hieß: Leistung kennt keine Freunde. Melinas Trainingsprogramm verschärfte sich und füllte das Vakuum, das durch ihre plötzliche Einsamkeit entstanden war.

Während sie verzweifelt zu verstehen versuchte, was mit ihrem Leben passierte, und keine Antwort darauf bekam, machten sie ihr innerer Rückzug und ihre Passivität für den einzigen anderen Menschen interessant, der ihr eigentlich zur Seite hätte stehen sollen.

Melinas Tagebucheinträge veränderten sich rapide. Auf einmal tauchten bei dem gerade mal zehnjährigen Mädchen Themen auf, die in einem so jungen Leben nichts verloren hatten. Peter Vorberg hatte seine Tochter entdeckt. Seine Zuneigung überschritt die Grenzen väterlicher Zärtlichkeit. Manuelle und orale Befriedigung waren fester Bestandteil der Vater-Tochter-Beziehung.

Melina beschrieb diese Situationen mit einer unschuldigen Offenheit und Genauigkeit, die Kiran trotz seiner Erfahrung mit solchen Biografien immer wieder zwang, die Lektüre zu unterbrechen.

Das nächste Unheil überkam Melina in Gestalt ihrer älteren Schwester Adriana, ebenfalls über Jahre Opfer der väterlichen Perversionen. Das Verlangen nach elterlicher Zuneigung legte den Grundstein für ein komplett verschobenes Wertesystem. Beide Mädchen verabscheuten ihre Handlungen und buhlten dennoch um die Aufmerksamkeit des Vaters. Ein Wettbewerb, den die stillere

Melina nicht gewinnen konnte. Ihre Mutter fiel als korrektives Element aus. Im Hause Vorberg hatte kein kritisches Wort gegenüber den Eltern zu fallen, vertraute Gespräche zwischen Mutter und Töchtern gab es nicht. Es herrschte Ordnung und hinter dieser Fassade ein Vakuum, das der Vater auf seine Weise je nach Laune füllte.

In den folgenden Jahren wurden beide Mädchen nach allen Regeln der Kunst gegeneinander ausgespielt. Melina begann, die wenigen Momente der Ruhe mehr und mehr als Belohnung zu erkennen. Ihre weitaus untalentiertere und unattraktivere Schwester dagegen führte einen rücksichtslosen Kampf gegen ihr Schicksal und gegen ihre jüngere Rivalin. Bald hatte Melina drei Gegner im eigenen Haus: eine gefühlskalte Mutter, einen zudringlichen Vater und eine Schwester, die den Boden verachtete, auf dem Melina stand.

Die Situation änderte sich schlagartig, als Melina in die Pubertät kam. Es verstand sich von selbst, dass ihr Adriana dabei keine Hilfe war. So war sie vollkommen überrascht, als die ständigen Aufmerksamkeiten ihres Vaters von einem Tag auf den anderen aufhörten. Adriana war längst regelmäßig mit Freundinnen unterwegs. Melina befand sich plötzlich in einer Art Niemandsland, und sie traf ihre erste eigene, immens wichtige Entscheidung.

Nach sorgfältiger Abwägung des Für und Wider entschied sie sich, mit dem Turnen aufzuhören. Aus der Schule wusste sie, dass andere Kinder ein sehr viel freieres, unbeschwerteres Leben führten. Da sie sehr gerne auf das Gymnasium ging, wollte sie dort mehr Zeit für das Lernen aufbringen, das ihr sehr wichtig war und unter dem Leistungssport stark gelitten hatte.

Sie war daher in keiner Weise auf die Reaktion vorbereitet, die dieses Vorhaben bei ihrer Mutter auslöste. Nachdem sich erste Diskussionen nur um die Aufgabe einer unglaublichen Chance gedreht hatten, traten schnell Begriffe wie Feigheit, Versagen und Enttäuschung in die Argumentation der Mutter. Noch nie hatte Melina sie so emotional erlebt. Von nun an strafte Regine Vorberg ihre Tochter mit Verachtung und, schlimmer noch, mit Nichtbeachtung.

Melina stand endgültig allein.

Von nun an führten die Eltern einen Haushalt, in dem die Töchter eine ähnliche Rolle spielten wie die teuren Autos, die in der Garage standen, die man betankte, polierte und ab und an zur Inspektion brachte.

Wie immer in Zuständen der Vernachlässigung entwickelte sich unter den Töchtern ein eigenes Machtgefüge. Adriana, inzwischen Teil einer Mädchenclique und dank ihres großzügigen Taschengelds mit allen Utensilien für jugendlichen Hedonismus und Rebellion gerüstet, übernahm in Abwesenheit der Mutter die Herrschaft im Haus.

Melina stand dieser Invasion aggressiver, lauter und chaotischer Mädchen in ihrem Heim machtlos gegenüber. Das war jedoch nichts im Vergleich zu dem, was ihr widerfuhr, als zwei von Adrianas Freundinnen während einer Party auf ihr Zimmer kamen und Melina zu Dingen zwangen, die sie sich in ihren schlimmsten Albträumen nicht hätte vorstellen können.

Dieser neuerliche Missbrauch, härter, gnadenloser und traumatischer, manifestierte die Spaltung, die Melinas Weltbild von nun an bestimmen sollte. Das kontaktgestörte und konfliktunerfahrene Mädchen wurde erneut zum Opfer, das sich nicht wehren konnte. Die intelligente erwachende Frau in ihr aber entwickelte einen Schutzmechanismus von unglaublicher Effizienz, indem sie ihr Martyrium mit erschreckend wissenschaftlicher Genauigkeit dokumentierte.

In dieser Zeit lernte Melina den einzigen Menschen kennen, der sich je wirklich für sie als Person interessierte. Da ihre beste Taktik bis dahin die innere Flucht gewesen war, bot die Leichtathletik für sie unschätzbare Momente des Friedens. Niemand behelligte sie, wenn sie lief. Der extrem schüchterne Junge fiel ihr auf, weil er ein sehr guter Langstreckenläufer war, erst danach erkannte sie in ihm den Nachbarsjungen, den sie bis dahin gar nicht wahrgenommen hatte.

Bald sprachen sie öfter miteinander und entdeckten, dass sie neben dem Sport auch das Lernen miteinander verband. Wie Melina auch hatte Jonas mit dieser Form der Freizeitbeschäftigung keine Freunde in der Schule gefunden. Die beiden Außenseiter hielten ihre Freundschaft geheim. Zu groß war die Gefahr, dass ihre Mitschüler oder diese Bestien aus Adrianas Bande ihren kleinen Garten Eden entdecken und schänden würden.

Sie arrangierten sich mit ihrem Leben, so gut es ging. Die langsam erwachsen werdende Melina erkannte, dass sie an dem Tag, an dem sie volljährig war und ihre Schule beendet hatte, endlich in die Freiheit entlassen würde. Dieser Traum zerplatzte an jenem Abend, als Adriana ihr bestandenes Abitur feierte und ein rauschendes Fest veranstaltete. Melina hatte sich zusammen mit Jonas wohlweislich in die Sportanlage geflüchtet. Dieser Affront erzürnte Adrianas Gespielinnen derart, dass sie, von diversen harten Drogen aufgeputscht, kurzerhand aufbrachen, um Jagd auf die beiden zu machen. Was dann, mit ihren eingefangenen Opfern in die Villa zurückgekehrt, folgte, war eine ausufernde Orgie der Gewalt.

Die Folter endete so abrupt wie unerwartet, als die Eltern frühzeitig nach Hause kamen und im Wohnzimmer ihre ältere Tochter bei der Zerstörung des Inventars überraschten. Das Szenario in Melinas Zimmer jedoch ließ sie erstarren. Melina und Jonas lagen unbekleidet auf dem Bett, vom Drogenrausch betäubt und mit offensichtlichen Spuren gegenseitiger Züchtigung.

Peter und Regine Vorberg reagierten wie immer: mit Drohung und Vertuschung. Adriana wurde vor die Wahl gestellt, jegliche finanzielle Unterstützung auf Lebenszeit zu verlieren oder sich zu fügen. Ihre Freundinnen und der verängstigte Jonas wurden unter Androhung rechtlicher Konsequenzen zum Schweigen gezwungen. Melina, die es gewagt hatte, an dieser Orgie teilzunehmen und den Nachbarsjungen zu verführen, wurde als erzieherische Maßnahme vorübergehend aus dem Familienleben entfernt.

Einige wenige Anrufe genügten, und Melina befand sich auf dem Weg in die Vereinigten Staaten. Dort sollte sie in Richmond, Virginia, auf eine Privatschule gehen und bei einer vom Rotarier-Club handverlesenen Familie ein geordnetes Leben führen.

Als Kiran an diesem Punkt in seinem Bericht angelangt war, legte er eine längere Pause ein. Das Schicksal dieses Mädchens ließ ihn sprachlos zurück. Aber noch war er nicht fertig. Als Nächstes musste er Melinas amerikanischen Werdegang skizzieren. Dazu hatte er sein Team beim FBI gebeten, ihm eine Dokumentation mit allen Daten und Fakten zu schicken, die auf amerikanischem Boden im Fall Melina Vorberg zusammengetragen worden waren. Parallel las er Melinas amerikanische Tagebücher und konnte so den letzten Puzzlestein ins Gesamtbild fügen.

36

Richmond war ein geschichtsträchtiger Ort in Virginia, einer der ältesten Staaten der USA und mithin die Wiege der amerikanischen Demokratie. Falls Melina also geglaubt hatte, durch ihre Herkunft auf elitäres Verhalten vorbereitet zu sein, so sah sie sich getäuscht. Ihre Gastfamilie, die Beauforts, gehörte zum inneren Kern der örtlichen Honoratiorengemeinde. Man befand sich im weiteren Umkreis Washingtons. Hier gaben sich die Mächtigen aus Politik und Wirtschaft nicht nur die Hand, sondern diskutierten auf Partys gelassen über Belange, die am nächsten Tag zu Weltnachrichten wurden. Verglichen damit war Xanten ein Kuhdorf im Ural.

Zunächst hoffte Melina noch, an diesem neuen Ort endlich in Ruhe gelassen zu werden. Auf ihrer Eliteschule gewöhnte sie sich schnell an die amerikanischen Verhältnisse und begann mit Feuereifer, die englische Sprache immer besser zu erlernen. Sie genoss diese so andere Lernkultur, die sie trotz des für amerikanische Verhältnisse hohen Leistungsniveaus als deutsche Schülerin mit Leichtigkeit bewältigte. Auch im Schulsport integrierte sie sich durch ihre enorme Fitness ohne Probleme und begann bald, mit ihrem Team Erfolge zu feiern.

Nach einigen Monaten kam es jedoch zu ersten Irritationen. Die Beauforts waren eingefleischte Republikaner mit deutlichem Hang zur erzkonservativen Tea Party.

Vor allem Mrs. Beaufort neigte zu einem bedenklichen christlichen Fundamentalismus. Melina hatte bereits mitbekommen, dass das Führen eines Doppellebens in Amerika nicht nur zum guten Ton gehörte, sondern eine unersetzliche Überlebensstrategie für den gesellschaftlichen Aufstieg war. Kein Politiker, kein Wirtschaftsmagnat entsprach annähernd dem Bild makelloser Tugendhaftigkeit, das man im öffentlichen Leben Amerikas voraussetzte. Dahinter verbargen sich nicht selten tiefste Abgründe. Die größeren und kleinen Skandale waren täglicher Gesprächsstoff ihrer durchweg aus gehobenen Familien stammenden Mitschüler, die ihrerseits den Eltern ein perfektes Leben vorspielten und dahinter sorgfältig geplante Exzesse durchführten.

Melina, die sich für Derartiges eigentlich nicht interessierte, begann trotzdem auf Partys zu gehen und machte erste Erfahrungen mit Drogen und Alkohol. Der kontrollierte Mensch in ihr jedoch beobachtete aufmerksam jede noch so kleine Veränderung bei sich und anderen.

Bald hatte sie genug ausprobiert, um solchen Vergnügungen nichts mehr abgewinnen zu können. Während ihre Mitschüler schon aus sozialen Gründen zum Partyleben gezwungen waren, um in der schulischen Hierarchie nicht nach unten durchgereicht zu werden, betrachtete Melina dieses Treiben mit zunehmender Verachtung.

In dieser Zeit machte sie auch innerfamiliär interessante Entdeckungen. Ihr attraktiver und recht einfach gestrickter Gastbruder Scott stellte sich als äußerst netter Kerl heraus, der sich aber nicht besonders für sie zu interessieren schien.

Wer er wirklich war, fand sie erst heraus, als er sie eines Abends ausführte und mit ihr in einer Seitenstraße in einen Hinterhalt geriet.

Der sonst so schnöselig agierende Junge machte innerhalb von Sekunden eine Verwandlung durch, die der eben noch verängstigten Melina schier den Atem raubte. Scott gab ihr seinen Blazer, um dann alle drei Angreifer effektiv und gnadenlos zusammenzuschlagen.

Wie sich herausstellte, war er Mitglied eines geheimen Kampfsportvereins. Hinter der Tarnung einer gewöhnlichen Boxschule ließen sich hier reiche Söhne von Streetfightern und Nahkampfexperten in allen Disziplinen der Körperverletzung ausbilden. In unregelmäßigen Abständen traf man sich mit anderen Clubs zum Wettkampf.

In der kommenden Zeit erfuhr Melina von Scott auch mehr über das geheime Leben ihrer Gasteltern. Diese tummelten sich ähnlich wie ihr Sohn in einem Privatclub, nur dass man sich dort auf reglementierte Art und Weise betrank und vergnügte. Scott hatte Melina einige Bilder gezeigt, die er auf dem Computer seiner Eltern entdeckt hatte. Die Erkenntnis überkam Melina wie ein Guss eiskalten Wassers. Das Leben einer Lüge war keine Ausnahme, es war allgemein üblicher Standard. Ethische und moralische Werte mochten als öffentliche Richtlinie gelten, hatten aber im Grunde die gleiche Funktion wie Bekleidung, die man sich vom Leib riss, sobald die ersten Nervenzentren nach Befriedigung verlangten. Sie begann zu begreifen, dass es zwei Wahrheiten gab: Wohlanständigkeit, Moral und Anstand nach außen und hemmungslose Vergnügungssucht und Exzesse hinter der Fassade. Das Ganze wäre nicht weiter bemerkenswert gewesen, wenn nicht jeder entrüstet abgestritten hätte, an dieser Lüge teilzuhaben, und die Menschen einander nicht ständig dabei überboten hätten, sich gegenseitig auszustechen oder zu vernichten. Die gleiche Maskerade, die sie in Xanten zurückgelassen zu haben glaubte, fand auch hier statt. Wer bei diesem Spiel nicht mitmachte, hatte in der Gesellschaft keine Chance.

Auch die privaten Unternehmungen der Beauforts machten da keinen Unterschied. Neben den unzähligen Empfängen gab es die betont harmonischen Familienausflüge zu historischen Sehenswürdigkeiten oder hirnlosen Vergnügungsparks. Die einzig interessante, weil ehrlichste Beschäftigung dieser Familie war das Jagen. In den Wäldern rund um die seit Generationen in Familienbesitz befindliche Jagdhütte ging Henry Beaufort regelmäßig mit der ganzen Familie jagen. Melina lernte Schießen und das erlegte Wild waidgerecht zu zerteilen. Das, so erklärte ihr Gastvater Henry, sei der Urtrieb des Menschen und damit das Wichtigste im Leben: die Natur zu beherrschen und mit ihr die Zivilisation. Der Mensch regierte den Planeten, weil er ein intelligenter Jäger war. Seit grauester Vorzeit dominierte derjenige, der die besseren Waffen und das größere Wissen besaß. Die anderen folgten oder würden gefressen. Im Notfall beides.

Melina sog diese Erfahrungen in sich auf wie ein trockener Schwamm. Sie machte ihren Führerschein in gerade mal drei Wochen und war fortan mobil – und frei. Innerlich aber hatte sie ihr Urteil über diese Welt längst gefällt. Mit Scott teilte sie Familienleben und das Geheimnis seines Kampfsportclubs, ansonsten aber ging sie allein durch den Tag und in das Nachtleben, studierte ihre Umwelt in all ihren Facetten. Sie tarnte sich passend, je nachdem, in welchem Biotop sie sich bewegte, fiel nicht auf und war sich ansonsten selbst genug.

Ein solches Verhalten konnte ihren auf Äußerlichkeiten fixierten Mitschülern natürlich nicht verborgen bleiben, und so war es eine Frage der Zeit, bis Melina erneut erste Anfeindungen erlebte.

Diesmal aber war sie darauf vorbereitet. Ihr feines Gespür für nahende Gewalt hatte diesen Wetterwechsel längst vorhergesehen. Melina begleitete daher ihren Gastbruder schon seit dem Vorfall in der Gasse in den Kampfsportclub. Anfänglich nahm sie, wie an den Jagdlektionen auch, aus Interesse und reinem Selbstverteidigungstrieb am Nahkampfunterricht teil. Schon nach wenigen Wochen jedoch genoss die sportliche und dadurch extrem schnell lernende junge Frau ihre neu entdeckte Stärke und die Anerkennung, die ihr die durchgehend männlichen Clubmitglieder zollten.

Sie war daher nicht überrascht, als sie auf einem ihrer regelmäßigen Streifzüge durch das Nachtleben Richmonds auf eine Bande traf, die ihr bereits früher aufgefallen war. Angeführt wurde die Gruppe von einem lauten und ziemlich einfältigen Mannweib namens Sharon Collins. Ihre ergebene Partnerin war Patricia Masterson, vor kurzem aus Melinas Eliteschule geflogen und jetzt auf der Jefferson Highschool, wo Sharon als Center und Most Valuable Player des Basketballteams bei den Frauen den Ton angab. Wie in Amerika üblich, reichte bereits eine außerordentliche sportliche Begabung, um in der Schule in eine Führungsposition zu gelangen. Weder die Mitschüler noch die Eltern wussten, dass Sharons Kreis nicht nur wilde Partys feierte und harte Drogen konsumierte, sondern sich zudem auf Diebstahl und Gewalttaten aller Art verlegt hatte. Melina hatte sich als gebranntes Kind von dieser Klientel ferngehalten. Auch an jenem Abend wäre sie beinahe unbemerkt davongekommen, wäre sie nicht auf dem Heimweg auf zwei Schlägerinnen aus Sharons Fußvolk getroffen.

In der dunklen Seitenstraße stellten sie Melina und forderten sie auf, ihre modische Jacke herzugeben. Melina weigerte sich und empfahl den beiden den Straßenladen des Crackdealers um die Ecke. Sie wandte sich bereits zum Gehen, als hinter ihr ein Messer aufschnappte.

Was dann geschah, konnte Melina in ihrem Tagebuch nur als Erleuchtung beschreiben. In ihr entstanden eine Klarheit und Sicherheit, die sie nie zuvor erlebt hatte. Wie in einer Art Trance verdrehte sie ihrer Angreiferin den Arm und trat ihn aus dem Gelenk. Danach brach sie der immer noch wie eine Furie Tobenden den Kiefer, die Rippen und den anderen Arm. Die während dieser Demonstration unklugerweise sofort angreifende Gespielin wurde noch schlimmer zugerichtet.

Melina stand in der verdreckten Gasse und war umgeben von strahlendem Licht. Sie war unverletzt, und sie fühlte sich zum ersten Mal in ihrem Leben stark und in absoluter Kontrolle. Ihr Heimweg glich einem Ritt über den Wolken. Keine Droge und kein Mensch konnten solch ein Gefühl auslösen, dessen war sie sich sicher.

Die Nachricht verbreitete sich in Richmonds Club- und Partyszene wie ein Lauffeuer. Zwei der gefürchtetsten Schlägerinnen waren in Grund und Boden geprügelt worden. Das musste ein Profischläger gewesen sein, keine Frage. Die beiden Opfer befanden sich im Krankenhaus und konnten oder wollten keine Angaben dazu machen. Dem Geschrei von Sharon nach der Prügelei schenkte niemand Beachtung. Melina war längst verschwunden, niemand hatte sie beachtet.

Es dauerte einige Wochen, bis Melina auf einem schulischen Sportfest von Sharon Collins beiseitegenommen wurde. Das Gespräch war kurz. Sharon teilte Melina mit, dass sie vier Tage Zeit habe, den Schaden wiedergutzumachen, und zwar durch Zahlung einer stattlichen Summe, ansonsten würde Sharon über die Beziehungen ihres Vaters zur Polizei gehen, und Melina würde, Nazibraut oder nicht, in einen amerikanischen Knast einfahren.

Melina beeindruckte das nicht im Geringsten. Sie wusste, dass dies eine vollkommen unsinnige Drohung war. Keines der Mädchen konnte es sich leisten, die Umtriebe der Gang an die Öffentlichkeit gelangen zu lassen. Ihr war jedoch ebenso klar, dass sie wieder Gefahr lief, irgendwo und irgendwann an einen Schlägertrupp zu geraten, überwältigt und wie in Xanten erniedrigt zu werden. Das aber würde sie nie wieder zulassen, eher würde sie sterben. Dann beging Sharon den Fehler, Melina eine SMS zu schicken und ihr genüsslich auszumalen, was sie mit ihr anstellen würde, falls sie nicht auftauchte. Das brachte Melina auf die Idee, die ihr Leben verändern sollte. Was immer bis dahin ihr Plan gewesen sein mochte, spätestens jetzt war klar, was mit Sharon Collins und Frauen ihres Schlages zu geschehen hatte.

Vielleicht wäre selbst dieser Konflikt anders verlaufen, wenn der Zufall Melina nicht in die Hände gespielt hätte. Die Beauforts fuhren an diesem Wochenende auf die vierteljährliche Versammlung ihrer Parteifraktion in Boston, zu der nur Amerikaner ab der vierten Generation zugelassen waren. Ein ganzes Wochenende freie Bahn.

Die Planung verlief einfach, dazu hatte sie zu viele forensische Informationen aus dem amerikanischen Fernsehprogramm erfahren, das sich Unterhaltung nannte, im Grunde aber eher wie eine Gebrauchsanweisung zum Gewaltverbrechen daherkam. Fehlende Details holte sie sich aus dem Netz. Eine Nacht später stand ihr Plan. Die notwendigen Besorgungen erledigte sie nebenbei.

Am Freitagabend lieh sie sich einen alten Pick-up vom Schrottplatz eines Kampfsportkameraden und parkte ihn im Hafengebiet, etwa eine Meile von einem leerstehenden Lagerhaus entfernt. Dann traf sie ihre Vorbereitungen und wartete auf ihre Gegnerin.

Sharon kam wie verabredet allein. Damit war ihr Schicksal besiegelt.

Als sie erwachte, war sie nackt auf einen Stuhl gefesselt. Im Spiegel sah sie sich selbst, kurz darauf erschien über ihr das engelsgleiche Gesicht Melinas. Sharons Flüche zeigten keine Wirkung, stattdessen bereitete Melina in aller Ruhe ihre Instrumente vor. Dann begann sie der entsetzten Sharon zu demonstrieren, wie sich deren Spezialbehandlung anfühlte, wenn man sich auf der falschen Seite des Gaslötkolbens befand.

Wenn sich Melina später über eines wunderte, dann darüber, wie normal der gesamte Vorgang für sie ablief. Sharons anfängliche Aggression, ihre Verwünschungen und Drohungen, dann ihr Schmerz, die Angst und schließlich nackte Panik, als sie starb – all das beschrieb Melinas Erfahrungen mit der Menschheit innerhalb einer lächerlichen Stunde.

Das Überraschendste daran jedoch war, dass danach absolut nichts passierte. Es dauerte ganze fünf Tage, bis Sharon gefunden wurde. Die Sorge um die Vorzeigesportlerin der Jefferson High wich allgemeinem Entsetzen.

Da sich Melina viele Gedanken über Organisation und Ablauf ihrer grausamen Demonstration gemacht hatte, fand die Polizei nicht den Ansatz einer Spur. Melina selbst hatte zu Sharon vorher außer der SMS keinerlei Kontakt gehabt, ihr nicht eingetragenes Mobiltelefon hatte sie daher längst entsorgt. Eigentlich konnten also nur Sharons Gangmitglieder eine Bedrohung darstellen.

Es blieb jedoch ruhig, niemand behelligte sie. Niemand in Richmond wäre auf die Idee gekommen, ein Mädchen wie Melina zu verdächtigen. Dass Sharon bei ihrer Verhaftung nach der Schlägerei laut »fucking Nazi« geschrien hatte, ließ keine Warnlampe bei der Polizei aufleuchten. Dafür gab es an der Ostküste viel zu viele Rechtsradikale, als dass jemand an einen deutschen Täter gedacht hätte.

Ihr Leben ging weiter, und doch war etwas geschehen, das sie vollkommen verändert hatte. Sie war kein Opfer mehr. Sie war eine Kämpferin geworden, die, wann immer man sie bedrohte, zur gnadenlosen Rächerin wurde.

Einige Wochen später fuhr sie mit den Läufern des Leichtathletikteams zu einem Wettkampf nach Raleigh in North Carolina. Der Tag endete mit einer Party, auf der es hoch herging. Melina wollte gerade gehen, als plötzlich ein attraktives, schick aufgemotztes Mädchen erschien. Sie war offensichtlich nicht mehr ganz nüchtern, denn sie steuerte auf eine junge Sportkameradin neben Melina zu, küsste sie vor aller Augen und erklärte lallend, dass sie jetzt auf eine andere Party mitgenommen würde. Als sich das verschreckte Mädchen weigerte, wurde die neu Hinzugekommene handgreiflich. Der

Collegestudent, mit dem sich Melina unterhalten hatte, ging dazwischen und bekam sofort einen Tritt in die Weichteile, während das arme Mädchen floh. Melina überlegte nicht, sie schlug sofort zu. Ihre Gegnerin ging zu Boden, während Melina sich schleunigst aus dem Staub machte.

Nach Richmond zurückgekehrt, verfolgte sie in den folgenden Tagen die Diskussionen in den einschlägigen Foren. Aus Richmond hatte zunächst niemand etwas von der Schlägerei mitbekommen. Das änderte sich, als die Gruppe dieses Schönchens anfing, Fragen nach einem Typen zu stellen, der ziemlich feminin aussah und Girls verprügelte. Natürlich kannte niemand in Richmond einen derartigen Freak. Melina aber wusste, dass es auch hier angezeigt war, eine korrektive Maßnahme vorzunehmen, bevor jemand aus Richmond auf die Idee kam, diesen Fragen nachzugehen, und man vielleicht auf sie stoßen würde.

Lynn Farnsworth, so der Name des Mädchens, führte das große Wort in einem Forum, in das man schnell hereinkam, wenn man sich nur offen genug zu seiner zweigleisigen sexuellen Orientierung bekannte und auf Gewalt stand. Melina mangelte es in dieser Hinsicht absolut nicht an Fantasie. Eine Verabredung war schnell vereinbart.

Es war ein Leichtes, sich mit Lynn zu verabreden, die recht intelligent zu sein schien, sich aber trotzdem zu einem Treffen mit dieser unbekannten Wuchtbraut bereit erklärte. Die notgeile Schnepfe hatte im Videochat ihre hervorragend geschminkte Peinigerin nicht wiedererkannt.

Melina hatte danach alle Zeit der Welt gehabt, ihr Szenario in Raleigh vorzubereiten. Lynn, die anders als Sharon nicht von Wut und Stolz, sondern von egoistischer Gier getrieben zu sein schien, war ebenfalls wie verlangt allein erschienen.

Sie erwachte in einer Nacktheit, die sie sich ganz anders vorgestellt hatte. Auch sie fluchte und drohte, glitt allerdings viel schneller ins Flehen ab. Melina hatte sich tagelang die gewalttätigen Partyberichte in Lynns geheimer Rough-Sex-Community durchgelesen und war nicht im Mindesten beeindruckt.

Als sie Lynn zu malträtieren begann, wurde ihr etwas ganz anderes bewusst. Dies hier war keine Notwehr, es war eine aktive Reinigung. Für sie selbst, ebenso aber für ihre Umwelt. Bis zu ihrem Amerika-Aufenthalt hatte sie geglaubt, Opfer eines besonders grausamen Schicksals und damit auf dieser Welt relativ allein zu sein. Inzwischen war ihr jedoch klar geworden, dass der Virus der Gewalttätigkeit jede Stadt, jedes Land und jeden Kontinent befallen hatte.

Natürlich würde sie nicht durch die Welt ziehen, um sadistische Gewalttäterinnen zu beseitigen, eine Art Vernichter von menschlichem Ungeziefer. Aber wenn sie Unrecht sah, dann würde sie es bekämpfen, so viel stand fest.

Lynns Flehen stieß daher bei ihr auf taube Ohren, dazu hatte sie zu viele Fotos von Lynns unglücklichen Opfern gesehen. In den Staaten mochte man da vielleicht mit einer getarnten Online-Identität durchkommen und solche Verwerfungen gefahrlos ausleben können. Melina aber kannte diesen gesellschaftlichen Bodensatz, sprach seine Sprache, deutete und benutzte dessen Zeichen und Gesten. Ihrem Auge entging nichts.

Die Zeit in den USA neigte sich dem Ende zu. Melina verließ die Staaten ohne Abschiedsschmerz und war relativ froh, wieder nach Deutschland zu kommen. Auch wenn das bedeutete, dass sie für eine Weile in ihrem Elternhaus unterkommen musste, bis ihr klar war, was sie mit ihrem Leben anfangen wollte.

Ihre Rückkehr gestaltete sich äußerst seltsam. Sie hatte keinesfalls damit gerechnet, jemanden auf dem Frankfurter Flughafen anzutreffen. Am ehesten vielleicht einen Chauffeur von irgendeinem Fahrdienst mit ihrem Namen auf einem Pappschild. Sie hatte ihrer Familie in all der Zeit gerade mal drei kurze E-Mails geschrieben, in denen sie brav ihre schulischen und sportlichen Erfolge auflistete, die Gastfamilie kurz beschrieb und Fotos beifügte, die sie von der Website der Gemeinde Richmond kopiert hatte. Umso erstaunter war sie, als sie bei der Ankunft ihre Mutter entdeckte, die sich suchend umsah. Wie aus dem Nichts überkamen Melina längst verdrängte Abscheu und Zorn wie bitterste Galle. Sie ging direkt zum Flughafenbahnhof, setzte sich in den ICE nach Düsseldorf und fuhr von dort weiter nach Xanten.

Alles sah aus wie immer, noch nicht mal der Sicherheitscode an der Haustür hatte sich geändert. Sie trug ihren Koffer durch das leere Haus, bezog ihr Zimmer und war bereits dabei, sich ein Abendessen zuzubereiten, als ihre Mutter nach Hause kam. Sie erwähnte mit keinem Wort, dass sie am Flughafen auf ihre Tochter gewartet hatte.

Die ersten Tage in Xanten waren sonderbar. Vater und Mutter versuchten zunächst recht tapfer, ihre Tochter nach deren Erlebnissen in den Staaten zu befragen, erhielten jedoch wenig erhellende Antworten. Die Gespräche blieben sachlich und wurden geschäftsmäßig geführt, solange sie sich um schulische oder allgemeine Themen drehten. Melina brach jedoch sofort ab, sobald jemand es wagte, ihr eine persönliche Frage zu stellen.

Dramatischer verlief das Zusammentreffen mit Adriana. Die hatte sich offenbar den elterlichen Zwängen gebeugt und lief jetzt in Kleidern herum, in denen sie problemlos als Bankangestellte durchgegangen wäre. Der ganze Punk war verschwunden. Sie arbeitete als Tippse im Büro des Reitclubs. Melina wusste nicht recht, ob sie lachen oder dieser Schlampe ins Gesicht spucken sollte. Sie entschied sich dafür, ihre Schwester zu ignorieren.

Das tat sie allerdings erst, nachdem Adriana so dumm gewesen war, sie oben vor ihrem Zimmer abzupassen und anzufauchen, dass sie gefälligst gegenüber niemandem ein Sterbenswort über den Gewaltexzess vor ihrer Abreise zu verlieren hatte, wenn sie keinen Ärger bekommen wollte. Statt einer Antwort renkte Melina ihrer Schwester den Arm aus, schickte sie mit einem Schlag auf den Solarplexus zu Boden, setzte ihr den Fuß auf die Kehle und erklärte ihr, wer sich in Zukunft wie zu verhalten hätte. Danach ging sie entspannt auf ihr Zimmer.

Ab diesem Moment hatte sie auch in Xanten ihre Ruhe. Sie legte ihren überraschten Eltern dar, wie sie sich ihre weitere Bildung und ihr zukünftiges Leben vorstellte, und überließ es ihnen, sich zu überlegen, ob sie diese Idee finanzieren wollten oder nicht.

Sie beschloss, sich in Xanten rarzumachen. Niemand hatte sich um ihren Fortgang gekümmert, und so sollte es auch bleiben. Sie würde mit dem Landrover der Familie durch die Gegend fahren und sich irgendwo ein eigenes Refugium suchen. Wenn sie abends ausging, dann in anderen Städten und Gemeinden.

Der einzige Xantener, zu dem sie Kontakt hielt, war Jonas, der Junge von nebenan. Er war so hübsch und so furchtbar lieb wie immer. Und er freute sich unbändig, sie zu sehen. Alles war gut.

Bis sie den Fehler beging und ein einziges Mal Jonas zuliebe zum Xantener Sportverein ging, um ihn laufen zu sehen, und dort den einzigen Menschen erblickte, den sie in ihrem neuen Leben ganz und gar nicht brauchen konnte.

Patricia Masterson.

Vielleicht würde das Leben hier in Xanten doch nicht so einfach werden.

37

Es knallte, als Alenka den Raum betrat. Bolko und Enzo stimmten einen kleinen Gesang an, Birte Halbach und Eleonore strahlten um die Wette. Kiran hatte währenddessen den Prosecco geköpft.

Alenka, sichtlich verlegen, bekam ein Glas in die Hand gedrückt, sie prosteten und tranken, dann konnte Enzo endlich das Glas an die Wand werfen und seine Partnerin umarmen.

In den knapp fünf Tagen ihres Krankenhausaufenthalts hatte sie, körperlich längst wiederhergestellt, aber zur Untätigkeit verdammt, auf dem Bett gesessen und ihren Abschlussbericht wütend in den Laptop gehackt. Kiran war nach ihrem ersten Besuch kurz nach Alenkas Einlieferung noch einmal dorthin gefahren, hatte lange bei ihr gesessen und das Erlebte mit ihr besprochen. Auch Birte Halbach hatte ihrerseits ein aufbauendes Gespräch mit Alenka geführt.

Heute saß das Team entspannt beieinander und besprach die letzten Neuigkeiten und vor allem die BKA-internen und öffentlichen Reaktionen auf den Fall. Für den nächsten Tag stand das Verhör mit Melina Vorberg an. Ihre Schusswunde war ein glatter Durchschuss mit kleineren Verletzungen an Muskeln und Sehnen, jedoch ohne schlimmeren Blutverlust gewesen, weshalb sie bereits wieder mit einem Gehstock laufen konnte. Sie hatte den anwaltlichen Beistand ihrer Eltern abgelehnt und stattdessen einen Pflichtverteidiger angefordert. Dieser riet ihr zwar ebenfalls dazu, sich einem polizeilichen Verhör so lange wie möglich zu entziehen, damit aber hatte er die Rechnung ohne Melina gemacht. Sie bestand auf einem Verhör mit Oberkommissarin Motte. Der Termin war egal, nur sollte es bald sein. Man hatte sich schließlich auf den morgigen Donnerstag geeinigt.

Am nächsten Morgen fuhr das ganze Team inklusive Birte Halbach und Eleonore in die Düsseldorfer Haftanstalt und begab sich in den Hochsicherheitstrakt, in dem Kiran auch schon Colin Adams verhört hatte. Kiran gab Alenka letzte Instruktionen, klopfte ihr aufmunternd auf die Schulter und schickte sie in die Höhle des Löwen. Er selbst ging mit den anderen in den Beobachtungsraum nebenan.

Alenka hatte sich kaum gesetzt, als die Tür aufging und Melina hereingeführt wurde. Sie trug blaue Haftkleidung, ihre pechschwarzen Haare wirkten frisch gewaschen und fielen locker über die Schultern. Das Gesicht wirkte trotz der etwas herben Züge sehr weiblich. Sie fuhr sich mit der Hand kurz durch die Haare, als sie sich entspannt hinsetzte und Alenka freundlich und konzentriert in die Augen blickte.

Alenka erwiderte das Lächeln nicht. Sie legte ihre Unterlagen auf den Tisch und begann mit dem Verhör.

»Melina Vorberg, Sie werden beschuldigt, in Deutschland vier Morde begangen zu haben. Die Opfer sind Patricia Masterson aus Richmond, Virginia in den USA, Verena Stobek aus Vechta in Niedersachsen, Renate Kolski aus Duisburg und Jonas Petersen aus Xanten, beide Nordrhein-Westfalen. In den Niederlanden wird gegen Sie wegen brutalen Raubmords an Mari Bakker aus Arnheim ermittelt. Darüber hinaus beschuldigen Sie die amerikanischen Behörden, in Virginia und North Carolina zwei weitere Morde und schwere Körperverletzung in zwei Fällen verübt zu haben. Möchten Sie sich zu diesen Vorwürfen äußern?«

Melina sah Alenka direkt an. »Was meinen Sie damit? Soll ich die Taten zugeben? Das ist wohl nicht mehr nötig.«

»Es entspricht der Gesetzeslage, dass Sie diese Taten hier und jetzt zugeben oder abstreiten können. Das hat Einfluss auf die weitere Befragung und natürlich auf die Gerichtsverhandlung.«

»Das heißt, wenn ich jetzt nein sage, werden wir uns nur über Beweise unterhalten?«

»Wenn Sie so wollen …«

»Nein, Sie haben genug Beweise gegen mich. Das hat mir auch der Anwalt versichert. Ich gebe die Taten zu. Mir ist es wichtiger, darüber zu reden, warum das alles passiert ist.«

»Trotzdem muss ich noch einmal die Bestätigung haben, dass Sie für dieses Verhör auf anwaltlichen Beistand verzichtet haben.«

»Habe ich. Sind wir jetzt mit den Formalitäten fertig?«

»Wie Sie meinen. Warum haben Sie Ihr erstes Opfer in Deutschland, Patricia Masterson, getötet?«

»Sie hat mich bedroht. Hat versucht, mich zu erpressen.«

»Womit?«

»Mit meiner Vergangenheit in den Staaten. Ich habe dort zwei Freundinnen von ihr verprügelt. Sie hat geglaubt, ich wäre schuld daran, dass ihre beste Freundin deshalb ausgeflippt ist und einem Mörder in die Arme gelaufen ist. Wie blöd kann man eigentlich sein?«

»Was meinen Sie damit?«

»Dass Patricia Masterson aus einer reichen und mächtigen Familie kommt, ihr IQ aber nur knapp über dem einer Pizza liegt. Sonst wäre sie nie auf die Idee gekommen, mich anzusprechen. Schon gar nicht, mich unter Druck zu setzen.«

»Sie meinen, wenn Patricia Sie nicht konfrontiert hätte, hätten Sie sie in Ruhe gelassen?«

»Vielleicht. Keine Ahnung. Das hing ganz von ihr ab.«

»Inwiefern?«

»Fragen Sie nicht so dumm. Sie wissen ganz genau, warum ich diese Frauen vernichtet habe.«

»Nein, weiß ich nicht. Verraten Sie's mir.«

Melina lächelte wieder. Unter anderen Umständen hätte man dieses Lächeln charmant nennen können. Kiran im Nebenraum musste sich immer wieder vor Augen führen, dass diese junge Frau einmal unglaublich verängstigt gewesen war. Ihre heutige Selbstsicherheit verdankte sie nicht einer behüteten Jugend, sondern brutalem Missbrauch und Lektionen der Gewalt. Unklar war ihm dagegen, ob Melina tatsächlich Frauen wie Alenka attraktiv fand oder ob ihr charmantes Auftreten eine einstudierte Masche war, die sie so gezielt anwandte wie ihre Kampftechniken.

»Ich habe diese Frauen getötet, weil sie vom Gesetz nicht belangt werden können. Zumindest so lange nicht, bis sie unzähligen anderen Gewalt und Schmerz angetan haben.«

»Und Sie glauben, dazu waren Sie berechtigt?«

»Mir blieb nichts anderes übrig. Die Alternative heißt auf das Gesetz warten und bis dahin leiden.«

»Das ist die Ordnung, der die Gesellschaft unterliegt.«

»Sicher. Eine Ordnung, die aber nicht funktioniert. Eine Ordnung, die schon immer diejenigen schützt, die die Mittel dazu haben. Oder immer wieder davonkommen, weil diese Ordnung nicht mehr hinterherkommt mit der Verfolgung von all denen, die sich einfach nehmen, was sie wollen. Der Rest leidet und stirbt. Diese Ordnung, Oberkommissarin Motte, ist nie da, wenn man sie braucht.«

»Sie spielen auf Ihre eigene Jugend an?«

»Meine Jugend ist kein Thema. Dafür haben Sie Ihren Herrn Mendelsohn. Der hat bestimmt schon meine Tagebücher gelesen. Ich habe viel gelernt, und ich habe den Weg gefunden, wie man in dieser Welt überlebt. Wenn das nicht mit Ihrer tollen Gesellschaftsordnung übereinstimmt, ist mir das scheißegal. Es geht um mich, um all die Mädchen, die niemand schützt. Was interessiert mich da Ihre Ordnung? Sie interessieren sich ja auch erst dann für uns, wenn wir tot in der Gosse liegen.«

»Es ist sehr einfach, dafür nur die Polizei verantwortlich zu machen. Die Zustände, die Sie zu Recht kritisieren, werden von der Gesellschaft insgesamt verursacht, zu der auch Sie gehören.«

»Das ist korrekt, ich gehöre dazu. Wir alle. Seit dem Beginn der Menschheit. Und es hat sich nichts geändert. Die Starken beherrschen die Schwachen. Was Sie und Ihre Polizisten hier abziehen, ist ein Schmierentheater. Sie spielen den Leuten vor, dass es so etwas wie Sicherheit gibt, Kontrolle, Regeln. Die Menschen wollen aber keine Ordnung. Die wollen alles für sich. Und wer die Mittel dazu hat, nimmt sich einfach, was er will.«

Alenka machte sich eine Notiz, bevor sie fortfuhr.

»Inwiefern hat sich Verena Stobek genommen, was sie wollte?«

»Durch Gewalt. Genau wie die Collins oder die Farnsworth. Und diese Kanalratte Kolski.«

»Und Sie haben dieser Ungerechtigkeit ein Ende bereitet?«

»Diese Frauen haben mich und andere angegriffen. Ich habe uns verteidigt, indem ich im Gegenzug sie angegriffen habe. Und darauf war keine von denen gefasst. Die Kolski war ein kleiner Hinweis an Sie und Ihr Team, damit Sie begreifen, wer hier der eigentliche Übeltäter ist. Die Starken glauben immer, sie wären unantastbar. Aber das ist ein Denkfehler.«

Das war der entscheidende Punkt. Kiran wurde erst jetzt wirklich klar, warum er Melina im Profil einfach nicht hatte sehen können. Ihr Antrieb war der klassische Mechanismus der Selbstverteidigung, weshalb Frauen gewalttätig wurden und sogar mordeten. Melinas Ausführung dagegen war ein maskuliner Rachefeldzug, der keiner gängigen Erfahrung entsprach.

»Patricia Masterson war ungefährlich, genauso wie Ihr Freund Jonas Petersen.«

In Melinas Augen blitzte es auf. Sie schwieg eine Weile, dann sprach sie, kalt und gefasst.

»Jonas. Sein Tod war der einzige Fehler, der mir unterlaufen ist. Und ich werde mir das nie verzeihen. Ich hätte ihm erklären müssen, was mir passiert ist, warum ich all das getan habe.«

»Das haben Sie nicht? Also hat er Ihnen geholfen, in mein Netzwerk einzudringen, ohne zu wissen, wozu?«

»Ich wollte ihn nicht in diese Sache hineinziehen. Er hat gedacht, ich studiere die Polizeiarbeit an diesem Fall. Er war schuldlos an allem.«

»Wie ist er dahintergekommen?«

»Er war auch auf den Partys. Er wollte unbedingt raus ins Leben. Und ich habe es ihm nicht ausgeredet. Das war der Fehler. Dort hat er wohl mitbekommen, wie ich meine Zielpersonen angesprochen habe. Er hat sogar ein Foto von Ihnen und mir gemacht. Irgendwann muss es ihm klar geworden sein. Dann hat er in seinem PC nachgeschaut und unsere Chats gefunden. Er bekam Panik, ich konnte nichts mehr tun.«

»Natürlich konnten Sie. Stattdessen aber haben Sie ihn einfach umgebracht, als er zum Problem wurde. Genau wie dieses Mädchen in Arnheim.«

Melinas Augen blitzten aufs Neue auf. »Jonas war mein einziger Freund. Er sollte nicht sterben. Diese holländische Kifferschlampe hatte es nicht anders verdient. Verspricht mir ein Zimmer, nur um mir oben zu erklären, dass ich mir die Übernachtung verdienen müsse, oder sie ruft ihre Schläger. Noch so eine Ratte wie die Kolski. Machen anderen Angst, obwohl sie selbst schwach sind. Menschliche Viren sind das. Und Sie als IT-Spezialistin wissen doch, was man mit Viren macht, oder?«

Alenka holte tief Luft. Wieder machte sie sich Notizen.

»Sie haben also all diese Morde begangen, um … aufzuräumen? Haben Sie mich deshalb kontaktiert?«

»Ich habe Sie kontaktiert, weil ich jemanden gebraucht habe, der versteht, was ich tue.«

»Warum haben Sie dann Ihre Videos ins Netz gestellt?«

»Weil die Menschheit noch genauso funktioniert wie im Mittelalter. Damals hat man Verbrecher öffentlich gefoltert und hingerichtet und dann zur Abschreckung ausgestellt. Genau das habe ich auch getan.«

»Und dann greifen Sie die einzige Organisation an, die das gleiche Ziel hat wie Sie? Gewalt zu bekämpfen? Wenn Sie behaupten, ich wäre wie Sie, dann verstehe ich nicht, warum Sie mich umbringen wollten. Ihre ganze Argumentation ist widersprüchlich, das müssen Sie doch sehen.«

»Finden Sie? Ich habe erkannt, dass mein Weg zu Ende ist. Und als ich schon gedacht habe, dass Sie nichts verstanden haben, sind Sie aufgetaucht. Ganz allein. Sie denken genauso wie ich, deshalb sind Sie gekommen.«

»Ich habe Sie verfolgt.«

»Klar, aber allein. Nicht mit Ihren Jungs. Sie sind auch eine Einzelgängerin, Alenka. Deshalb dachte ich, wir könnten den letzten Weg gemeinsam gehen, ein Zeichen setzen. Leider bin ich geschnappt worden, als ich noch Besorgungen machen wollte. Aber wir wären zusammen abgetreten. Zwei starke Frauen, die diese Welt auf ihre Art verlassen.«

»Sie entscheiden nicht darüber, wann und wie ich abtrete. Genau deshalb ist Ihre Methode falsch. Sie haben nicht zu richten und schon gar nicht zu exekutieren.«

»Vielleicht. Aber finden Sie, dass die beruflichen Henker auf der Welt besser geeignet sind? Oder die, die den Befehl zum Töten geben?«

»Hier in Deutschland gibt es keine Todesstrafe, das müssten Sie eigentlich wissen.«

»Klar gibt es die. Sie funktioniert nur anders. Und sie findet nicht mehr in der Öffentlichkeit statt. Das müssten Sie als Oberkommissarin eigentlich auch wissen.«

»Das sehe ich anders. Deshalb sitze ich auf der anderen Seite des Tisches. Ich denke, wir sind hier fertig. Haben Sie noch irgendetwas hinzuzufügen, Frau Vorberg?«

Melina lächelte wieder ihr unvergleichliches Lächeln und schüttelte den Kopf. Als Alenka aufstehen wollte, wandte sich Melina zur Glasscheibe.

»Ich würde nur gerne noch ein paar Worte mit Herrn Mendelsohn wechseln, wenn ich darf.«

Im Beobachtungsraum wandten sich alle Köpfe Kiran zu. Der sah zu Birte Halbach, die zuckte mit den Schultern. Kiran erhob sich. Als Alenka zu ihnen kam, raunte er ihr ein »Gut gemacht« zu und ging nach nebenan.

Er betrat den Raum und setzte sich.

»Was möchten Sie wissen?«

»Ich wollte Sie noch einmal sehen. Sie wirken eigentlich ganz nett. Nicht so martialisch wie auf der Pressekonferenz oder bei unserem letzten Gespräch.«

Kiran lächelte unwillkürlich. »Ich halte das genau wie Sie, Melina. Ich liefere das, was benötigt wird.«

»Wie ich, ja. Ich habe gedacht, dass Frau Motte eine Kämpferin ist. Aber ich glaube, Sie sind der eigentliche Kämpfer in der Truppe, habe ich Recht?«

»Eigentlich nicht. Aber Sie haben die anderen ja nicht kennengelernt.«

»Nein, Ihr Partner hat mich von hinten angeschossen. Zuerst dachte ich, Sie sind das gewesen.« Sie sah ihn einen Moment schweigend an. Dann fragte sie: »Hätten Sie es getan?«

Kiran sah sie fragend an: »Was?«

»Auf mich geschossen?«

»Sicher.«

»Habe ich mir gedacht. Sie sind auch sonst nicht viel anders als ich. Werden brutal, wenn es nötig ist. Sie haben mich in dem Bauernhof drangekriegt.«

»Wir alle haben unsere Schwachstellen. Auch Sie.«

»Klar. Aber es ist eine ganz andere Sache, diese Schwäche auszunutzen. Sie haben genau das Gleiche getan wie ich.«

»Was meinen Sie damit?«

»Jonas. Sie haben ihn ans Messer geliefert mit Ihrem Auftritt.«

»So einfach ist das, denken Sie?«

»Ja, so einfach. Irgendeiner bekommt Angst und schlägt Alarm. Wenn er dann über die Klinge springt, wissen alle Bescheid.«

»Sorry, aber das ist zu einfach, Melina. Jonas war Ihr Freund, Ihre Verantwortung. Sie waren kurz davor aufzufliegen. Sie hätten genauso gut abhauen können, ohne ihn zu betäuben. Jonas' Tod war vollkommen unnötig. Es war Ihre Entscheidung, nicht meine.«

»Vielleicht. Aber Sie haben genauso wenig Skrupel wie ich. Nicht auf der Pressekonferenz, nicht auf dem Feld und in dem Bauernhof, als Sie in meinen Kopf gegangen sind. Sie haben das auch in sich.«

»Was habe ich in mir?«

»Den Killerinstinkt. Und Sie sind viel gefährlicher als ich.«

»Warum glauben Sie das?«

»Weil Sie immer noch da draußen sind, weitermachen, immer wieder Entscheidungen treffen, Menschen zur Strecke bringen, töten. Nur haben Sie eine Dienstmarke. Aber das Prinzip ist das gleiche.«

Darauf gab es nichts zu antworten. Kiran stand auf und ging. Im Nebenraum traf er auf die anderen, die sich leise unterhielten. Gemeinsam gingen sie nach draußen.

Sie fuhren nicht mehr zurück nach Xanten. Die Arbeit war getan, das mobile Büro verpackt.

Kiran saß auf dem Beifahrersitz neben Bolko, genoss den über die Autobahn fliegenden Jaguar und lauschte dem entspannten Blues.

Er dachte lange an White Mountain.

Die letzten Tage hatten ihm deutlich gemacht, was ihm Ridgebear wirklich hatte sagen wollen. Es war dem weisen Mann nicht nur um bewaffneten Konflikt gegen gewalttätige Gegner gegangen. Er hatte ebenso von Situationen gesprochen, in denen man sich entscheiden musste. In denen der Kopf einem befahl, die Regeln zu befolgen und dafür jegliches Leid in Kauf zu nehmen, das da kam. Das Herz, der Geist, das Gefühl dagegen drängten darauf, sich und seine Nächsten zu schützen. Egal, welche Folgen das haben sollte.

Und das war das Problem. Wer sich konform verhielt, konnte Fehler machen, ohne Bestrafung zu befürchten. Die Gesellschaft verzieh alles, solange man sich an die Regeln hielt. Die persönliche Konsequenz aber war immer da. Einen Serienmörder nicht fassen zu können und weiteren Morden tatenlos zusehen zu müssen. Alenka zu verlieren.

Mit dem Schmerz, den dieses von außen kontrollierte Verhalten auslöste, musste man allein klarkommen. Da half niemand.

Im Grunde hatte Melina mit ihrer These ins Schwarze getroffen. Auf pervertierte Art und Weise hatte sie ein Paradox erkannt, das in dieser Form von Autoritäten weltweit tagtäglich ausgenutzt wurde. Das Wohl der Gemeinschaft überwog das Wohl Einzelner. In Wahrheit aber verhielt es sich genau umgekehrt – und alle wussten es.

Kiran hatte nach dem dritten Mord eine Entscheidung getroffen. Er hatte nichts von Jonas gewusst, und doch war die von ihm initiierte Pressekonferenz der Auslöser für den Tod des Jungen gewesen. In Holland hatte er entschieden, Melinas Verletzung nur oberflächlich zu behandeln und zu riskieren, dass das Mädchen verblutete.

Weil er seine Schwester und Mitjägerin Alenka retten wollte.

Sein Herz hatte ihm gesagt, wie er Melina besiegen, sein Rudel beschützen konnte, und er hatte es, ohne nachzudenken, getan.

Es war die richtige Entscheidung gewesen, es tat ihm nicht leid.

Nicht eine Sekunde.

Der Mörder, der aus der Kälte kam.

320 Seiten. ISBN 978-3-442-38227-9

Bei seinem Morgenspaziergang am Wannsee wird der 72-jährige Industriemagnat Friedrich Lautenschläger brutal zusammengeschlagen und erschossen. Für Kiran Mendelsohn, der gemeinsam mit dem eigenwilligen Kommissar Bolko Blohm die Ermittlungen leitet, tut sich ein Abgrund aus illegalen Machenschaften, Waffen- und Menschenhandel auf. Doch nichts kann ihn vorbereiten auf die Skrupellosigkeit des wahren Killers, der eine Seite in Kiran weckt, die der junge Ermittler eigentlich für immer vergessen wollte.

Lesen Sie mehr unter: **www.blanvalet.de**